碧海の玉座 1

日英激突

横山信義
Nobuyoshi Yokoyama

C★NOVELS

挿　　画　高荷義之
地図・図版　安達裕章
編集協力　らいとすたっふ
Ｄ　Ｔ　Ｐ　平面惑星

目　次

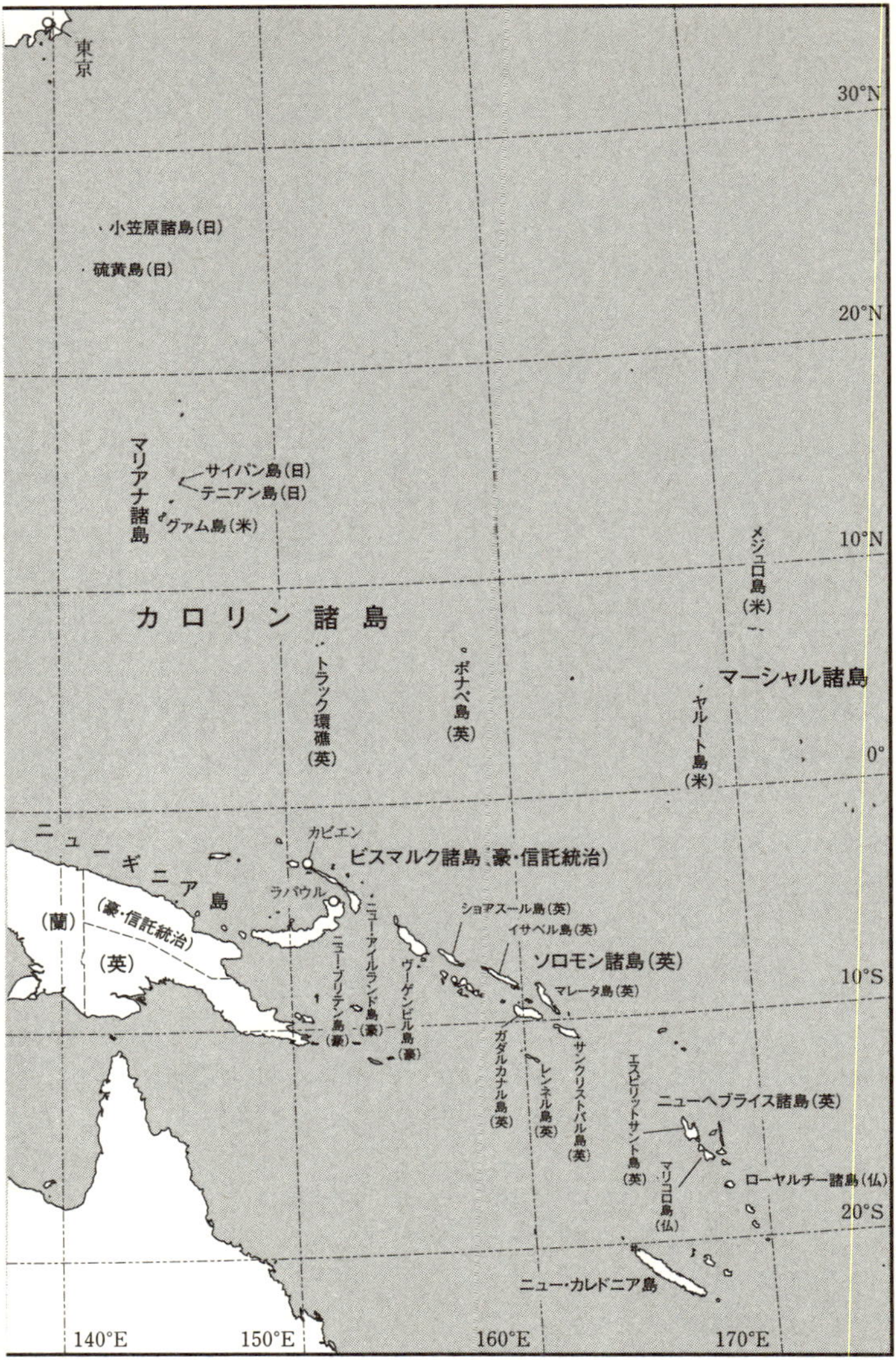

東京
30°N
小笠原諸島(日)
硫黄島(日)
20°N
マリアナ諸島
サイパン島(日)
テニアン島(日)
グァム島(米)
10°N
メジュロ島(米)
カロリン諸島
トラック環礁(英)
ポナペ島(英)
マーシャル諸島
ヤルート島(米)
0°
ニューギニア島
カビエン
ビスマルク諸島(豪・信託統治)
ラバウル
(蘭)
(豪・信託統治)
(英)
ニュー・アイルランド島(豪)
ニュー・ブリテン島(豪)
ヴーゲンビル島(豪)
ショアスール島(英)
イサベル島(英)
ソロモン諸島(英)
マレータ島(英)
10°S
ガダルカナル島(英)
レンネル島(英)
サンクリストバル島(英)
エスピリットサント島(英)
マリコロ島(仏)
ニューヘブライス諸島(英)
ローヤルチー諸島(仏)
20°S
ニュー・カレドニア島
140°E
150°E
160°E
170°E

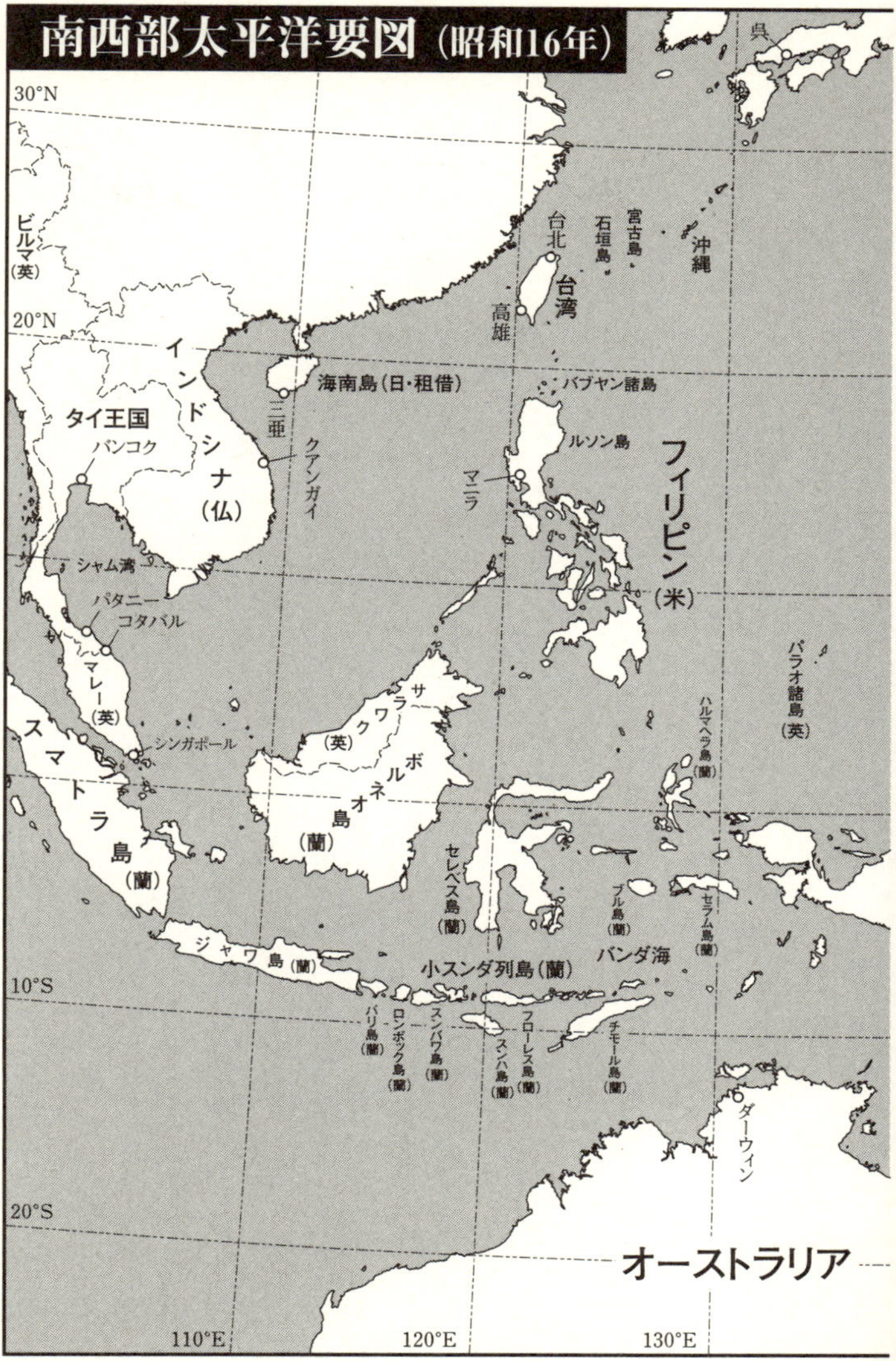

南西部太平洋要図（昭和16年）

碧海の玉座1

日英激突

序　章

1

「勧告……とおっしゃるのですか？」

日本政府の全権として、フランスの首都パリに派遣された侯爵《こうしゃく》西園寺公望《さいおんじきんもち》は、驚いて聞き返した。

「左様。勧告です」

アメリカ合衆国大統領ウッドロー・ウィルソンは、何を驚いているのか――と言いたげな表情で頷《うなず》いた。

「我がアメリカ合衆国は、貴国が鎖国を解き、近代国家としての第一歩を踏み出して以来、常に最も誠実な友好国だったと自負しております。その友好国として、誠意を込めて勧告しているのです」

大正八年（一九一九年）五月二二日。

史上初めて戦われた、地球規模の大戦の講和条件を決定するための会議が始まってから、四ヶ月あまりが経過している。

最も重要な議題であったドイツに対する要求――賠償金《ばいしょうきん》の額、軍備制限の内訳、ドイツより連合国各国に割譲《かつじょう》される領土の細目などが、概《おおむ》ね固まった時期だ。

向こう一ヶ月以内には、全てが決着すると見積もられている。

そのような時期になって、アメリカから日本に対し、一つの要求が突きつけられたのだ。

「日本の南洋諸島領有は、オーストラリア、ニュージーランドの独立を脅《おびや》かし、太平洋永遠の平和に禍《か》根《こん》を残す恐れがある。よって、その領有権放棄《ほうき》を勧告する」

と。

大戦中、日本は太平洋上におけるドイツ領の攻略を実施し、アメリカ領グアム島を除くマリアナ諸島全域、カロリン諸島、マーシャル諸島を占領した。併《あわ》せて、ドイツ軍の要塞《ようさい》があった青島《チンタオ》を攻略した。

日本政府も、軍関係者も、国民も、大戦終了後には、これら全てが日本領となることを信じて疑わなかった。

そこに、アメリカが冷水を浴びせたのだ。

この勧告に従った場合には、日本が獲得できる新領土は、青島だけになってしまう。

思いがけない展開に、西園寺も、もう一人の全権である男爵牧野伸顕《だんしゃくまきののぶあき》も、狼狽《ろうばい》しないではいられなかった。

「我が国も、アメリカ合衆国の主張に賛同します」

「貴国も……ですか」

フランス首相ジョルジュ・クレマンソーの発言に、西園寺は呻《うめ》いた。

クレマンソーは、西園寺とは個人的に親友の関係にある。そのクレマンソーが、アメリカの肩を持つのか。

「思い違いをなさらないでいただきたいが、ムッシュー・サイオンジ」

クレマンソーは、柔和《にゅうわ》な笑みを浮かべて言った。

「あなたとの個人的な友誼《ゆうぎ》を蔑《ないがし》ろにするつもりはない。むしろ、私があなたに敬意を払っているからこそ、アメリカに賛同しているのだと考えていただきたい。勧告に従った方が貴国にとってもプラスになると、私も確信しているのでね」

「我が国も、アメリカの主張に賛同する」

「我が国も、同様である」

イギリス首相ロイド・ジョージとイタリア首相ヴィットリオ・エマヌエーレ・オルランドが、それぞれ発言した。

西園寺は、会議室の中を睨《ね》め付けた。

予想されたことではあったが、日本の味方をする者はない。会議には、オランダやベルギーの代表も出席しているが、この二国は、米英仏伊の四国に比べてあまりにも小さく、仮に日本の味方をしてくれたところで、たいした助けにはならない。

「太平洋の地図を見れば分かると思うが、ミスター・サイオンジ」

ウィルソンは、親しげな声で語りかけた。「大戦中に日本が占領したカロリン、マーシャルは、いずれもオーストラリア、ニュージーランドに近い。そしてこれらの諸島には、大規模な艦隊を収容できる環礁《かんしょう》が幾つもある。貴国のように強大な海軍力を持つ国が、南洋諸島を領有することは、オーストラリア、ニュージーランドに対し、大きな脅威となるのだ」

「我が国には、オーストラリアやニュージーランドに対する領土的野心などありません」

牧野が反論した。「両国は、事実上の独立国とはいえ、英連邦内の自治領であることに変わりはありません。その両国を侵略するとなれば、イギリス相手の全面戦争を覚悟しなければなりません。そのことが分かっていて、両国の独立を脅かすほど、我が国の為政者は愚かではありません」

「今は、そうでしょう。しかし、将来もそうだと言い切れますか？　将来、日本に好戦的かつ領土欲の強い国家指導者が出現し、オーストラリア、ニュージーランドを侵略しないという絶対の保証ができますか？」

「それは……」

「マリアナ諸島の領有までは、認めてもよいでしょう」

クレマンソーが言った。「マリアナ諸島は、オーストラリアからも、ニュージーランドからも大きく隔たっていますし、大規模な艦隊を収容できる泊地もない。日本が領有しても、太平洋の平和を脅かすことはない。ですが、カロリン、マーシャルは異なります」

（やはり示し合わせていたな、この四国は）

講和会議が始まる前から予感していたことが現実になったと、西園寺は悟った。

パリ講和会議の主要五カ国のうち、アメリカ、イギリス、フランス、イタリアは、ドイツと大規模な地上戦を戦った国々であり、戦争期間中から、何度も戦略会議を開いている。

欧州から遠く離れた太平洋を主戦場としていた日本よりも、遥《はる》かに親密な関係にあるのだ。

事実、パリ講和会議には、日本は呼ぶ必要がないとの主張もあったという。

日本に対して、南洋諸島放棄の要求を突きつけることについては、四国の間で、既に合意がなされていたに違いない。

日清《にっしん》戦争終結後、日本は、ロシア、ドイツ、フランスの三国干渉により、一旦は日本への割譲が決まった遼東《りょうとう》半島を清に返還せざるを得なくなった。

米英仏伊の勧告は、かつての三国干渉を上回る四国干渉だ。

あの当時に比べ、日本も力を付け、列強の一員に数えられるまでになった。

だが、今の日本と米英仏伊四国の差は、かつての日本と露独仏三国の差よりも、更に開いている。

「仮に、我が国が勧告に応じたとして——」

西園寺は聞いた。「南洋諸島は、どこの国の帰属となるのです?」

「当然、元の所有者、すなわちドイツの領土に戻ります」

「それを、今度はあなた方が、戦時賠償の一環として召し上げるというわけですか? かつてロシアが、遼東半島を奪い取ったように」

刺《とげ》を含ませて、西園寺は言った。

ウィルソンの顔が赤みを帯び、他の三国の代表は顔を見合わせた。

「ドイツに課せられた賠償は、あまりにも巨額です。長い戦争で疲弊《ひへい》したドイツには、到底払える額ではない。そこで我が国が獲得した南洋諸島に眼を付けたというわけですか」

「あなたは侯爵だそうだが、ミスター・サイオンジ」

ロイド・ジョージが、皮肉を込めて言った。「貴国では、貴族階級に属する者が、そのような口をきくのですか。あまり、文明国に相応《ふさわ》しいとは言えませんな」

「戦時賠償が取れぬからといって、他国の戦利品に眼を付けることが、文明国に相応しいとおっしゃるわけですか」

「我々は、皮肉や当てこすりを言い合うために、ここに来ているわけではない！」

クレマンソーが大声で言った。出し抜けの怒声《どせい》に、隣席に座る牧野が飛び上がりそうになった。

「率直に申し上げましょう、ムッシュー・サイオンジ」

クレマンソーは、声の調子を和《やわ》らげて続けた。

「我々四国には、貴国に対する不満があるのですよ。我が国も、イギリスも、イタリアも、そして途中から参戦したアメリカも、ドイツを初めとする同盟軍と熾烈《しれつ》な地上戦を戦った。兵士たちは銃弾に貫かれ、炸裂《さくれつ》する巨弾に肉体を引き裂かれ、毒ガスに冒《おか》された。戦死者数は、我が国が約一三六万名、イギリスが約九一万名、イタリアが約六五万名、アメリカが約一三万名です。これだけの膨大《ぼうだい》な犠牲を払って、ドイツを打倒することに成功したのです。しかるに貴国は、どのような犠牲を払いましたか？　戦死者総数は、一〇〇〇名にも届いておらぬと聞き及びますが」

「我が国は欧州から遠く離れており、あなた方の国と同列に比較はできないと考えますが」

「遠く離れているというなら、オーストラリアやニュージーランドも同じです」

ロイド・ジョージが言った。「両国は地上部隊を派遣し、我が大英帝国と共に戦いました。貴国に同じことができなかったとは思えません」

「我々が申し上げたいのは、一〇〇万にも及ぶ戦死者を出した国と、僅《わず》かな犠牲しか払わなかった国が、同等の戦利品を受け取るのはおかしいということなのですよ、ムッシュー・サイオンジ」

クレマンソーは、穏やかな声で続けた。「貴国も、ヨーロッパに地上部隊を派遣して下さればよかった。貴国の歩兵の頑強さは、ロシアとの戦争で世界に名を馳《は》せていました。貴国の兵が、旅順《りょじゅん》や奉天《ほうてん》で発揮した勇猛さを、ソンムやヴェルダンで見せてくれれば、連合国の犠牲はより少なくて済んだはずです。しかし、貴国はその期待に応えて下さらなかった。我々が不満を抱くのは、当然でしょう?」

西園寺には、思い当たる節があった。

太平洋におけるドイツ領のうち、ビスマルク諸島とニューギニア北東部はオーストラリアの委任統治領となり、西サモア諸島はニュージーランドの委任統治領となったが、このことを問題視した列強諸国はない。

ビスマルク諸島、ニューギニア北東部、西サモア諸島は、欧州の戦場で血を流したオーストラリア、ニュージーランド両国に対する報酬であり、欧州に地上部隊を派遣しなかった日本には、報酬を受け取る権利はないということなのだろう。

「勧告を、受《う》け容《い》れて下さいますな?」

「ことは、極めて重大です」

西園寺は、殊更《ことさら》ゆっくりとした口調で言った。「本国政府と協議した上で、回答を差し上げたいと考えます」

「二週間、待ちましょう」

ウィルソンが言った。それ以上は待たぬ――その意味を言外に込めた、きっぱりとした口調だった。

「貴国の政府首脳が冷静な判断を下すことを、我々は信じています。貴国の為政者は、一一年前、貴国を訪問した我が艦隊の威容を覚えておいででしょうから」

2

トラック環礁は、海面に敷かれた褐色《かっしょく》の帯のように見えた。

珊瑚礁《さんごしょう》の向こう側に、真っ青な礁湖《しょうこ》が広がり、緑の島々が点在している。

三ヶ月前、防護巡洋艦「矢矧《やはぎ》」の軍医長に任ぜられた海軍軍医中監（軍医中佐相当官）須磨源三郎《すまげんざぶろう》には、初めて見る光景だった。

「矢矧」は六隻の輸送船を先導し、ゆっくりと環礁に向かってゆく。

接近するにつれ、珊瑚礁に切れ目が見え始める。礁湖と外海を繋《つな》ぐ水道だ。

「取舵《とりかじ》一杯」

が下令され、「矢矧」は艦首を左に振る。

正面に見えていた水道が右に流れ、艦は環礁に沿って航行する形になる。

トラック環礁の北側の水道は、内側に浅礁が多く、通行しにくいと聞く。艦長は、北東の水道から環礁内に入るつもりなのだろう。

「右舷に見えるのが春島《はるしま》です。環礁の中では、二番目に大きな島です。我が軍が攻略する前は、モエン島と呼ばれていました」

「矢矧」の砲術長を務める宮戸正光《みやとまさみつ》少佐が話しかけてきた。

五年前——世界大戦が始まってから間もない大正三年一〇月、第二南遣《なんけん》支隊がトラック環礁を含むカロリン諸島を攻略したときには、戦艦「薩摩《さつま》」の砲術士として参加した経験を持っている。

「守備隊が駐留しているのは、何ヶ所ですか？」

源三郎は丁寧《ていねい》な口調で聞いた。

階級では源三郎の方が上であり、軍歴も宮戸より長いが、相手が兵科将校となると、自然と丁寧な口の利き方になる。

「全部で四ヶ所です。春島と夏島《なつしま》、冬島《ふゆしま》、それに環礁の西部に位置する水曜島《すいようじま》に駐留しています」

「それらも全て元の名に戻る、というわけですな」

「四つの島には、ドイツ軍の奪還作戦に備えて砲台を建設中でしたし、艦隊泊地としての整備も進んでいたのですが……」

いかにも惜しい——宮戸の口調は、そう言いたげだった。

「残念だ。残念極まりない」

「矢矧」艦長川上鉄太郎《かわかみてつたろう》大佐が、環礁に向けて大きく右手を振った。「見たまえ、この環礁の広さを。連合艦隊が、今の数倍の規模に膨《ふく》れ上がっても、楽々と全艦を収容できる。これだけ大きい泊地は、内地にはない。横須賀《よこすか》も、呉《くれ》も、佐世保《させぼ》も、この泊地に比べたら公園の池のようなものだ。ここを我が国が領有できれば、帝国海軍が大きく飛躍できたことは間違いない。それを、みすみす手放さねばならぬとは……」

――パリ講和会議における南洋諸島放棄の要求が報じられたとき、日本の国内世論は沸騰《ふっとう》した。

日露戦役時にポーツマス条約を締結した時とは異なり、暴動こそ起こらなかったものの、新聞は、

「南洋諸島は兵士の血で購《あがな》った日本の新たな領土である」

「四国の要求は断固拒否すべし」

等と、社説で主張した。

海軍もまた、

「南洋諸島は、将来にわたる帝国の国防、特に海軍の戦略にとり、不可欠の要地である。南洋諸島の全てが無理なら、カロリン諸島の東部、トラック諸島だけでも確保していただきたい」

と、西園寺侯爵を初めとする日本側全権に要望した。

だが政府はこれらの主張を抑え、カロリン、マーシャルの放棄に同意した。

日露戦役が終結した直後、アメリカが行った海軍力の示威《じい》行動――「白船《グレート・ホワイト・フリート》」の来日は、まだ記憶に新しい。

当時の日本で、稼働状態にあった戦艦は、日露戦役で鹵獲した元ロシア戦艦を含めて九隻だったが、アメリカは実に一六隻もの戦艦を中心とした大艦隊で世界一周の航海を行い、その巨大な軍事力をまざまざと見せつけたのだ。

日露戦役から世界大戦までの間に、日本も海軍力の増強に努めたが、米海軍との間には、まだ大きな

差がある。

四国の勧告を拒否すれば、そのアメリカだけではない。イギリス、フランス、イタリアまでが敵に回るのだ。

争っても勝算がないことは、政府にも軍にも分かっていた。

放棄と決まった以上は、カロリン、マーシャルに駐留している兵力は、可及的速《かきゅうてきすみ》やかに引き上げなくてはならない。

現在、「矢矧」と輸送船六隻の他にも、パラオ、マーシャルに、それぞれ輸送船と護衛艦艇が向かっていた。

「軍医長は、三国干渉のことは覚えているかね？」

川上の問いに、源三郎は頷いた。

「覚えております。当時はまだ、少軍医（少尉相当官）に任官したばかりの新米でしたが」

「パリ講和会議における米国の主張は、当時のロシアやドイツやフランスの主張とそっくりだ。名目はあくまで友誼的勧告だが、実際には恫喝《どうかつ》そのものだった」

「艦長は、これが三国干渉と同じだと考えておられるのですか？　ロシアが三国干渉の後、遼東半島を清国から租借《そしゃく》したように、米国もマーシャルやカロリンの領有を目論《もくろ》んでいる、と？」

「我が国が南洋諸島をドイツに返還しても、米国にとっては何の利益にもならない。かの国が、『太平洋永遠の平和』などという美辞麗句のためだけに、自国の得にならないことをするとは思えん。口先では綺麗事を並べ立てていたが、その本心は、南洋諸島の領有にあるはずだ」

アメリカは太平洋の中央から極東にかけて、飛び地のような形で領土を持っている。

ハワイ、グアム、そしてフィリピンだ。

マーシャル、カロリンが全てアメリカ領になれば、フィリピンからハワイまで太平洋上に星条旗が立ち並び、日本の勢力圏をマリアナ、台湾《たいわん》以北に押し込めることとなる。

「軍医長はどう思う?」

川上の問いかけに、源三郎は頭を掻《か》いた。

「私の仕事は、本艦乗員の健康管理や、戦闘で負傷した者の治療です。外交や国家戦略のことは、専門外です。ただ……確かに日清戦役が終わった直後の清国と今のドイツは、よく似た状態にあります。人間に喩《たと》えるなら、瀕死《ひんし》の重病人と同じです。諸外国から見れば、付け込みやすいでしょうな」

「パリ講和会議における米国の勧告が、三国干渉に等しいものだとすると、いずれ我が国は米国と一戦交えることになる、と艦長はお考えでしょうか?」

宮戸砲術長の問いに、川上は少し考えてから答えた。

「米国が、かつてのロシアのように、我が国の勢力圏にまで食指《しょくし》を伸ばしてくれれば、戦わざるを得なくなるだろう」

源三郎の脳裏に、ある光景が浮かんだ。


連合艦隊司令長官東郷平八郎《とうごうへいはちろう》大将の号令一下、敵前で一斉に回頭する連合艦隊の主力――戦艦「三笠《みかさ》」や「敷島《しきしま》」。

それらの周囲にそそり立つ、おびただしい水柱。火を噴く砲門。

三〇センチ砲弾を撃ち込まれ、炎上する「オスラビア」「クニャージ・スウォーロフ」「アレクサンドル三世」等のロシア戦艦。

味方の艦にも降り注ぐ敵弾。

被弾の衝撃に震える装甲巡洋艦「日進《にっしん》」と、その甲板上で呻く負傷者。

全て、源三郎が自分の目で見た光景だ。

当時源三郎は、大軍医として「日進」に乗艦しており、負傷者の救出と治療に走り回った。

敵弾の破片を浴び、左手の指二本を吹き飛ばされた少尉候補生の治療に当たったこともある。

海戦そのものは日本の大勝利に終わり、帝国海軍は世界に勇名を轟《とどろ》かせたが、実際に現場で戦った者にとっては、死と常に隣り合わせの世界だった。

日米戦争になれば、今一度あの修羅場《しゅらば》が繰り返される。

いや、兵器の性能が向上した今では、源三郎が経験したものよりも遥かに凄《すさ》まじい光景が、海上に現出するだろう。

だが——。

(俺が心配しても、意味のないことだ)

源三郎は、胸中で呟《つぶや》いた。

川上艦長に言ったように、源三郎は「矢矧」の軍医長という立場だ。

今、源三郎が何よりも心配しなければならないのは、トラックの守備隊将兵に、熱帯病にかかっている者がどれぐらいいるかということだ。

場合によっては、源三郎自身も輸送船に移乗して、傷病兵の治療に当たらねばならない。

軍医長の仕事を、まず果たすことだ。このトラックでも、そして、不幸にして日米戦争が始まった場合でも——と、自身に言い聞かせた。

源三郎が顔を上げたとき、

「面舵《おもかじ》一杯」

が下令された。

「矢矧」はしばし直進を続けた後、艦首を大きく右に振った。

右舷側に見えていた環礁内の島々が、正面に移動する。

それらに接岸すべく、「矢矧」は六隻の輸送船を従え、トラック環礁の北東水道から、ゆっくりと礁湖の中に入っていった。

3

ヴェルサイユ条約が締結されてから四年余りが経過した大正一二年九月、アメリカは南洋諸島の獲得に向けて動いた。

ドイツに対し、カロリン、マーシャル両諸島の買収を持ちかけ、総額一〇〇億マルク（二一世紀の貨幣価値に換算して、約一兆三〇〇〇億円）の買い取り額を提示したのだ。

ドイツは大戦による後遺症で、青息吐息の状態にある。

戦争で国力を消耗《しょうもう》し尽くした上、総額一三二〇億マルクもの戦時賠償金を課せられ、国内のインフレーションは最高潮だ。

そのドイツに、一〇〇億マルクという買い取り額を提示すれば、一も二もなく飛びつくに違いないというのが、米政府の予想だった。

だが、南洋諸島獲得に動いたのは、アメリカだけではなかった。

イギリスもまた、賠償金額の自国分放棄と引き替えに、南洋諸島を譲り受けたい旨《むね》をドイツに申し入れた。

アメリカは既に、ハワイ諸島とグアム、フィリピンを領有している。そのアメリカが、更に南洋諸島全てを領有すれば、太平洋において、アメリカの勢力圏だけが突出する。

イギリスとしては、そのような事態を見過ごすわけにはいかなかったのだ。

最終的にこの問題は、マーシャル諸島をアメリカが、カロリン諸島をイギリスが領有することで決着した。

ドイツは、マーシャルの買収金額として、五〇億マルクをアメリカから獲得し、イギリスに対しては、カロリンの譲渡と引き替えに、賠償金額の七〇パーセントを放棄させた。

ドイツは米英両国を天秤《てんびん》にかけ、最大限の利益を引き出した。

その結果、アメリカ、イギリスという世界の二大海軍国は、中部太平洋にて対峙《たいじ》することとなったのだ。

第一章　極東の火薬庫

1

その巨艦は、柱島《はしらじま》の南岸に寄り添うようにして停泊していた。

中央よりも前寄りに、城の天守閣《てんしゅかく》を思わせる艦《かん》橋《きょう》がそびえ、そのすぐ後ろに煙突が位置している。遠くからは、艦橋と煙突が一体になっているように見える。

主砲塔は連装五基。前部に二基、後部に三基を、背負い式に配置している。

戦艦「加賀《かが》」。

姉妹艦「土佐《とさ》」、及び長門《ながと》型戦艦の「長門」「陸《む》奥《つ》」と共に、帝国海軍が四隻を保有する四〇センチ砲搭載戦艦の一隻だ。

「長門」「陸奥」の主砲は、四〇センチ砲連装四基八門だから、火力は「加賀」「土佐」の方が大きい。

「加賀」を遥かに凌駕《りょうが》する強力な新鋭戦艦が、向こう半年以内に呉の海軍工廠《こうしょう》で竣工《しゅんこう》するとの噂《うわさ》があるが、現在——昭和一六年九月四日の時点では、「加賀」と「土佐」が、帝国海軍最大最強の戦艦だった。

海軍少佐須磨文雄《すまふみお》は、内火艇《ないかてい》の後部キャビンに立ち、近づいてくる「加賀」の勇姿を見つめていた。

暦《こよみ》の上では秋に入っているが、日差しは強い。ぎらつく陽光は、容赦《ようしゃ》なく頭上から照りつけてくる。

それでも、瀬戸内の海面を渡る風のため、暑さはさほど感じない。

何よりも、これから「加賀」で自分を待つ新しい仕事に対する期待が、文雄の気持ちを昂揚《こうよう》させ、暑さを忘れさせていた。

「戦艦で勤務されるのは、初めてですか?」

「加賀」掌砲長《しょうほうちょう》の県勝則《あがたかつのり》特務少尉が話しかけてきた。内火艇に乗り、桟橋《さんばし》まで文雄を迎えに来たのだ。

広島の山間部で農家の四男として生まれ、口減らしのつもりで兵役に就《つ》いたが、実直でまめな勤務ぶりが評価され、順調に昇進を重ねて特務士官の階級を得たとのことだった。

「戦艦で勤務したことはあるが、加賀型は初めてになる」

と、文雄は答えた。「掌砲長は、『加賀』での勤務が長いのか？」

「呉海兵団の教育修了後、最初の配属先が『加賀』でした。『加賀』が近代化改装の工事を行っている期間中に、地上で勤務したことはありますが、『加賀』以外の艦で勤務したことはありません」

「それなら、『加賀』のことは隅々《すみずみ》まで知っているだろう？」

「ええ。艦内見学があるときには、よく案内役を命じられます」

「俺は、特定の艦で長期間勤務したことはない。少尉に任官してからこっち、地上勤務とは縁が薄くてね。戦艦、巡洋艦、駆逐艦の他、潜水母艦や水上機母艦に配属されたこともある」

「少佐は、艦艇勤務を中心に過ごしてこられたのですか？」

「少尉候補生で航海実習をしているとき、指導教官から折りに触れて言われたんだ。『海軍軍人は、軍人である前に船乗りであれ。艦艇勤務こそ、本分であると心得よ』とね。結果として、その教えを忠実に守ることになったが、俺は艦が自分に一番合った仕事場だと思っているし、今後の海軍生活も、艦船勤務を中心に送りたいと願っている。本艦での勤務がどれぐらいになるかは分からないが、帝国海軍最強の戦艦に乗る以上は、できるだけ長く務めたい。今後は、よろしく頼むよ」

言葉を交わしている間に、内火艇は「加賀」の左舷側に横付けしていた。

「艦長室まで御案内します」

舷梯《げんてい》を上がり、乗艦申告を済ませたところで、県が言った。

第一、第二砲塔を右に見上げながら、甲板上を歩く。

　文雄は中尉に任官した最初の年に、戦艦「榛名《はるな》」に乗り組み、大尉の三年目で戦艦「扶桑《ふそう》」の第三分隊長を務めたことがあるが、「榛名」も「扶桑」も三六センチ砲戦艦だ。

　両艦の三六センチ砲塔も、見上げんばかりの大きさだったが、「加賀」の四〇センチ砲塔は、更に一回り大きい。この大きさだけを見ても、「加賀」が帝国海軍最強の戦艦であることを実感できる。

　文雄は、あらためて喜びを嚙《か》みしめた。

　帝国海軍最強の戦艦で、主砲から機銃まで、全ての火器を指揮する立場になるのだ。

　五二期生として海軍兵学校を卒業して以来、砲術を専門に選び、ひたすら現場で鍛錬《たんれん》を重ねて来た身には、夢にまで見た栄光ある職務だった。

　ほどなく文雄は、艦長室に着いた。

　ドアを軽くノックし、艦長の応答を待って入室した。

「加賀」艦長倉吉恭一郎《くらよしきょういちろう》大佐が、笑顔で文雄を迎えた。

「申告します。海軍少佐須磨文雄、『加賀』砲術長勤務を命じられ、ただ今着任しました」

「御苦労。よく来てくれた」

　倉吉は笑顔で答礼を返し、文雄に椅子を勧めた。従兵にコーヒーを運んで来るよう命じ、文雄の向かいに座る。

「予定では、君の転任は一〇月になるはずだった」

　倉吉は言った。「ところが、君の前任の砲術長が体調を崩《くず》し、退艦することになった。国際情勢が緊迫している折、戦艦、特に帝国海軍に四隻しかない四〇センチ砲戦艦の砲術長を空位にしておくわけにはいかない。そこで人事局にかけあい、君の赴任予定を繰り上げて貰《もら》ったんだ。迷惑だったかね？」

「教官勤めは性に合いません。早めにお呼びいただいたことに感謝しています。それに、兵学校卒業以来、本艦か『土佐』の乗員となることは、私の念願でした」

「今の時期、本艦の砲術長というのは相当きつい仕事になる。本艦に乗り組んだことを、後悔するかもしれんぞ」

倉吉は冗談めかして言ったが、顔は笑っていなかった。

「本艦の砲術長に任ぜられるまで、多種多様な艦に乗り組みましたが、後悔したことは一度もありません」

「確かに、艦船勤務の経験は豊富だな」

倉吉は頷いた。「身上書は読ませて貰ったが、君は少尉任官後、『球磨《くま》』乗組を皮切りに、海軍生活のほとんどを艦船勤務で過ごしている。陸《おか》に上がったのは、水雷学校や砲術学校で学んだときと、本艦に来る前、砲術学校の教官を務めたときだけだ。大尉の終わりか少佐の初め頃に、海大で学ぶ道もあったと思うが」

海軍大学校の甲種学生を修了すれば、栄進の道が大きく開ける。

軍令部や海軍省で勤務する機会が増え、精進次第では、軍令部各部の部長や海軍省の局長、ひいては軍令部次長、海軍次官といった職も視野に入れることが可能となる。

だが、それは文雄が求めるものではなかった。

「私はもともと、戦艦や巡洋艦の艦長となることを夢見て、海兵の門を叩《たた》いた身です。海の武人として大成することが何よりの望みであり、中央での栄進は考えておりません」

「須磨大佐とは違うということか」

「兄を、御存知なのですか?」

「本艦は、『土佐』と交替で連合艦隊《GF》の旗艦《きかん》を務めている。GFの首席参謀とは、仕事の打ち合わせもするし、上陸して一緒に飲むこともある。それに私は、人事局に勤めたことがあってね。父君と四人の息子全員が海軍士官という一家のことは知っている」

退役海軍軍医大佐須磨源三郎の三男というのが、文雄の出自だ。

父の影響で、二人の兄も、文雄自身も、そして少し年が離れた末弟も、幼い頃から海軍への強い憧れを持ち、海軍軍人を志した。

幸い、全員が海軍兵学校に合格し、海軍士官の道を歩んでいる。

文雄と、次兄の秋彦《あきひこ》は、もっぱら艦船勤務を中心に海軍生活を過ごしてきたが、長兄の龍平《りゅうへい》は海軍大学校の甲種学生を修了した後、海軍省、軍令部、鎮守府等での勤務が多くなり、現在は連合艦隊司令部で首席参謀を務めていた。

「兄も海兵を受験したときには、戦艦や重巡の艦長になることを夢見ていました」

文雄は言った。「今でも、その望みは捨てていないと思います。ただ、人事が必ずしも本人の希望通りになるとは限りませんので」

「兄君も、中央ではなく、現場で働くことを希望していたということか?」

「はい」

「勤務に就いているうちに、本人も気づいていなかった思いがけない素質が芽吹くこともあるからな。兄君も、現場より中央で腕を振るって貰った方がよいと、人事局に評価されたのかもしれん」

「おっしゃる通りかもしれません」

倉吉は微笑し、話題を変えた。

「ところで君は、本艦の来歴については知っているかね?」

「ワシントン軍縮会議の結果次第では、この世に生を受けなかったかもしれない、と聞いております。その場合、帝国海軍の四〇センチ砲戦艦は『長門』のみ、もしくは『長門』『陸奥』の二艦にとどまっていたはずだ、と」

——大正七年、列強諸国のほとんどを巻き込んだ世界大戦が終結した後、各国の海軍力の増強は鎮静化するどころか、逆に烈《はげ》しさを増した。

海軍の主力たる戦艦の建艦競争は、大戦による国力の消耗が少なかった日米両国間で特に顕著であり、日米両国共に、戦艦、巡洋戦艦合計一六隻を建造する計画を内外に発表した。

日本海軍は、戦艦と巡洋戦艦八隻ずつを建造し、帝国海軍の新たな主力とするという「八八艦隊計画」を立てており、その初期型となる戦艦、巡洋戦艦各四隻は、大戦中より既に建造が始まっていた。

一方アメリカは、大正五年（一九一六年）に成立した「ダニエルズ・プラン」の下、大正五年から八年までの三年間に、戦艦一〇隻、巡洋戦艦六隻の建造を予定していた。

事前に予想されていたことではあったが、この計画は、両国の国家予算を圧迫した。

日本の八八艦隊計画は、艦隊の建造だけで国家予算の三分の一を必要としており、全艦が竣工した後の維持費にも、莫大《ばくだい》な予算がかかる。

国力に余裕があるアメリカにとっても、ダニエルズ・プランは、決して小さな負担ではない。

このため、米大統領ウォレン・G・ハーディングの提案により、大正一〇年一一月一一日より翌一一年二月六日まで、アメリカの首都ワシントンで、列強諸国の軍縮を決定する国際会議が開かれた。

同会議では、日本海軍の対米英主力艦保有比率を六割とすることが提案されたが、日本側全権はこの案を拒否した。

パリ講和会議で、四国干渉に屈してから三年。

今また、ここでアメリカの圧力に屈するわけにはいかない。

日本側全権は必死に粘り、米英両国から妥協を引き出した。

主力艦の対米英比率を七割とし、長門型戦艦二隻、加賀型戦艦二隻の保有、及び天城《あまぎ》型巡洋戦艦四隻中、三隻の空母転用を認めさせたのだ。

八八艦隊計画艦一六隻のうち、半数近い七隻の保有が認められたことになる。

一方アメリカは、「ダニエルズ・プラン」の計画艦一六隻のうち、四〇センチ主砲を装備するコロラド級戦艦四隻、レキシントン級巡洋戦艦二隻の保有と、レキシントン級巡洋戦艦四隻の空母転用という成果を得た。

イギリスも、長門型、加賀型のライヴァルとなるネルソン級戦艦四隻、及びフッド級巡洋戦艦二隻の保有、かつフッド級の主砲である三八センチ砲を四〇センチ砲に換装することが決まった。

以来、四隻の四〇センチ砲搭載戦艦――分けても四〇センチ砲一〇門を搭載する「加賀」「土佐」の二艦は、帝国海軍の象徴となり、長く国民に親しまれてきたのだ。

文雄は、ワシントン軍縮条約が締結された大正一一年に海軍兵学校に入校し、海軍士官の道を歩み出した。

在校中、指導教官からワシントン会議の経過を聞く機会があり、「加賀」「土佐」が生を受ける前に、激しい外交戦があったことを知った。

徳川家達《とくがわいえさと》、加藤友三郎《かとうともさぶろう》といったワシントン会議の日本側全権が、米英に妥協し、対米英主力艦比率の六割案を呑んでいたら、「加賀」も「土佐」も、工廠で解体されていたに違いない。

「加賀」「土佐」は、外交交渉の勝利によって、この世に生を受けた艦だったのだ。

「二〇年前、徳川首席全権や加藤大将が、ワシントンで妥協せず、粘り強い交渉に当たったのは、本艦や『土佐』『長門』『陸奥』に、日本の守りを託せると確信していたからだと私は思っている」

倉吉は言った。「事実、四隻の四〇センチ砲戦艦は、今日まで帝国海軍の象徴であり続けて来た。呉の工廠で、強力な最新鋭戦艦が建造中だからといって、本艦の価値が失われたわけではない。これからも末長く、日本のために働かねばならない」

「おっしゃる通りです」

「そのためには、『加賀』をより強くしなければならない。本艦の命とも言うべき主砲を操る砲術長の責務は、特に重大だ」

「主砲が大事なことは申し上げるまでもありませんが、副砲以下の火器も、主砲に劣らず重要であると私は考えております」

静かな口調で、文雄は言った。「特に、最近性能の向上が著しい航空機が、近い将来、戦艦にとって大きな脅威となることが予想されます。今後は、高角砲、機銃による対空射撃の訓練に、特に力を入れねばならないでしょう」

「対空射撃の重要性は、砲術学校で聞いたことかね？」

「はい。最近は砲術学校でも、対空射撃の重要性に注目しており、今後の学生教育への反映を検討しています」

倉吉は笑い出した。

「君は、教官勤めは性に合わないと言っていたが、なかなかどうして、しっかりと最近の研究成果を学んでいるではないか」

「恐縮です」

「君に、早めに来て貰ったのは、やはり正解だったな」

倉吉は、満足げに頷いた。「君には、本艦の砲術科員たちを鍛え上げ、私と共に本艦を強くして貰いたい。同時に、本艦で砲術長の経験を存分に積み、将来に役立ててくれることを希望する」

文雄は威儀《いぎ》を正した。

「身に余るお言葉です。本分を尽くします」

「ただし――」

倉吉の表情から笑いが消え、壁に貼られている地図に視線を投げた。艦長が何を見ているのか、文雄にはすぐに分かった。

台湾とマリアナ諸島。

前者は日清戦争以降、日本の領土であると同時に、東シナ海の要衝《ようしょう》となっている。後者は、先の世界大戦で日本が獲得した数少ない海外領土だ。

両者に共通するのは、日米両国の勢力圏が接する場所であることだ。

台湾は、フィリピンとの間に約二〇〇浬《カイリ》を隔てている。台湾南部の高雄《たかお》から、フィリピンの行政の中心があるマニラまでは、約四〇〇浬だ。

さほど近接しているわけではないが、展開している兵力は多い。

海軍は、第一一航空艦隊を台南、高雄に展開させており、総兵力は三七〇機に及ぶ。

在比米軍の兵力も巨大だ。

海軍兵力は小さいが、マニラを中心に四〇〇機以上の航空兵力が展開し、ルソン島を中心にして、東シナ海に睨《にら》みを利かせている。

もう一方のマリアナ諸島は、日米間の協定によって非武装地域とされており、日米共に、軍を駐留させていない。

とはいえ、サイパン、テニアン両島にも、グアム島にも、大規模な空港があり、一朝ことあるときには、軍用機の基地に早変わりする。殊に、テニアン島からグアム島までは約八〇浬しかない。

日米は、航空機であれば三〇分で到達できる距離を隔てて対峙しているのだ。

日米戦争があるとすれば、第一に東シナ海、第二にマリアナ諸島近海で火を噴く可能性が高いと、砲術学校でも噂されていた。

「意外に早く、実戦を経験する日が来るかもしれない。そのことは、覚悟しておいてくれ」

「承知しております」

倉吉の言葉に、文雄は頷いた。「そのときに備え、できるだけ早く本艦に馴染《なじ》むよう努めます」

2

「加賀」の新任砲術長が、自分の部下となる分隊長や砲術士に引き合わされている頃、台湾の東港《とうこう》基地より発進した東港航空隊の九七式大型飛行艇は、ルソン海峡に点在するバブヤン諸島の東方海上を南下しつつあった。

東港航空隊は、塚原二四三《つかはらにしぞう》中将を司令長官とする第一一航空艦隊隷下《れいか》の部隊で、九七式大艇一八機を擁《よう》している。

この日の飛行は、定期的に行っている哨戒《しょうかい》飛行の一環だった。

「現在位置、バブヤン島よりの方位九〇度、四〇浬」

「了解」

主偵察員を務める平野剛《ひらのつよし》飛行兵曹長の報告に、機長と主操縦員を兼任する黒川満《くろかわみつる》中尉は、ごく短く返答した。

ちらと右方を見やるが、島影は見えない。

バブヤン島は、面積六〇平方キロメートルほどの小さな島だ。四〇浬の距離があっては、肉眼での視認は不可能だ。

台湾とフィリピンを分かつ海峡の東寄り空域を、九七式大艇は、三菱「金星」四六型エンジンの爆音を轟かせながら飛ぶ。

まだ、ルソン島は見えてこない。行く手には、真っ青な亜熱帯の海が広がるばかりだ。

「以後の位置報告は、エンガノ岬（ルソン島北端の岬）を基点とせよ」

「以後の位置報告は、エンガノ岬を基点とします」

黒川の命令に、平野は復唱を返した。

ルソン島の沿岸から三浬以内の空域に進入すれば、領空侵犯と見なされる。

塚原司令長官は、

「哨戒機の搭乗員は、米国の領空に踏み込むことのないよう、厳重に注意せよ」

と、搭乗員たちに繰り返し命じている。

慎重な上にも、慎重な行動が必要だった。

黒川は機体を操りながら、周囲の空に目を配る。

周囲には、友軍機も米軍機も見えない。ルソン海峡の上空を飛んでいるのは、九七式大艇だけだ。

海面は、いたって穏やかだ。ところどころに、白く砕かれる波頭が見える程度だ。

その海の上を、九七式大艇は、高度を二〇〇〇メートルに保ったまま、時速二五〇キロで南下する。

（戦闘機が奇襲をかけるときは、太陽を背にするというが……）

そう思い、ちらと機体の左上方を見やった。

戦闘機に襲われたら——と思うと、背筋に冷たいものを感じないではいられない。

九七式大艇は、三三六〇浬という長大な航続距離を誇り、台湾南西部の東港から、佐世保や呉まで無着水で往復できる機体だが、最大時速は三四〇キロに過ぎない。全備重量は一七トンと重く、動きも鈍い。戦闘機に襲われたら、ひとたまりもない。

平時である以上、米軍機が問答無用で襲いかかって来ることはないと信じているが、互いに神経を張り詰めさせている状況下では、何が起こるか分からない。

常に、最悪の事態を想定する必要があった。

「現在位置、エンガノよりの方位一五〇度、二五浬」

「了解」

平野の新たな報告に、黒川は簡潔に返答した。

速度、高度とも変化はない。

前方に、うっすらと陸地の影が見え始めた。

接近するにつれ、左右に広がり、島の形を整え始めた。陸地は前方へと続いており、この島が南北に長いことを示している。

米領フィリピンの行政の中心地であると同時に、フィリピン諸島中、最大の面積を持つルソン島だ。

「エンガノ岬まで一〇浬」

平野が、新たな報告を上げた。

これまでよりも声が大きく、鋭い。これ以上の南下は危険です——との意味が、言外に込められていた。

「反転する！」

一声叫び、黒川は機体を左に旋回させた。

九七式大艇が左に大きく傾き、ルソン島が視界の右に流れた。

「右後方に艦影！」

不意に、副偵察員を務める斎藤次郎《さいとうじろう》二等兵曹が叫んだ。

黒川は、咄嗟《とっさ》に右旋回をかけた。

海が左に流れ、一群の艦船が視界に入ってきた。

大型艦が二隻、中型艦が三隻、小型艦が八隻だ。

航跡は、西から東へと延びている。

「接近する」

黒川は、九七式大艇の機首を大きく前方に押し下げた。全長二五・六メートル、全幅四〇メートルの巨大な艇体が前にのめり、緩降下《かんこうか》を開始した。

撃たれるかもしれない、との危惧《きぐ》はあるが、哨戒飛行の目的は、フィリピンにおける米軍の動向を摑《つか》むことだ。フィリピンに向かいつつある有力な艦隊を、見逃すわけにはいかない。

高度を下げつつ左に旋回し、一旦米艦隊の後方に出る。

次いで右に反転し、米艦隊の後方から追いすがる。

距離が詰まるにつれ、各艦艇——特に大型艦の形状がはっきりし始める。

艦の前部と後部に、塔状の構造物をそびえ立たせている。

主砲塔は三連装三基。前部に二基が背負い式に配置され、後檣《こうしょう》とおぼしき箱形の構造物の後ろに一基が設けられている。

煙突の数は二本。艦橋から、引き離した位置に置かれている。

全般に、バランスが取れたシャープな艦容だ。かなりの速力を発揮しそうに見える。

ワシントン軍縮条約以前に建造された戦艦群は、巨大な籠《かご》マストや三脚檣を備え、開拓時代の砦《とりで》を思わせるたたずまいだったが、目の前の戦艦は、近代的な建築物を思わせた。

「あれはノ——」

黒川が、艦の型式名を口にしようとしたとき、

「米軍機、右前方！」

平野が叫んだ。

黒川は、咄嗟に機首を引き起こした。前方に見えていた米艦隊の姿が、艇首の陰に消えた。

直後、二つの黒い影が続けざまに、艇首の前方上空を、右上方から左下方へとよぎった。

「き、機長！」

「うろたえるな！」

怯《おび》えたような平野の声に、黒川は一喝《いっかつ》を浴びせた。

「本機を墜《お》とすつもりなら、先の襲撃で墜としている。奴らは、脅しをかけてきただけだ」

若干の時を経て、ブザーの音が響く。「米軍機発見」の合図だ。尾部銃座を担当する宮永平三《みやながへいぞう》二等飛行兵曹が鳴らしたものだ。

ほどなく後方から、金星エンジンのそれとは異なる爆音が聞こえ始めた。

音は後方から、左右へと移動する。

黒川は右を見、次いで左を見る。

太い胴体を持つ、単発の機体だ。胴体脇に描かれた星のマークが、はっきりと見える。

これまでの哨戒飛行で、たびたび遭遇したカーチスＰ40〝ウォーホーク〟ではない。初めて見参する機体だった。

「酒樽《さかだる》みたいな飛行機ですね」

「言い得て妙だな」

緊迫した状況にも関わらず、黒川は小さな笑い声を漏らした。

平野が言った通り、胴体は酒樽を思わせる形状だ。主翼は中翼配置であり、コクピットはファストバック式になっている。

機首が太く、丸っこいところから見て、空冷エンジンの装備機であろう。

「写真を撮っておけ」

と、黒川は命じた。

米軍機は、しばらく九七式大艇と並行して飛ぶ。機体を、見せつけようとするかのようだ。

九七式大艇は、二機の米軍機を左右に従え、飛行を続けている。あたかも、米軍機に護送されているようだった。

「撮影完了！」

斎藤が報告した。

（大丈夫だろうか？）

との思いが、ちらと黒川の脳裏をよぎった。

並行して飛んでいる米軍機のパイロットには、九七式大艇の搭乗員の動きも、ある程度観察できたはずだ。写真を撮られたことを察知し、口封じのために襲いかかって来るのではないか……。

だが、恐れていたようなことは起こらなかった。

二機の米軍機は、撮影が終わるのを待っていたかのように、おもむろに機体を翻《ひるがえ》した。

右についていた機体は右へ、左の機体は左へ、それぞれ機体を横転させ、九七式大艇から離れてゆく。

こちらが機銃を向けていれば、簡単に下腹を撃ち抜いて撃墜できるが、そのような危険などまったく考えていないようだ。

日本機が、対米開戦の危険を冒して撃ってくることはあり得ない、と確信しているようだった。

黒川は海面を見渡し、おもむろに右旋回をかけた。

先ほどの艦隊が見当たらないところから、九七式大艇が敵艦隊を追い越してしまったと考えたのだ。

前方の海が左に流れ、二隻の戦艦を中心とした艦隊が目の前に来る。

「前方の米艦隊を撮影してから、基地に戻る」

黒川はそう伝え、機首を押し下げた。

九七式大艇が、再び緩降下を開始した。

米艦隊は整然たる隊形を組んだまま、悠然と航行している。九七式大艇の動きなど、全く気に止めていないかのようだ。

黒川は、僅かに艇首を右に捻《ひね》った。

九七式大艇は、米艦隊を左に睨みつつ航過した。

後部キャビンで、カメラのシャッター音が連続して響いた。

3

東港航空隊の九七式大艇が撮影した米艦隊と米軍機の写真は、翌九月五日の夕刻、柱島泊地に浮かぶ連合艦隊旗艦「土佐」に届けられた。

作戦室に集合した連合艦隊司令部幕僚の前に、大きく引き延ばされた航空写真が置かれた。

機内から撮影されたためであろう、若干のブレはあるが、どの写真も概ね艦や機体の特徴をよく捉《とら》えている。

作戦参謀三和義勇《みわよしたけ》中佐が、最初に分析結果を述べた。

「大型艦は、ノース・カロライナ級戦艦であると思われます。今年四月より竣工し始めた、米国の新鋭戦艦です。主砲塔、艦橋、煙突の配置、並びに写真の解析によって割り出された縦横比から、そのように判断しました」

「中型艦は？」

参謀長吉良俊一《きらしゅんいち》少将の問いに、三和はよどみなく答えた。

「ニュー・オーリンズ級ないしウィチタ級の重巡と考えられます。ポートランド級以前の米重巡は、いずれも三脚檣を備えていますが、この写真に写っている巡洋艦は、いずれも三脚檣を持たず、箱形の艦橋を持っています。これは、ニュー・オーリンズ級以降の米重巡の特徴です。同種の艦橋を持つ艦としては、他にブルックリン級軽巡が上げられますが、ブルックリン級の主砲は一五・二センチ三連装砲塔五基、写真の巡洋艦は三連装砲塔三基を持ちますので、この三隻がニュー・オーリンズ級かウィチタ級であることは間違いないでしょう」

作戦室の中が、しばしどよめいた。

アメリカが公開した情報によれば、ノース・カロライナ級戦艦は、全長二二二・一メートル、最大幅三一・九メートル、基準排水量三万五〇〇〇トン。

全長、全幅、重量とも、それまで米海軍最強の戦艦と目されてきたコロラド級戦艦より大きく、主砲の門数は一門多い。

これだけの巨軀《きょく》を持ちながら、行き足は速い。

最高速力二七ノットは、コロラド級戦艦を八ノット上回る。

レキシントン級巡洋戦艦よりは鈍足《どんそく》だが、火力は大きい。装甲の厚さは未公表だが、全幅の大きさから考えて、コロラド級、レキシントン級を上回ると考えられる。

総合性能では、米海軍でも最強の戦闘艦艇と言ってよい。

また、ノース・カロライナ級と共に撮影されたニュー・オーリンズ級重巡は、昭和九年から竣工し始めた艦で、米軍の巡洋艦の中では新鋭艦に属する。

ウィチタ級は、昭和一四年に竣工した米重巡の最新鋭艦で、ニュー・オーリンズ級よりも対空兵装が強化されている。


それほどの艦を、アメリカは、本国から遠く離れたフィリピンに回航したのだ。

「航空機についてはどうかね？」

吉良の問いに、航空参謀佐々木《ささき》彰《あきら》中佐が答えた。

「グラマンＦ４Ｆ〝ワイルドキャット〟。米海軍の主力艦上戦闘機です」

「フィリピンに、艦上戦闘機が配備されたということか？」

吉良は、訝《いぶか》しげな表情を浮かべた。

これまでフィリピンの守りに就いていたのは米陸軍で、航空機も陸軍機が主体だった。

海軍機は、飛行艇のカタリナ以外に確認されていなかったのだ。

ところが今になって、艦上戦闘機がフィリピンに出現したという。

これは、米海軍が飛行艇以外の航空部隊をフィリピンに配備したことを意味している。

「海兵隊に所属する機体だと思われます」

首席参謀を務める須磨龍平《すまりゅうへい》大佐が発言した。「米軍の海兵隊は、独自の航空部隊を擁しており、機体は海軍機を使用しています。東港空の大艇が遭遇した機体は、海兵隊隷下の戦闘機でしょう」

「米軍の海兵隊は、航空隊だけをフィリピンに進出させたのだろうか？　それとも、地上部隊も進出しているのだろうか？」

吉良の問いに、龍平は答えた。

「現時点では、フィリピンに展開している米軍の地上部隊に海兵隊が含まれているかどうかは判明しておりません。しかし、島嶼《とうしょ》の攻略戦や防衛戦においては、海岸での戦闘が非常に重要であること、海兵隊は海岸での戦闘を主目的に編制、訓練されていることを考えれば、海兵隊の地上部隊が展開していると考えるのが妥当でしょう」

「仮に海兵隊が展開しているとして、目的は何だろう？」

「第一目的は、フィリピンの防衛にあると考えられます。フィリピンには、大規模な渡洋侵攻作戦を実施できるほど沢山の輸送用艦艇や戦闘艦艇は在泊しておりませんから。ただし、米軍が本国から大規模な艦艇をフィリピンに派遣し、同地を足場にして渡洋侵攻作戦を開始した場合、フィリピンの海兵隊がその尖兵《せんぺい》となることはあり得るでしょう」

「大使館情報は正しかったようだな」

黙って幕僚たちのやり取りに耳を傾けていた連合艦隊司令長官塩沢幸一《しおざわこういち》大将が、ゆっくりと頷いた。

先月半ば、ワシントンの駐米大使館付武官より、

「米国は在比米軍、特にアジア艦隊の大幅な増強を計画中の模様なり」

との報告が届けられた。

報告は、戦艦二隻を含む大規模な増援部隊がフィリピンに派遣される旨を示唆《しさ》しており、状況によっては、空母がアジア艦隊に配属される可能性も考えられる、との意見も添えられていた。

東港航空隊の報告は、大使館情報が正しかったこ

とを証明したのだ。

「アジア艦隊を含めた在比米軍の増強は、我が国よりも英国を睨んだものではないでしょうか?」

政務参謀藤井茂《ふじいしげる》中佐が発言した。「目下米英の関係は、独立戦争以来と言われるほど険悪です。豪州の帰属問題では、互いに一歩も譲る姿勢を見せません。フィリピンへの新鋭戦艦配備は、パラオ、香港、シンガポールに睨みを利かせるためと考えられます」

——大正一二年九月、ドイツがマーシャル諸島をアメリカに、カロリン諸島をイギリスに、それぞれ売却したことは、図らずも太平洋において、米英対決の図式を生み出すこととなった。

アメリカは、カロリンを手に入れ損なった埋め合わせをするかのように、マーシャル諸島とフィリピンの兵力を増強し、カロリンをうかがう姿勢を取った。

イギリスもまた、カロリン諸島——特に、最も重要な泊地があるトラック、パラオの要塞化を進めると共に、英連邦の一員であるオーストラリア、ニュージーランドに積極的な軍事援助を行った。

英国は新規に獲得したカロリン諸島以外にも、ギルバート諸島、フィジー諸島を領有している。これらは米国領のマーシャル諸島や東サモア諸島から近く、対米開戦となった場合、防衛が難しい。

英国は、オーストラリア、ニュージーランドに軍事援助を行うことで、これら遠隔地の防衛を委《ゆだ》ねたのだ。

太平洋における軍拡競争はあったものの、米英両国間の国際紛争はなかった。米英は、表面上は友好関係を保ち、太平洋は静謐《せいひつ》を保っていた。

その友好関係は、昨年末に崩れ、米英両国間の緊張は急激に高まった。

アメリカが、英連邦諸国の有力な一員であるオーストラリア、ニュージーランドに対し、切り崩しを図ったのだ。

米政府は両国政府に対し、英連邦からの離脱とアメリカとの同盟締結を呼びかけ、受け容れた場合には、軍事、経済の両面において大規模な援助を行うと申し入れた。

ニュージーランドは断ったが、オーストラリアでは国論が二分している。

オーストラリアの三大政党である労働党、地方党、統一オーストラリア党のうち、労働党はアメリカの提案に賛成しており、地方党の一部にも、同調する動きがある。

英政府は米政府に対して強硬に抗議すると共に、オーストラリア政府に、厳重な警告を送った。

だが米政府は、

「オーストラリアの未来は、オーストラリア国民の意志によってのみ決定されるべきである」

と主張し、英政府の抗議をはねつけた。

米英対立の深刻化に伴い、アメリカも、イギリスも、日本の自陣営取り込みを図っている。

アメリカよりもイギリスの方が熱心であり、

「オーストラリアの帰属問題で、我が国と共同歩調を取ってくれるなら、その見返りとして、レーダー、ソナー等の軍事技術を提供する用意がある」

と申し出た。

一方アメリカは、日本に軍事同盟の締結を申し入れ、

「貴国へのグアム島割譲を検討している」

との条件を提示した。

米英両国からの誘いに対し、日本政府は未だに旗《き》幟《し》を鮮明にしていない。政府にも、陸海軍にも、親米派、親英派、中立派がおり、国家としての意志統一ができていなかったのだ。

イギリスと組んでアメリカと戦うか、逆にアメリカと組んでイギリスを太平洋から駆逐するか、あるいは中立の道を歩むか。

政府が選択に懊悩《おうのう》する中で届けられたのが、

「ノース・カロライナ級戦艦、フィリピンに回航」

という報告だったのだ。

「パリ講和会議の際、米国は太平洋における英国との対立を予想して、我が国に南洋諸島の放棄を迫ったのでしょうか？」

吉良の言葉に、塩沢はかぶりを振った。

「そうではあるまい。あのときの米国は、言うなれば三国干渉を行ったときのロシアだ。ロシアが我が国に放棄させた遼東半島をかすめ取ったように、米国も南洋諸島全てをドイツから奪い取れると考えていたのだろう。しかし、ドイツは一九世紀末の清国ではなかった。南洋諸島を英国と分け合う形になったのは、米国にとっても誤算だったろう」

「仮に南洋諸島の二分割がなくとも、米英の紛争は起こったと私は考えます」

龍平の具申に、塩沢は両目をしばたたいた。

「何故かね？」

「米国は、建国された時点から常に膨張主義を採ってきた国です。近代に入ってからも、ハワイ王国の併合、米西戦争によるフィリピン、グアム、キューバの獲得と、領土の拡張を進めて来ました。パリ講和会議の結果、国際連盟が設立され、列強といえども無闇な領土拡張はできなくなりましたが、それで米国の領土欲が消えたとは考え難《にく》いのです。仮に米国が南洋諸島全てを手に入れたとしても、同国は更に西方へと進出を続け、やがては香港、シンガポールといった英国の勢力圏にまで手を伸ばしたかもしれません」

龍平は元々、砲術の専門家を志して海軍士官を目指した身だ。江田島《えたじま》卒業後、大尉に進級するまでは、駆逐艦、装甲巡洋艦等での勤務を経験したが、大尉進級と同時に砲術学校の高等科学生となり、以後は駆逐艦の砲術長、戦艦の分隊長などを務めた。

少佐に任官し、海大の甲種学生を修了した後は、駆逐艦長や戦艦、重巡の砲術長となることを望んでいたが、それはかなわなかった。

龍平は現場から離れ、軍令部第五課の課員や航空本部員、駐米大使館付武官等、多様な職を経験することとなったのだ。

先頃、「加賀」の砲術長に任ぜられた弟の文雄と同じく、戦艦や巡洋艦の艦長となることを夢見て江田島に入校した龍平だったが、人事局は龍平の資質を「陣頭指揮の猛将ではなく、帷幕《いばく》にあって策を巡らせる知将タイプの軍人」と評価したらしい。

龍平自身は、赤レンガでの勤務を不満に思ったこともあったが、軍令部や航空本部での勤務成績は上層部に高く評価され、今年になってGF司令部の首席参謀に任ぜられたのだった。

「もう一方の英国についてですが――」

龍平は、言葉を続けた。「大戦で疲弊したとはいえ、かの国は今なお世界帝国であり、『日没することなき国』であり続けています。米国が南洋諸島全てを制し、太平洋の覇権を確立すれば、英国は世界帝国の地位から転落することになりかねません。『米国支配による平和《パクス・アメリカーナ》』と『英国支配による平和《パクス・ブリタニカ》』は、同時には成立しません。両雄並び立たず、という言葉の通りです」

「このような想定はどうかと思うのだが……」

吉良が発言した。「欧州情勢が、米英の対立に影響を及ぼす可能性はないだろうか？」

一昨年――昭和一四年九月、ソ連軍のポーランド侵攻によって始まった欧州の戦争は、ドイツが「ポーランド救援」の名目で対ソ開戦に踏み切ったことから、中欧全体に拡大した。

ドイツと共に、ハンガリー、ルーマニア、ブルガリア、フィンランドといった国々も、ドイツの側に立って参戦したため、戦争はドイツ・中欧諸国連合対ソ連の構図になっている。

この戦争に対し、イギリス、フランス、イタリアといった西欧の主要国とアメリカは中立を宣言しており、介入の動きを一切見せていない。

先の世界大戦とは異なり、欧州の戦火は、ドイツ以東に限定されている。

「現状では、その可能性は低いと考えます」

藤井政務参謀が答えた。「独ソ戦争が終わらない限り、欧州情勢が太平洋に影響する可能性はないでしょう」

「同時に、我が国が米国ないし英国との戦争に踏み切ったとしても、背後をソ連に衝《つ》かれる可能性はないということになります」

龍平は言った。「対独戦争に忙殺されているソ連に、満州に手を出す余裕はないでしょうから。陸軍も、極東のソ連軍が満州に侵攻する可能性はほとんどないと見ております」

「話を在比米軍に戻すが――」

塩沢が、机上に置かれたノース・カロライナ級戦艦とF4Fの写真に視線を投げた。

「首席参謀は、ノース・カロライナ級戦艦や海兵隊をフィリピンに派遣した米国の意図をどう考える？　政務参謀が発言したように、英軍に対抗するためと思うかね？」

「二つの意図があると考えます。第一に、香港、シンガポール、パラオの英軍に対抗するため。第二に、我が国に威圧を加えるためです」

「威圧？」

「米側はその気になれば、我が国に知られることなく、ノース・カロライナ級をフィリピンに回航することが可能でした。夜間にルソン海峡を通過させる、ルソン島の南側を回らせる等、方法は複数考えられます。にも関わらず米国は、ノース・カロライナ級二隻に、白昼堂々とルソン海峡を通過させました。これは、ノース・カロライナ級のフィリピン回航を、我が国に知らしめる意図があったからだと、私は考えます」

吉良が疑問を提起した。

「ノース・カロライナ級二隻だけで我が国が恐れ入ると、米国は思っているのだろうか？　米国の最新鋭戦艦は侮《あなど》り難《がた》い相手だが、GF全軍に抗《こう》し得《う》る戦力ではないぞ」

「ノース・カロライナ級戦艦二隻は、軍縮条約明け後の米海軍を象徴する存在です。その背後には強大な米太平洋艦隊、ひいては米国そのものが存在します。米国相手の全面戦争を、本気で戦うつもりがあるのか――その問いかけが、ノース・カロライナ級二隻や海兵隊のフィリピン派遣に込められていると、私は考えます」

「米英戦争が始まっても、英側には付くな。米側に付くか、さもなくば中立を守れ――それが、ノース・カロライナ級の派遣に込められた米国の意志か」

「はい」

「そのことについては、海軍省に意見を具申しておこう」

塩沢が言った。「ノース・カロライナ級派遣に込められた政治的な意味は、首席参謀が睨んだ通りだと思うが、我が国が米英のどちらと組むか、あるいは中立を保つかは政治の領分だ。GFとしてできることは、ノース・カロライナ級のフィリピン派遣に伴い、対米作戦計画を修正することだけだ」

吉良の目くばせを受け、三和作戦参謀が、作戦室の壁に貼られている編制図に歩み寄った。

現在、GFの隷下には、大きく分けて八つの部隊がある。

戦艦を中心とした第一艦隊、巡洋艦を中心とした第二艦隊、空母を中心とした第一航空艦隊と第二航空艦隊、北方警備を担当する第五艦隊、潜水艦部隊である第六艦隊、そして基地航空部隊である第一一航空艦隊と第一二航空艦隊だ。

これらのうち、第二艦隊は沖縄に、第一一航空艦隊は台湾に、第一二航空艦隊は九州、四国、小笠原諸島にそれぞれ展開し、他の部隊は全て内地に待機している。

他に、中国の国民党政府との協定に基づいて租借している海南島《かいなんとう》に、一一航艦隷下の飛行艇と水上機が駐留しており、周辺海域の哨戒と情報収集に当たっていた。

「対米開戦となった場合、ＧＦ司令部は、二艦隊と一一航艦をもってフィリピンの米アジア艦隊、並びに敵航空基地を制圧し、周辺海域の制空権、制海権を確保する、との計画を立ててきました。しかし、米アジア艦隊にノース・カロライナ級戦艦二隻が加わったとなりますと、二艦隊だけで米アジア艦隊を制圧するのは困難です。第一戦隊の戦艦四隻のうち、最低でも二隻を、二艦隊の指揮下に入れる必要があります」

三和は、指示棒で沖縄と台湾を交互に指しながら言った。第一戦隊はＧＦ長官の直率《じきそつ》戦隊で、「土佐」「加賀」「長門」「陸奥」を擁している。

「一戦隊の四〇センチ砲戦艦四隻は、米太平洋艦隊主力が出撃してきたときの決戦兵力です。フィリピンに出撃させるのは、どんなものですか」

戦務参謀渡辺安次《わたなべやすじ》中佐が反対意見を唱えた。階級は三和と同じだが、兵学校で三期の開きがあるため、遠慮がちな口調になっている。

「だからといって、フィリピンをしくじるわけにはゆかぬ。フィリピンの制圧には、南方資源地帯との連絡線確保、すなわち我が国の継戦能力そのものがかかっている」

「ノース・カロライナ級二隻を沈めるのに、必ずしも戦艦を出す必要はないと考えます」

佐々木航空参謀が発言した。「航空機で戦艦を沈めた実績は、まだ世界に例を見ません。ですが、我が帝国海軍の航空部隊は、『いかなる軍艦であろうと、航空攻撃で撃沈できる』との信念を持ち、日夜訓練に励んできました。この際、ノース・カロライナ級は航空機で叩くと決め、塚原長官にお任せしてもよいのではありませんか？」

「実績のない作戦に賭けるのは危険すぎる」

「その実績は、これから作ればよいのです。過去の実績にばかり頼っていては、先駆者など生まれては来ません」

——幕僚たちの議論は、夜が更け、就寝時刻になり、「土佐」乗員のほとんどが眠りに就いた後でも、延々と続けられた。

議題は、「対米作戦計画の修正」のみであり、「対英作戦計画の修正」が議論の俎上《そじょう》に上ることはなかった。

第二章　発火点

1

九月二九日夕刻、旭日旗を掲げた一群の艦艇が、マレー半島の東岸に沿って南下しつつあった。

四本煙突の軽巡洋艦が先頭に立ち、その後方に八隻の駆逐艦が付き従っている。

殿軍《しんがり》は、四隻の重巡だ。

鋭利な刃物を思わせるスマートな艦体に、二〇センチ連装主砲を前部に二基、後部に一基、背負い式に配置している。

下半分がどっしりと太く、上半分がほっそりとした独特の形状を持つ艦橋の後方には、後方に傾斜した煙突が設けられている。煙突の数は二本に見えるが、前寄りに位置する太い煙突は一、二番煙突を一体化したものだ。

日本帝国海軍第六戦隊の重巡「青葉《あおば》」「衣笠《きぬがさ》」「古鷹《ふるたか》」「加古《かこ》」と、第四水雷戦隊の軽巡「那珂《なか》」、及び四水戦隷下にある第二駆逐隊の「村雨《むらさめ》」「夕立《ゆうだち》」「春雨《はるさめ》」「五月雨《さみだれ》」と第九駆逐隊の「朝雲《あさぐも》」「山雲《やまぐも》」「夏雲《なつぐも》」「峯雲《みねぐも》」で編制された「遣泰部隊《けんたいぶたい》」だ。

最も重要な任務は、既に終わっている。

タイ王国への親善訪問を兼ねて、タイ海軍に海防艦六隻、掃海艇四隻を納入した帰路だ。

この後、英領シンガポールに表敬訪問を行った後、海南島の三亜港《さんあこう》を経て、内地に戻ることとなっている。

米英戦争が勃発《ぼっぱつ》すれば、この海も米アジア艦隊と英東洋艦隊が激突する戦場になる可能性があるが、現時点では戦端は開かれていない。

夕陽に照らされ、茜色《あかねいろ》に染まった静かな海を、大小一三隻の帝国海軍艦艇は、一八ノットの艦隊速力を保ち、シンガポールを目指して南下していた。

「現在位置、パタニーよりの方位四五度、三〇浬」

第九駆逐隊の二番艦「山雲」の艦橋に、航海士を務める市原悟《いちはらさとる》少尉の声が響いた。

日本海軍 重巡洋艦 衣笠

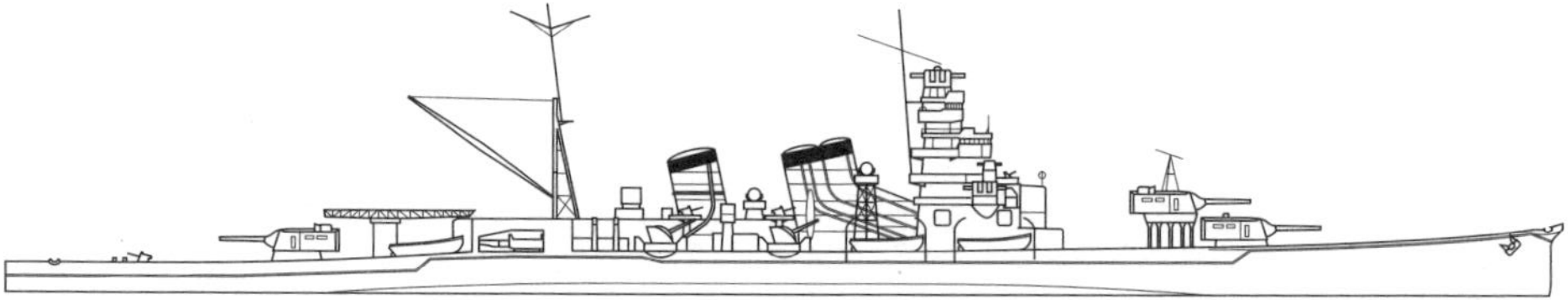

他国に先んじて20cm砲を搭載した古鷹型重巡は、その強武装で周辺諸国を驚かせたが、単装6門では早晩火力不足になることは必定であった。その対応策として建造されたのが改古鷹型ともいえる青葉型重巡であり、本艦はその2番艦にあたる。

艦体の基本設計は古鷹型に準ずるが、随所に性能向上のための改良が施されている。さらには、昭和12年春から15年春にかけて行われた近代化改装によって、より近代戦に対応した強力な巡洋艦となっている。

本型の発展形として、すでに妙高型、鳥海型の巡洋艦が建造されており、いささか旧式化した感もあるが、その強武装はいまだに日本海軍にとって貴重な戦力となっている。

全長	185.2m
最大幅	17.6m
基準排水量	9,000トン
主機	蒸気タービン 4基／4軸
出力	102,000馬力
速力	33.4ノット

兵装	20cm50口径 連装砲 3基 6門
	12cm45口径 単装高角砲 4門
	61cm 4連装魚雷発射管 2基
	25mm 連装機銃 4基
	13mm 連装機銃 2基
乗員数	657名

少尉に任官してから二年目という若い士官だ。「山雲」に乗艦してきたときには、まだ初々《ういうい》しさが残っていたが、現場で鍛えられた今は、顔つきに精悍さが増している。

「パタニーか。まだタイ領の沖だな」

「山雲」駆逐艦長須磨秋彦《すまあきひこ》中佐は、ちらと艦の右舷側に目をやった。

海岸との間に三〇浬の距離があるため、目視確認はできない。艦の前後左右には、暮れゆくシャム湾の海面が広がるばかりだ。

「現速力のままで航行を続けますと、明〇四〇〇《マルヨンマルマル》（現地時間午前二時）前後に、変針予定地点に到達します」

航海長江守勲《えもりいさお》大尉が言った。「シンガポール到着は、明一八〇〇《ヒトハチマルマル》前後となるでしょう」

「明日の日没前には、入港できるな」

シンガポールは、イギリスの極東植民地の要であると同時に、パラオ、トラックに展開する英太平洋艦隊の後方支援基地の役割を担っている。

秋彦は、そのことを知識としては知っているが、これまでに同地を訪れたことはない。それだけに、明日の寄港が楽しみだった。

——二〇時を過ぎてから間もなく、日は完全に没した。

茜色の陽光に替わり、無数のガラス屑《くず》を撒《ま》いたような星々が、シャム湾の夜空を満たした。

遣泰部隊は、針路、速度とも変えることなく、マレー半島東岸沖の海面を進んでゆく。

「山雲」の艦橋からは、九駆の司令駆逐艦「朝雲」や二駆の四隻、四水戦旗艦「那珂」の舷窓《げんそう》から漏れる光を視認できる。

おぼろげな灯火の連なりが、夜のシャム湾をゆっくりと南下してゆく。

このまま平穏な航海が続くことを、誰もが疑っていなかったが……。

「六戦隊旗艦より入電！」

日本海軍 軽巡洋艦 那珂

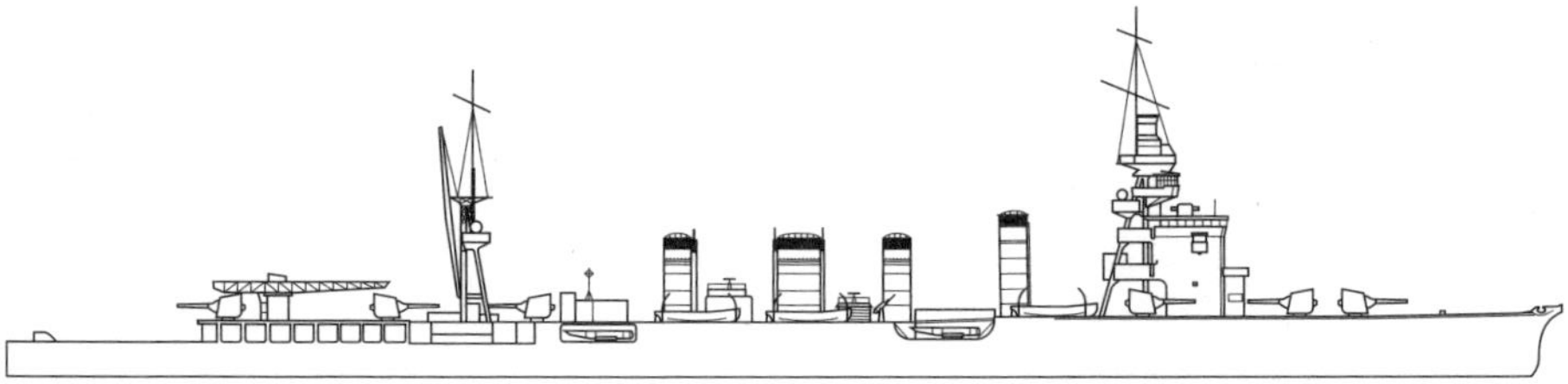

全長	162.5m	兵装	14cm 50口径 単装砲 7門
最大幅	14.2m		8cm 40口径 単装高角砲 2門
基準排水量	5,195トン		61cm 連装魚雷発射管 4基
主機	蒸気タービン 4基／4軸		九三式機雷 56個
出力	90,000馬力	乗員数	452名
速力	35.3ノット		

大正年間に建造された5500トン級軽巡洋艦は、球磨型、長良型、川内型の3つに大別され、本艦はその最終形である川内型の3番艦にあたる。

大正8年の「四国干渉」に始まる太平洋南洋諸島を巡る動きは、海軍上層部に日本の国防には長大な航続距離を持つ巡洋艦戦力が不可欠であると認識させた。

結果、短期間に合計14隻もの5500トン級軽巡を装備した日本海軍であったが、それゆえに代艦の建造計画は遅滞を余儀なくされ、若干の近代化改装を施した老朽艦を、水雷戦隊旗艦として用い続けねばならないのは、皮肉な状況である。

不意に、通信室からの報告が上げられた。

「針路一八〇度。変針後ノ速力二五ノット。夜戦ニ備エ。発動二一〇〇《フタヒトマルマル》」

「何だって？」

秋彦は、反射的に聞き返した。「一八〇度に変針し、『夜戦ニ備エ』だと？　他の指示は、何もなしか？」

「ありません。六戦隊司令部からの命令電は、これだけです」

通信長斎藤公明《さいとうきみあき》大尉は、困惑した声で返答した。

「四水戦司令部や『朝雲』からの命令は？」

「ありません」

「どういうつもりだ、司令官は？」

秋彦は、ちらと後方を見やって呟いた。

第六戦隊旗艦「青葉」は、「山雲」の艦橋からは死角にはいるため、直接目視することはできない。

それでも、振り返らずにはいられなかった。

「命令通りに変針し、まっすぐ進んだ場合、英タイ国境の沖に出ます。到達予想時刻は、二二〇〇《フタフタマルマル》前後です」

市原航海士が具申した。先に通信室からの報告が上げられた時点で、既に計算していたらしい。

（まさか司令官は、独断で英軍と交戦するつもりではないだろうな？）

米英の対立が深刻化する中、海軍内部でも親米派と親英派が対立し、何度も激論が戦わされている。

司令官が独断で英軍を攻撃し、日英交戦の既成事実を作り、日本を強引に米側に付かせようとしているのか——と疑ったのだ。

だが、第六戦隊司令官五藤存知《ごとうありとも》少将は、海軍生活のほとんどを艦船勤務で過ごしてきた人物だ。

水雷を専門に選び、「蔦《つた》」「浦風《うらかぜ》」「沼風《ぬまかぜ》」等の駆逐艦長、二七駆や五駆の司令、軽巡「那珂」、重巡「鳥海《ちょうかい》」、戦艦「陸奥」等の艦長を経て、現在の地位を得たのだ。

政治面に関わりを持つようには見えない。

日本海軍 駆逐艦 山雲

ロンドン軍縮条約の枠内で建造された「条約型駆逐艦」としては初春型、有明型、白露型があるが、いずれも性能的に用兵側を満足させるに至らなかった。そこで海軍は昭和12年の軍縮条約失効を期して、航洋性に優れ、武装も強力な大型駆逐艦を建造することとした。これは朝潮型であり、本艦はその6番艦に当たる。

艦形は条約締結前に建造された吹雪型(特型)に準ずるが、「友鶴事件」「第四艦隊事件」の教訓を船体強度の補強が図られ、排水量は300トン前後増えている。

砲熕兵装は配置を含めて特型と同じだが、魚雷発射管は白露型と同じ4連装のものを2基搭載している。

航続性能にやや不足の感もあるが、無条約時代の艦らしく余裕のある設計は、将来的な発展の余地も残しており、今後も水雷戦隊の主力として活躍が期待されている。

全長	118.0m
最大幅	10.4m
基準排水量	2,000トン
主機	蒸気タービン 2基／2軸
出力	50,000馬力
速力	35.0ノット

兵装	12.7cm 50口径 連装砲 3基 6門
	25mm 連装機銃 2基
	61cm 4連装魚雷発射管 2基
	(次発装填装置付き)
	九一式爆雷 36個
乗員数	229名

「『朝雲』に信号。『敵ハ英軍ナリヤ？』」

秋彦は、信号員に命じた。

帝国海軍に奉職した以上、戦う覚悟は常にできているが、訳の分からぬままで戦いたくはない。作戦目的や敵について、できる限り精細な情報を知りたい。

前をゆく「朝雲」に、発光信号が送られる。

「朝雲」からは、一旦「信号了解」と返され、二分ほどの間を置いて、「子細不明ナリ」との回答が送られた。

状況は不明だが、遣泰部隊の指揮権を預かっている五藤六戦隊司令官の命令である以上、黙ってついていこう——というのが、第九駆逐隊司令佐藤康夫《さとうやすお》大佐の意志らしい。

「朝雲」でも、「山雲」が得た情報以上のものは把握していないのだろう。

「今の状況で、戦えるでしょうか？」

水雷長児玉次郎《こだまじろう》大尉が、表情を曇らせた。

遣泰部隊の目的は、親善訪問を兼ねたタイへの軍艦納入と、シンガポールへの表敬訪問であるため、魚雷は各艦八本ずつしか搭載していない。

予備魚雷がないため、一度発射したら、それで終わりなのだ。

魚雷の次発装塡《そうてん》装置を持つことが、二駆の白露《しらつゆ》型、九駆の朝潮《あさしお》型の強みだが、その強みを発揮できない。

「戦いになると決まったわけではない。今は、六戦隊司令官の指示に従うしかない」

秋彦は、児玉に言った。自分自身への一言でもあった。

軍人である以上、上級司令部の命令には従わねばならない。状況も、戦う相手すらも不明のままで動くのは気が進まないが、一駆逐艦長の身では如何《いかん》ともし難かった。

やがて、時計の針が二一時を指した。

「『那珂』より信号。『我ニ続ケ』」

を信号員が報告し、前方に見える灯火が右に動いた。

四水戦旗艦「那珂」が、最初に変針したのだ。

「那珂」に続いて、二駆の司令駆逐艦「村雨」が転《てん》舵《だ》し、「夕立」「春雨」「五月雨」が続く。

「五月雨」が回頭に入ったところで、

「面舵一杯。針路一八〇度」

を、秋彦は命じた。

操舵員が舵輪を回してから舵が利き始めるまでには、若干の時間がかかる。そのことを見越し、早めの操舵を心がける必要があった。

「面舵一杯。針路一八〇度！」

江守が、操舵室に下令する。

前方では、「朝雲」が回頭を始めている。

駆逐艦に特有のシャープな艦影が右に回り、「山雲」の面前に横腹を見せる。

「朝雲」が直進に戻るより若干早く、「山雲」の舵が利き始めた。

全長一一八メートル、最大幅一〇・四メートル、基準排水量二〇〇〇トンの朝潮型駆逐艦が、大きく艦首を右に振った。

2

一時間後、遣泰部隊は英タイ国境の沖にいた。

第六戦隊の重巡四隻と第四水雷戦隊旗艦「那珂」、第二駆逐隊は、海岸線からの距離一万メートルの海面に展開している。

第九駆逐隊の四隻は、第六戦隊の東方海上で警戒に当たっていた。

「戦闘が行われているようには見えんな」

第六戦隊の二番艦「衣笠」の艦長沢正雄《さわまさお》大佐は、海岸に双眼鏡を向けて呟いた。

駐タイ日本大使館からの緊急信を、第六戦隊の各艦が受信したのは、今より一時間余り前だ。

電文は、

「英タイ国境ニテ武力衝突発生。タイ政府ヨリ救援ノ要請アリ」

と告げていた。

日本とタイは今年八月、「日泰攻守同盟条約」を締結している。

タイは、南は英領マレー、北から西は英領ビルマ、北から東は仏領インドシナと、欧州列強の植民地に囲まれており、独立を保つのは容易ではない。殊に、米英両国が激しく対立している現在、国家としての選択を誤れば、亡国の道を辿《たど》ることになりかねない。

混沌とした世界情勢の中で、タイ政府が選んだのは、アジア唯一の列強である日本との同盟だったのだ。

条約には、相互の独立主権の尊重、及び日泰どちらかが第三国と交戦した場合に、同盟国としての義務を果たすことが明記されている。

とはいえ、タイの軍事力はあまり当てにならない。同国も、国防力の強化には努めているものの、まだまだマレー、ビルマの英軍、インドシナのフランス軍には及ばない。

日泰攻守同盟条約は、日本の負担ばかりが大きい片務条約に近いものであり、日本がタイの後ろ盾となった格好だった。

大使館が緊急信を送ってきたのは、英タイ国境の武力衝突が、この条約を適用する状況にあると判断したためであろう。

遣泰部隊としては、無視しても問題はない。大使館に艦隊への命令権はないし、電文も、タイ政府から救援要請があったという情報の伝達にとどまっている。また、下手をすれば、遣泰部隊の介入をきっかけに、日英戦争が始まってしまう可能性もある。

だが第六戦隊司令部は、遣泰部隊の全艦に現地への急行を命じた。

今、日本と戦端を開くわけにいかないのは、イギリスも同じだ。

紛争の現場に、旭日旗を掲げた軍艦が出現すれば、双方共に鉾《ほこ》を収めて兵を退《ひ》くはずだと、五藤司令官は判断したのだろう。

ところが実際に駆けつけてみると、戦闘が行われている気配は全くない。

発射炎も見えなければ、砲声も聞こえて来ない。国境の海岸線は闇の底に沈み、沈黙を保っている。

「もう、終わってしまったのでしょうか？」

航海長松島久《まつしまひさし》少佐の問いに、沢は答えた。

「それなら、大使館から連絡が来るはずだ」

「武力衝突といっても、歩兵の小競り合い程度ではないでしょうか？　海岸までは、一万の距離があります。これだけ距離があれば、小銃の発射炎などは目視が困難です」

「その程度の紛争で、タイ政府が我が艦隊に応援を要請するかな？」

「現地からの報告が、大げさに伝わった可能性が考えられます」

沢は、しばし思案した。

タイから見れば、マレー半島に展開する英極東軍は恐るべき強敵だ。英軍がその気になれば、国境突破後、短時日のうちにバンコクに肉迫し、タイ政府に城下《じょうか》の盟《ちかい》をさせるのはたやすいことだ。

その英軍と武力衝突をしたというだけで、タイの政府や軍部が浮き足立ってしまった可能性は考えられる。

ならば、この場は早々に引き上げ、予定通りシンガポールを目指すべきということになるが……。

（旗艦に、意見を具申してみるか？）

沢がそう自問したとき、海岸線に変化が生じた。

上空に青白い光源が四つ出現し、風に揺られながら、ゆっくりと降下し始めた。

少し前に発進していた六戦隊各艦の水上偵察機が、吊光弾《ちょうこうだん》を投下したのだ。

沢は、今一度海岸線を凝視《ぎょうし》した。

海岸の様子は、おぼろげに見えているものの、状況はこれまでと同じだ。

（航海長の推測通りかな？）

そう思い、沢が双眼鏡を降ろしたとき、第二の変化が起きた。

前をゆく「青葉」の右舷側から海岸に向けて、白い光の橋が渡された。

九六式一一〇センチ探照灯が点灯され、海岸を照射し始めたのだ。帝国海軍の戦艦、重巡の標準装備となっているもので、一万三六〇〇燭光《しょっこう》の光力を持ち、一万メートル遠方まで光を届かせることができる。

海岸付近で、英軍とタイ軍が交戦しているのであれば、必ず気がつくはずだ。

「通信より艦橋。『青葉』からの無電を受信！」

不意に、通信長菊池憲雄《きくちのりお》少佐からの報告が飛び込んだ。

「命令電か？」

「いえ、国境の英軍とタイ軍を呼び出しています」

「英軍、タイ軍からの応答は？」

「受信しておりません」

「了解」

沢は、艦内電話の受話器を置いた。

（本当に、武力衝突など起きているのか？）

そんな疑問が、脳裏をよぎった。

これまでのところ、英軍とタイ軍からの反応はない。そもそも、英軍とタイ軍がいるのかどうかさえはっきりしない。

ここは一旦海岸から離れ、大使館に真偽を確認すべきかもしれないい。

「『青葉』に信号」

沢は、信号員に声をかけた。

第六戦隊司令部に具申する意見を口述しようとしたとき、唐突に報告が飛び込んだ。

「右舷、雷跡！」

「なんだと⁉」

沢の口から、驚愕《きょうがく》の叫びが飛び出した。

本来であれば、咄嗟に回避運動を命じるべきであったが、予想外の事態に、しばし意識がついて行けなかった。

「総員、衝撃に備えよ！」

辛《かろ》うじてその命令だけを発したとき、艦首から異音が聞こえた。

衝撃は、ほとんど感じられない。ただ、小さな飛沫《しぶき》が上がり、鈍い音が艦首から響いただけだ。

「魚雷一、艦首に命中。不発のようです！」

歓喜の声と共に、その報告が上げられた。

沢は安堵《あんど》のあまり、その場にへたり込みそうになった。

「衣笠」は、帝国海軍の重巡の中でも小振りな艦だ。妙高型以降の重巡に比べ、基準排水量が二割方小さいため、魚雷一本だけであっても致命傷を被《こうむ》りかねない。

襲って来た魚雷が不発だったことは、奇跡にも等しい僥倖《ぎょうこう》だ。

「旗艦宛、送信。『我、雷撃ヲ受ク。敵魚雷ハ不発。損害軽微』」

「二番探照灯、照射始め。目標、右舷前方の海面！」

「主砲、右砲戦！」

沢は、三つの命令を発した。

下手に探照灯を点ければ、敵に格好の雷撃目標を提供する危険があるが、今は「衣笠」を雷撃した敵の位置と正体を突きとめることが先だ。

探照灯員が、真っ先に動いた。

探照灯が点灯され、艦橋の後ろから白い光芒《こうぼう》が伸び、右舷側海面を後ろから前に向かって薙《な》いだ。

白光に照らし出された海面を見て、沢は息を呑んだ。

何条もの白い航跡が、「衣笠」目がけて接近してくる。

「面舵一杯！」

「面舵一杯！」

咄嗟に沢が命じ、松島航海長が操舵室に下令した。

舵は、すぐには利かない。「衣笠」は「青葉」に続き、一八ノットの速力で直進を続けている。

　不意に、「青葉」の動きに変化が生じた。「青葉」も艦首が右に振られ、回頭を開始した。「青葉」もまた、雷跡を認めたようだ。

「雷跡、右六〇度、七五度、九〇度！」

　見張員が、悲鳴じみた声で報告を上げる。

「衣笠」は、まだ回頭を始めない。基準排水量九〇〇〇トンの艦体は、依然変わることなく直進を続けている。

（駄目か……！）

　絶望に沢が喘《あえ》いだとき、艦が回頭し始めた。

　舵が利き始めるまでには時間がかかるが、一旦動き出せば速い。右舷側に見えていた陸地が、正面に移動してゆく。

「『古鷹』面舵。『加古』続けて面舵！」

　後部見張員の報告が上げられる。

　後続する二隻も迫る雷跡に気づき、回避運動を始めたのだ。

　沢は、海面を凝視し続けた。

　探照灯の光の中、三条の雷跡が見える。うち一条は、艦の前方を抜けそうだが、残る二条は、艦首と艦中央に向かってくる。

（最低でも一本、最悪の場合には二本を喰らうな）

　沢は、唇を嚙み締めた。

　これ以上、できることはない。天祐《てんゆう》を信じ、魚雷が命中せぬよう祈るだけだ。

　雷跡のうち、最も遠い一条が、艦首の陰に消える。

　残る二条は、「衣笠」目がけて突き進んでくる。

　その間に乗り入れるように、「衣笠」は艦首を振ってゆく。

　艦首に向かって来た一条が、光芒の外に消えた。

　残る一条は艦橋の死角に消え、見えなくなった。

（来るか……！）

　沢は衝撃に備え、両脚を踏ん張った。

　誰もが覚悟を決めたのだろう、艦橋の中を、しばし重苦しい沈黙が支配した。

どれほど、そうしていたのかは分からない。

やがて、

「右前方の雷跡、左舷側に抜けました！」

「雷跡、艦尾に抜けました！」

艦橋見張員と後部見張員から、続けざまに報告が上げられた。

「やりました、艦長！」

松島が顔を上気させ、歓喜の叫びを上げた。今にも沢の手を取って、躍り出しそうだった。

「雷撃回避に成功したんです！」

「よし……！」

沢は右の拳で、額の汗を拭った。

「衣笠」は、際どいところで生き延びた。二本の魚雷は、艦を挟《はさ》み込む形で後方へと抜けたのだ。

「『青葉』被害なし！」

「『古鷹』『加古』被害なし！」

見張員が、僚艦の状況を報告する。

「四水戦、前に出ます！」

艦橋見張員が、新たな報告を上げた。

沢は、艦の前方を見た。

「衣笠」は、回避運動によって、陸側に艦首を向けている。

その前方を塞《ふさ》ぐように、四水戦の軽巡「那珂」と二駆の白露型駆逐艦四隻が前進している。艦隊戦用の単縦陣《たんじゅうじん》ではなく、雁《かり》の群れを思わせる斜め単横陣《たんおうじん》だ。

ほどなく各艦の後方海面が大きく盛り上がり、弾《はじ》けた。くぐもったような爆発音が、「衣笠」の艦橋に伝わった。

四水戦司令部は、先の雷撃を潜水艦によるものと判断したようだ。

潜望鏡を発見したのか、駆逐艦一隻の艦上に発射炎が閃《ひらめ》いた。

閃光が瞬間的に、一二・七センチ連装主砲や艦橋、ほっそりとした艦体を浮かび上がらせた。

一隻だけではない。

第二駆逐隊の僚艦も、四水戦旗艦「那珂」も、矢継ぎ早に一二・七センチ砲と一四センチ砲を発射し、海面に弾着の飛沫を上げる。

砲声が殷々《いんいん》と轟き、夜の海面を渡ってゆく。

「まずいぞ、こいつは……」

沢はちらと「青葉」に視線を向け、次いで砲撃と爆雷攻撃を繰り返している四水戦の五隻を見やった。

四水戦の動きは、英国領マレーを砲撃しているように見える。下手をすれば、イギリスの誤解を招きかねない。

「『青葉』に送信！」

を、沢は命じた。

第六戦隊司令部に、戦闘の中止を具申するつもりだった。

だが、沢が送信内容を口述するよりも早く、戦場に新たな異変が発生した。

四水戦の五隻が次々に砲撃を中止し、回避運動を開始したのだ。

先に、第六戦隊を襲ったものと同じだ。敵潜水艦は、砲撃と爆雷攻撃にひるむことなく魚雷を放ったのだ。

「なんて奴らだ！」

沢は呻いた。

潜水艦が駆逐艦に捕捉されたときには、海底に潜み、ひたすら爆雷攻撃を堪《た》え忍ぶしかないと聞く。

上甲板に設置された備砲で反撃することも可能だが、火力の面では駆逐艦に遠く及ばず、勝算はほとんどない。

だが、この敵は違った。潜水艦が持つ最強の武器を用いて、猛然と反撃して来たのだ。

(奴らは何者だ？)

その疑念が、沢の脳裏に浮かぶ。

場所を考えれば、英海軍かタイ海軍の潜水艦ということになるが、タイ海軍は潜水学校を開設したばかりで、潜水艦そのものは保有していない。

かといって、英海軍がこのような場所に潜水艦を待機させていたとは考え難い。

国境紛争で友軍を支援するなら、巡洋艦、駆逐艦といった艦を用いるはずだ。

（もしや……）

英軍でもタイ軍でもない、第三国の名が沢の脳裏に浮かんだとき、突然右舷前方に、強烈な閃光がきらめいた。

大きく見開いた沢の目に、巨大な火柱が映った。

近くにいる他艦――二駆の白露型駆逐艦や四水戦旗艦「那珂」が、突如出現した巨大な篝火《かがりび》に照らされ、闇の中にくっきりと浮かび上がっている。

火焔《かえん》を押しのけるようにして、赤黒い爆煙が、真夏の入道雲を思わせる勢いで膨れ上がり、真っ赤な火弾が煙の尾を引きながら八方に飛び散る。

若干の間を置いて、おどろおどろしい爆発音が夜の大気を裂き、海面をどよもす。

「『春雨』大火災！」

半ば絶叫と化した見張員の報告が、艦橋に上げられる。

「やられた……！」

沢の口から、呻き声が漏れた。

四水戦は、六戦隊ほど武運には恵まれなかった。

二駆の三番艦「春雨」が、魚雷をまともに受けたのだ。爆発の規模から見て、発射管内の九三式六一センチ魚雷が誘爆を起こしたことは間違いない。

戦艦の土手っ腹さえ食い破る、強力無比の酸素魚雷だ。基準排水量一六八五トンの白露型駆逐艦が、耐えられる道理がなかった。

「『青葉』より信号。『我ニ続ケ』」

不意に、信号員の報告が飛び込んだ。

沢は、「青葉」を見た。

第六戦隊の旗艦は、六門の二〇センチ主砲を振りかざし、速力を上げている。四水戦と共に、敵潜水艦の掃討に加わるつもりだ。

敵潜水艦が陸地に近い浅海面にいるか、浮上中であるなら、重巡の主砲も有効だと考えてのことであろう。

「両舷前進全速！」

を、沢は命じた。

先に、第六戦隊司令部に戦闘中止を具申しようとしていたことは、この瞬間、沢の脳裏から消え去っている。

国籍不明の敵潜水艦と交戦し、平時であるにもかかわらず無惨な最期を遂げた「春雨」と、その乗員の仇《かたき》を討たねば——との思いが、沢の意識を支配していた。

「衣笠」が速力を上げる。

「『古鷹』『加古』、前進します！」

見張員が僚艦の動きを報告する。

艦橋の前方に位置する第一、第二砲塔がゆっくりと旋回し、二〇センチ砲四門の砲身が俯仰《ふぎょう》している。

ほどなく「青葉」の前甲板に、発射炎が閃いた。

二〇センチ連装主砲六門のうち、第一、第二砲塔の一番砲二門が火を噴いたのだ。

「衣笠」が続き、「古鷹」「加古」も遅れてはならじとばかりに発射炎を閃かせ、自らの艦影を闇の中にくっきりと浮かび上がらせる。

英タイ国境の沖合いに、砲声が鳴りやむ気配は全くなかった。

重巡の二〇センチ主砲、軽巡の一四センチ主砲、駆逐艦の一二・七センチ主砲が繰り返し放たれ、海中に潜む敵に、闇雲に射弾が叩き込まれる。

その光景を、先に被雷し、停止している「春雨」の火災炎が照らし出していた。

3

「何がどうなってるんだ……？」

駆逐艦「山雲」の艦橋で、繰り返し明滅する閃光を見つめながら、駆逐艦長須磨秋彦中佐は、半ば呆《ぼう》然《ぜん》として呟いた。

状況が、全く掴めない。

戦闘は唐突に、海岸付近で始まった。

第六戦隊と「那珂」、二駆が、どのような敵と戦っているのかも、彼我《ひが》どちらが優勢なのかも分からない。

一つだけはっきりしているのは、誘爆大火災を起こした艦が一隻あることだけだ。「山雲」の艦橋からは、ゆらめく橙色《だいだいいろ》の光が見えている。

当初聞こえて来た砲声は、小口径砲のものだけだったが、今は二〇センチ砲のものとおぼしき重みのある砲声も、海面を渡ってくる。

第六戦隊の四隻が、主砲を発射しているのだ。

戦闘は鎮静化するどころか、烈しさを増している。

本来であれば、九駆も駆けつけねばならないところだが、司令駆逐艦「朝雲」からは、指示が来ない。

九駆司令佐藤康夫大佐は、六戦隊司令部の命令を遵守し、警戒任務に徹するつもりのようだ。

秋彦としては、黙って戦況を見守るしかない。

目に見えるところで友軍が交戦しているにも関わらず、駆けつけることができないというのは、もどかしい限りだった。

「何を考えてるんだ、司令は……？」

口中で呟き、秋彦は前をゆく「朝雲」を見つめた。

佐藤康夫大佐は、帝国海軍の水雷屋の中でも闘志溢れる指揮官として知られている。

雷撃訓練の際には、多くの駆逐隊が七〇〇〇メートルから八〇〇〇メートルの距離で発射するのに対し、佐藤が率いる九駆だけは、四〇〇〇メートル前後まで肉迫してから発射する。

「朝雲」駆逐艦長岩橋透《いわはしとおる》中佐が、

「司令、他隊は全て雷撃を終え、反転しました。当隊も反転すべきです」

と具申しても、

「うしろなど見るな！」

と一喝し、突撃を止めることはない。

「肉を切らせて骨を断つ」を自ら実践する闘志には、秋彦自身も九駆の二番艦を指揮する身として、直に接している。

その積極性が、何故か今日は見られない。佐藤司令なら、自身の判断で警戒任務を打ち切り、戦場に急行してもおかしくない。

あの積極性は、訓練だからこそ出せたのか。実戦の場では、闘志も影を潜めてしまうのか。

そんな疑念を、感じないではいられなかった。

――彼方《かなた》での砲戦は、なお続いている。

発射炎は右から左へ、あるいは左から右へ、不規則に閃く。

大小の砲声は殷々と轟き、遠雷のように海面をどよもしている。

戦闘が終息に向かう気配はない。

九駆の四隻は、その戦闘を横目に見ながら、一八ノットの巡航速度で遊弋《ゆうよく》しているだけだ。

「これでいいのか、本当に……」

戦闘が始まってから、何度となく口にした言葉を今一度呟いたときだった。


艦の右舷前方に、複数の閃光が走った。

光は周囲の闇を吹き払い、瞬間的に水平線とマレー半島の稜線《りょうせん》を浮かび上がらせた。

何かが高速で飛翔《ひしょう》する轟音が、「山雲」の頭上を前から後ろへと駆け抜けた。

九駆の周囲に、弾着はない。

砲撃は、九駆に対してではなく、遣泰部隊本隊に向けて放たれたようだ。

「敵艦、右三〇度、一二〇《ヒトフタマル》（一万二〇〇〇メートル）。中型艦二！」

艦橋見張員が、素早く敵の位置と陣容を読み取り、報告する。

最も迅速《じんそく》に反応したのは「朝雲」だった。

「『朝雲』より信号。『突撃。我ニ続ケ』」

信号員が報告を上げるのと、「朝雲」の変針がほとんど同時だった。

艦首が右に振られ、艦尾付近の海面が激しく泡立つ。

艦は増速し、闇の彼方に明滅する発射炎を指して突撃を開始する。

「『朝雲』に続け。最大戦速！」

「右砲雷戦！」

秋彦は、慌てて下令した。

佐藤司令の真意が、今になって分かった。

現海域は、マレー半島の至近であり、英東洋艦隊の哨戒圏内だ。

そこで日本艦隊が戦闘行動を起こせば、哨戒中の英艦隊が駆け付けて来る。

九駆は、万一英艦隊と交戦状態に入ったときの先鋒だったのだ。

佐藤はそれが分かっていたからこそ、敢《あ》えて海岸線付近での戦闘に参陣せず、英艦隊の出現に備えていたのだろう。

佐藤は、猪突猛進するだけの指揮官ではない。状況判断と先読みの能力にも長《た》け、その中で自分と麾《き》下《か》部隊がどのように動くべきかも心得た、知勇兼備の指揮官だ。

そのことを、秋彦はあらためて認識した。

「面舵！」

が下令され、「山雲」が艦首を右に振る。

五万馬力の出力を持つ機関が唸《うな》りを上げ、艦が増速する。艦首の周囲が激しくしぶき、左右両舷の海面が白く泡立って騒ぐ。

前甲板では、一番主砲――一二・七センチ連装砲が右に旋回し、目標に狙《ねら》いを定めている。

「『朝雲』の報告電を受信。『国籍不明ノ艦隊見ユ。当隊ヨリノ位置、右三〇度、一二〇《ヒトフタマル》。今ヨリ攻撃ス』」

「『夏雲』『峯雲』、本艦に後続します」

斎藤通信長が報告を上げ、その直後に後部見張員が、僚艦の動きを報告する。

出現した艦隊が、英東洋艦隊の哨戒部隊である可能性は高いが、佐藤司令は、正体がはっきりするまでは国籍不明の艦隊として扱うことに決めたようだ。

右舷前方に発射炎が閃く直前まで、戦闘に加わることなく、一定の速力で遊弋していた四隻の駆逐艦は、瞬時に戦闘状態に移行し、新たに出現した敵に突撃を開始していた。

敵は、砲撃を繰り返している。

敵弾は、九駆には飛んで来ない。

敵は、六戦隊の重巡四隻に気を取られ、九駆の四隻には気づいていないのかもしれない。

だとすれば、好機だ。九駆は、目一杯敵に肉迫しての雷撃を行える。

「敵距離一〇〇《ヒトマルマル》（一万メートル）！」

の報告が、見張員より上げられる。

距離は幾分か縮まったが、敵影をはっきり目視することはできない。

断続的に閃く発射炎の中に、艦影らしいものが見えるだけだ。

「中型艦二隻ではないな」

敵艦を睨み据え、秋彦は呟いた。

先に艦橋見張員は、敵の戦力を「中型艦二」と報告したが、発射炎の数を見た限りでは、巡洋艦クラスの艦が三、四隻いそうだ。

何分にも夜間、それも一万二〇〇〇メートルの距離を置いての目視だ。特殊訓練を受け、暗視視力を鍛え抜いた夜戦見張員といえども、艦種を見誤ったり、見逃したりした可能性はある。

敵の数が、報告されたものより多いからといって恐れることはない。

秋彦も、佐藤司令と同じ水雷屋だ。帝国海軍が世界に誇る九三式六一センチ魚雷の性能には、絶大な信頼を置いている。

九駆の朝潮型駆逐艦が装備する魚雷発射管は、四連装二基八門。四艦合計で、三二本の魚雷を発射できる。

佐藤司令が目論んでいる肉迫雷撃が成功すれば、三、四隻程度の巡洋艦を相手取っても勝機はあるはずだ。

敵の発射炎は繰り返し閃き、艦影を瞬間的に浮かび上がらせている。

まだ、九駆に向けられる射弾はない。四隻の朝潮型駆逐艦は、何物にも遮《さえぎ》られることなく、白波を蹴《け》立《た》て、周囲の海面をしぶかせ、白い航跡を引きずりながら、一本棒となって突き進んでゆく。

「距離八〇《ハチマル》（八〇〇〇メートル）！」

の報告が届いたとき、やにわに頭上が明るくなった。青白い光が降り注ぎ、一番主砲や錨鎖《びょうさ》、巻取機を照らし出した。

前方の「朝雲」も、上空からの光を浴び、その姿を浮かび上がらせている。

敵は、吊光弾を投下したのだ。

若干の間を置いて、「朝雲」の周囲に、水柱が上がり始めた。

「当隊正面に小型艦四！　距離八〇《ハチマル》！」

見張員が、切迫した声で報告した。

秋彦は、「朝雲」の前方に双眼鏡を向けた。

多数の発射炎が、九駆の行く手を塞ぐように繰り返し走っている。

これまで見張員が発見できなかった敵駆逐艦が、巡洋艦のそばから離れ、九駆の前方に丁字《ていじ》を描いたのだ。

（どうします、司令？）

秋彦は胸中で、「朝雲」の佐藤司令に呼びかけた。

遣泰部隊への敵艦隊接近を阻止するなら、あくまで右前方の敵巡洋艦を雷撃すべきだ。

だがその場合、魚雷を発射するまでの間に、丁字を描いた敵駆逐艦四隻から、多数の射弾を浴びることになる。主砲で反撃するにしても、正面に向けて撃てる主砲は二門しかない。

考えを巡らしている間にも、敵弾は次々と飛来する。

「朝雲」の右に、左に、次々と弾着の飛沫が上がる。

一度ならず、至近距離に敵弾が落下し、噴き上がる水柱が舷側を擦《こす》る。

「山雲」の周囲にも、敵弾が落下する。

大気を震わせる音が響き、周囲の海面が沸き返る。至近距離に落下した敵弾は、水中爆発の衝撃で、艦底部を突き上げる。

衝撃は、さほどではない。だが駆逐艦は、もともと防御力の弱い艦だ。舷側の鋼鈑《こうばん》は、一二・七センチ砲弾はもとより、戦闘機の機銃弾にすら貫通されることがある。加えて発射管内に、魚雷という危険物を抱えている。

敵に向かって放たれれば、戦艦の主砲弾以上の破壊力を発揮する魚雷だが、発射管に直撃弾を受け、誘爆を起こすようなことがあれば、弾頭部に仕込まれた炸薬は、艦を瞬時に粉砕する。

誘爆・轟沈の危険を冒しても、右前方の巡洋艦を攻撃するか、あるいは正面の敵駆逐艦に立ち向かうか。

指示は、ほどなく来た。

「『朝雲』より信号。『面舵四五度。左魚雷戦。発射管ハ一番ノミ使用』」

「『朝雲』に返信、『信号了解』」

信号員の報告に、ごく短く秋彦は返答した。

その手があったか――と、胸中で呟いた。

面舵を切って敵の面前をよぎり、敵巡洋艦の左舷側に躍り出すのだ。

こうすれば、正面の敵駆逐艦は、味方の巡洋艦が邪魔になって九駆を撃てなくなる。

一方九駆は、当初の目論見通り、敵巡洋艦に肉迫雷撃を敢行できる。右魚雷戦が左魚雷戦に変わるだけだ。

とはいえ、九駆の四隻は、敵巡洋艦の正面に横腹を晒《さら》すことになる。下手をすれば、土手っ腹に主砲弾をぶち込まれかねない。

その意味では、蛮勇の色合いが濃い戦法だった。

「面舵四五度！」

「左魚雷戦。一番発射管のみ使用！」

秋彦は江守航海長に命じ、次いで水雷指揮所に詰めている児玉水雷長に指示を送った。

「一番のみですか？」

聞き返した児玉の声には、不満げな響きがあった。

「そうだ」

「……分かりました。一番のみ使用します」

児玉の気持ちは、秋彦にもよく分かる。

佐藤司令は、予備魚雷がないため、魚雷を節約するつもりなのだろうが、発射雷数が減れば、命中確率も小さくなるのだ。

（距離を目一杯詰めるんだ。魚雷の数が半減しても、命中するさ）

秋彦は、そう自分自身に言い聞かせた。

前をゆく「朝雲」が、艦首を大きく右に振る。

数秒前まで「朝雲」があった海面に、複数の敵弾がまとめて落下し、多量の飛沫を奔騰《ほんとう》させる。

「朝雲」の陰に隠れて見えなかった敵駆逐艦が、「山雲」の正面に見える。横一線に展開し、繰り返し発射炎を閃かせている。あたかも、九駆を包み込もうとしているかのようだ。

数秒後、「山雲」が大きく回頭を始める。

艦首を大きく右に振り、左舷側を敵巡洋艦と駆逐艦の面前にさらけ出す。

正面の敵駆逐艦や、次々と噴き上がる弾着の飛沫が、艦の左舷側へと流れる。

「戻せ、舵中央！」

が下令される。

「山雲」は、一旦直進に戻る。

「朝雲」に続いて、三五ノットの速力で、敵巡洋艦の正面を斜めによぎってゆく。

敵巡洋艦の前甲板に、発砲の閃光が走る。

敵弾の飛翔音が「山雲」の頭上を飛び越し、右舷後方より弾着の水音が届く。

敵巡洋艦は、面前をよぎるという大胆極まりない行動を取った九駆目がけて、主砲を発射したのだ。

だが射撃精度は、お世辞にも正確とは言えない。至近弾落弾着は、「山雲」から大きく外れている。

下に伴う、爆圧の突き上げすら感じられない。

秋彦は、「朝雲」と敵巡洋艦の一番艦を交互に睨みつつ、命令のタイミングを計る。

「朝雲」が取舵を切ったところで、

「取舵四五度！」

を下令する。

「取舵一杯！」

江守航海長が操舵室に下令し、「山雲」は艦首を大きく左に振る。

左舷正横に見えていた敵巡洋艦の一番艦が右に流れ、左舷前方に移動する。

回頭を終え、直進に戻ったとき、「山雲」は「朝雲」に続いて、敵巡洋艦部隊を左舷前方に睨みつつ、反航戦を戦う形になっていた。

後続する「夏雲」「峯雲」も同じだ。

九駆の四隻は、敵巡洋艦の左舷前方から、真一文字に突き進んでいる。

敵巡洋艦の艦上に、新たな発射炎が閃いた。

敵弾の飛翔音が夜気を震わし、「山雲」の正面に、あるいは左右両舷に、見上げんばかりの水柱がそそり立った。

巡洋艦の主砲は、駆逐艦のそれに比べて格段に威力が大きい。水柱の太さ、高さも、至近弾落下の衝撃も、駆逐艦の主砲弾などとは比較にならない。

敵弾落下の衝撃が、基準排水量二〇〇〇トンの艦を小突き回し、艦底部からの爆圧が艦を震わせる。

正面に噴き上がった水柱の間を、「山雲」の艦体がかいくぐる。

左右両舷から崩れる海水が、上甲板や一番主砲の上から降り注ぎ、飛び散る飛沫が霧のように、甲板上に立ちこめる。

だが「山雲」はひるまない。「朝雲」に後続し、次々噴き上がる水柱の中を、三五ノットで突き進む。

敵巡洋艦の艦影が、急速に接近して来る。巨大な箱のような艦橋を持つ艦だ。

「敵距離四五《ヨンゴ》（四五〇〇メートル）！」

の報告が飛び込んだとき、おもむろに「朝雲」が艦首を右に振った。一番発射管より、四本の魚雷を、扇状に放ったのだ。

「魚雷発射始め！」

を、秋彦は下令した。

「面舵！」

江守が操舵室に命じた。

「山雲」が「朝雲」に倣《なら》い、転舵した。

若干の間を置いて、

「魚雷発射完了！」

児玉水雷長が、弾《はず》んだ声で報告した。

一番発射管から四本の九三式六一センチ魚雷が海中に躍り出し、敵巡洋艦の下腹を食い破るべく、四八ノットの雷速で突撃を開始したのだ。

「うまくいってくれよ」

その言葉を、秋彦は海中の魚雷に投げかけた。

敵巡洋艦を凝視し、そのときを待った。

4

日本軍の駆逐艦四隻が面舵を切り、真正面をよぎったとき、軽巡洋艦「エジンバラ」艦長イアン・キャンベル大佐は、何が起ころうとしているのかをはっきり悟った。

「取舵一杯！　急げ、魚雷が来るぞ！」

「取舵一杯！」

血相を変えたキャンベルの命令を受け、航海長キース・ハート少佐は、怒鳴り込むようにして操舵室に命じた。

「後続艦にも報《しら》せろ。『敵は魚雷を発射せり』と！」

「『敵は魚雷を発射せり』。後続艦に報告します」

通信長フランシス・パトリック大尉が、早口でキャンベルの命令を復唱する。

「エジンバラ」は、全長一八七メートル、最大幅一九・三メートル、基準排水量一万二〇〇〇トンの巨躯を持つ。舵が利くまでには、若干の時間を要する。

直進を続ける「エジンバラ」の左舷前方で、敵駆逐艦は、次々と艦体を翻す。

一番艦が、二番艦が、次々と面舵を切る。速力を緩めることなく、闇の彼方へと駆け去ってゆく。

「エジンバラ」の一五・二センチ三連装砲塔が、敵駆逐艦を追って旋回する。

砲口に発射炎が閃き、瞬間的に艦の周囲から闇を吹き払い、左舷側の海面を赤く染める。

腹にこたえるような砲声が甲板上を駆け抜け、殷々と海面を渡ってゆく。

「エジンバラ」の射弾が、目標を捉えることはない。後続する二隻――サウサンプトン級軽巡「ニューキャッスル」「グラスゴー」の射弾も同様だ。

敵駆逐艦の至近に、弾着の飛沫を奔騰させることはあっても、その艦上に直撃弾炸裂の火焔が躍ることはない。

何分にも、視界のきかない夜間だ。星弾の弱い光だけでは、高速で疾駆する駆逐艦を捕捉するのは難しいのかもしれない。

敵駆逐艦の殿軍に位置していた艦が反転したとき、「エジンバラ」の舵が利き始め、艦首が大きく左に振られた。

左舷前方に見えていた敵駆逐艦が右に流れ、正面へ、右舷前方へと移動してゆく。

前部二基の三連装一五・二センチ砲塔は一旦沈黙し、艦とは逆に、右舷側へと旋回する。

「戻せ、舵中央！」

ハート航海長が操舵室に下令し、「エジンバラ」の巨体は、身震いしながら直進へと戻る。

同時に、主砲が砲撃を再開する。

右舷側に発射炎がほとばしり、主砲塔や前甲板が、閃光に照らし出される。轟然たる砲声が夜気を震わせ、甲板上を駆け抜ける。

キャンベルは、海面を凝視した。

咄嗟に取舵を命じたものの、魚雷を回避できるかどうかは分からない。今は神の加護を信じ、魚雷の通過を待つだけだ。

三〇秒が経過し、一分が経過する。

星弾のおぼろげな光は、海面を照らし出しているが、雷跡は見えない。

海面には、「エジンバラ」自身の航跡と、断続的に閃く一五・二センチ砲の発射炎が見えるだけだ。

一分三〇秒、二分、二分三〇秒と、時が刻まれる。

「まだか、まだ来ぬか」

そう呟きながら、キャンベルは海面を見つめる。

雷跡は見えず、魚雷命中の衝撃もない。

二隻の僚艦も同様だ。舷側に、巨大な水柱が突き立つことも、火柱が奔騰することもない。ただ、魚雷が来ると思われる方向に艦首を向け、最大戦速で航進を続けている。

三分が経過したとき、ハートが具申した。

「艦長、本艦は魚雷回避に成功したと思われます。本艦の速力は三二・五ノット。敵魚雷の速力を三〇ノット程度と遅めに見積っても、相対速度は六二・五ノット。距離四五〇〇を走破するのに、三分はかかりません」

「航跡は見えなかったぞ」

「敵の照準が甘く、魚雷が視界の範囲外を通過したのかもしれません。あるいは、敵に一杯食わされた可能性も考えられます」

「……！」

キャンベルは絶句した。

日本軍の駆逐艦四隻は、雷撃を行う素振りを見せた。キャンベル自身も、敵が魚雷を発射したと判断し回避を命じた。

だが、実際に魚雷が放たれ、海面に着水する瞬間を目撃したわけではない。

敵駆逐艦が時間稼ぎのため、雷撃を行う振りをした可能性は、大いにあり得る。

「面舵一杯。日本艦隊の主力に向かう」

「後続艦に命令。『我に続け』」

キャンベルは、二つの命令を発した。

「面舵一杯。針路二七〇度！」

ハートが、大音声《だいおんじょう》で操舵室に命じる。

「エジンバラ」はしばし直進を続けた後、艦首を大きく右に振る。

海岸線付近に明滅する発砲の閃光が、艦の正面に移動する。

国境付近の日本艦隊は、なお戦闘を続けている様子だ。

「『ニューキャッスル』『グラスゴー』、本艦に後続します」

「第三一駆逐隊《DDG31》、本艦右舷。突撃します」

後部見張員が、僚艦の動きを報告する。

敵駆逐艦の妨害によって、一時進撃が止まったが、再び日本艦隊を攻撃する態勢を整えたのだ。

「我が国の海で、好き勝手な真似はさせん」

彼方の閃光を睨み据えながら、キャンベルは呟いた。


この夜、シャム湾では、三つの部隊が哨戒行動に当たっている。

「エジンバラ」以下三隻の軽巡と駆逐艦四隻で編制された「L部隊」は、マレー半島の東岸付近の哨戒を担当しており、定められた哨戒航路を、英タイ国境の沖に向かっていた。

その任務中に、L部隊は思いがけない事態に直面した。

国境警備隊から、

「国籍不明ノ艦隊、海岸ニ接近セリ」

との緊急信が飛び込んだのだ。

最先任の艦長としてL部隊の指揮を執《と》っていたキャンベルは、直ちに増速を命じ、現地に急行した。

そこで見たものは、日本艦隊——それも明日、シンガポールを親善訪問する予定だった巡洋艦と駆逐艦が、英領マレーの海岸を砲撃している光景だった。

キャンベルは、日本艦隊がイギリスの国境警備隊を攻撃しているものと判断し、無線によって砲撃を中止させようと試みた。

日本艦隊の旗艦に通信を送り、

「貴艦隊の行動は、英日関係に重大な影響を及ぼす危険がある。直ちに戦闘を中止されよ」

と警告した。

だが、日本艦隊はこの通信を完全に無視し、戦闘を続行した。

ことここに至り、L部隊は日本艦隊に向け、砲門を開かざるを得なくなった。

目下、祖国イギリスが置かれている状況は理解している。

先の世界大戦を機に確保したカロリン諸島と、英連邦の一角であるオーストラリア、ニュージーランドは、どんなことをしても守らねばならない。太平洋におけるアメリカの覇権確立を、認めるわけにはいかない。

そのイギリスにとり、日本と事を構えるのは、好ましい事態ではない。

英本国政府としては、むしろ日本と同盟し、共に手を携えてアメリカに立ち向かうことを望んでいる。ロンドンでも、東京でも、何度も外交交渉が重ねられたと聞く。

日本が、何故このような暴挙に出たのかは分からない。

最も可能性が高いのは、日本が同盟相手として、イギリスではなくアメリカを選んだことだ。太平洋からイギリスを追い出せば、太平洋をアメリカと分割支配できる、といった野望にでも取り付かれたのかもしれない。

だとすれば、日本艦隊に遠慮する必要はない。不遜《ふそん》にもイギリスの領海に踏み込み、イギリスの主権を侵害した敵に、鉄槌《てっつい》を下すまでだ。

幸い、日本艦隊の先陣を切って突撃してきた駆逐艦四隻はやり過ごした。今や、L部隊と日本艦隊主力の間を遮るものはない。

三隻の軽巡洋艦は、三連装四基一二門の一五・二センチ主砲を振りかざし、三二・五ノットの最大戦速で突進している。

その動きに気づいたかのように、海岸付近での発砲が止んだ。

「日本艦隊、海岸から離れます。針路九〇度。当隊に向かってくる模様」

通信室を通じ、弾着観測のために飛ばした水上機――フェアリー・シーフォックスが、敵の動きを報せてくる。

日本艦隊は、L部隊に真っ向から立ち向かうつもりなのだ。

新たな星弾が、日本艦隊の頭上で弾ける。

「敵の位置、左一五度、距離一万!」

見張員が報告を上げる。

「全艦、左砲雷戦!」

「目標、敵一番艦。射撃開始!」

キャンベルはL部隊の全艦に下令し、次いで射撃指揮所に詰めている砲術長ブルーノ・ベッカー少佐に指示を送った。

既に、星弾の光を頼りに照準を合わせていたのだろう、前甲板に発射炎が閃いた。

先に、敵駆逐艦を砲撃したときのそれより遥かに明るい。砲声も、雷鳴さながらに大きい。

ベッカーは敵巡洋艦との砲戦にあたり、最初からの斉射を選んだのだ。

「エジンバラ」が第一斉射を放ってから数秒後、砲弾の飛翔音が頭上を飛び越える。

「『ニューキャッスル』『グラスゴー』、射撃開始しました」

後部見張員が、報告を送ってくる。

相対位置が変わったためだろう、第一、第二砲塔が左に旋回する。六門の砲身の仰角が、心持ち下げられる。

再び六つの砲口に、発射炎が閃く。

真っ赤な火焰が左舷前方に噴出し、束《つか》の間《ま》海面を赤く染める。

発射の反動が、基準排水量一万二〇〇〇トンの艦体を震わせ、砲声が殷々と轟く。

「エジンバラ」が第二斉射を放った直後、彼方にも複数の閃光が走った。

若干の間を置いて、敵弾の飛翔音が聞こえ始めた。一五・二センチ砲弾の飛翔音よりも大きい。どこか、凶々《まがまが》しい響きがある。

それが急速に迫り、頭上を圧した——と感じたとき、唐突に消えた。

同時に、「エジンバラ」の右舷側海面が大きく盛り上がり、弾けた。視界内に、二本の水柱が確認できた。

敵弾の飛来は、なおも連続する。

新たな射弾が「エジンバラ」の左舷側に落下したかと思うと、次の射弾は「エジンバラ」の頭上を飛び越し、後方の海面に落下する。

続けて飛来した敵弾は、「エジンバラ」の正面にまとまって落下し、四本の水柱を噴き上げる。

「エジンバラ」は、全速航進を続ける。艦首が水柱の一本を突き崩し、踏みつぶす。

海水が砲塔や甲板に降り注ぐ中、第一、第二砲塔は三度目の斉射を放つ。

火焔がほとばしり、立ちこめる霧状の海水を爆風が吹き飛ばす。

後方で放たれた「ニューキャッスル」「グラスゴー」の射弾も、大気を轟々と震わせながら飛翔する。

やがて敵一番艦の艦上に、発射炎とは異なる爆炎が躍った。炎の中、黒い粉のようなものが舞い上がる様《さま》が遠望された。

「よし！」

キャンベルは満足感を覚え、右の拳を打ち振った。

直撃弾は、L部隊が先に得たのだ。

入れ替わりに、敵の射弾が飛来した。

「エジンバラ」の前後に、左右に、次々と敵弾落下の水柱が噴き上がり、水中爆発の衝撃が艦底部から突き上がった。

敵巡洋艦から砲火を集中されているにもかかわらず、「エジンバラ」は屈しなかった。

前甲板に、第四斉射の発射炎が閃いた。轟然たる砲声が甲板上を駆け抜ける。発射の反動に、艦が身を震わせた。

5

第六戦隊旗艦「青葉」の苦況は、「衣笠」の艦橋からはっきりと見て取れた。

敵巡洋艦三隻から集中砲火を浴び、左舷中央付近に火災を起こしている。

炎という格好の射撃目標を得たためか、敵の砲撃は正確さを増し、直撃弾、至近弾が相次いでいる。

第六戦隊も敵一番艦に砲撃を集中しているが、まだ直撃弾を得られていない。二〇センチ砲弾は海面を空《むな》しく抉《えぐ》るばかりだ。

「大丈夫だろうか、司令官は……?」

沢正雄「衣笠」艦長は、「青葉」を見据えて呟いた。

艦橋に、被弾した様子はない。

機関にも被害は及んでいないらしく、艦は最大戦速で航進を続けている。

だが、敵との距離が詰まるに従い、射撃精度も上がる。艦橋に敵弾が命中し、司令部全滅という事態を招いてもおかしくない。

(後手に回ってばかりだ)

舌打ちしながら、沢は呟いた。

英タイ国境で生じた武力衝突を止めようと、国境沖に赴《おもむ》いてみれば、潜水艦から雷撃を受けた。

敵潜に反撃しているところに、今度は英東洋艦隊の巡洋艦、駆逐艦が出現した。

九駆が立ち向かったものの、敵に打撃を与えるには至らなかった。

遣泰部隊本隊は、九駆が時間を稼いでいる間に、敵潜に対する攻撃を打ち切り、英艦隊に立ち向かったが、ここでも先手を取ったのは英艦隊であり、「青葉」が直撃弾を受ける羽目になった。

どの戦いも、常に敵の先制攻撃で始まっている。遣泰部隊は、敵の動きに振り回されるばかりだ。

そろそろ、こちらが主導権を奪い返したいものだが――そう思い、沢が顔を上げたとき、

「敵距離七〇《ナナマル》（七〇〇〇メートル）！」

の報告が上げられた。

「青葉」の周囲には、間断《かんだん》なく敵弾が落下している。右に、左に、水柱が噴き上がり、上部構造物や甲板に、直撃弾の爆炎が躍る。

第六戦隊四隻は、まだ直撃弾を得られない。敵一番艦の艦上に、直撃弾炸裂の閃光は確認できない。

沢のこめかみを、汗が一筋伝わった。

不利な状況を打開せねば――と思うが、今は六戦隊司令部の命令に従うだけだ。独断で動くことは許されない。

とろ火で焼かれるような心地だった。

「敵距離六〇《ロクマル》（六〇〇〇メートル）！」

の報告が飛び込んだとき、信号員が報告を上げた。

「『青葉』より信号。『針路四五度。右砲雷戦』」

沢は、即座に反応した。

「取舵一杯。針路四五度！」

「右砲雷戦！」

二つの命令を、続けざまに発した。

五藤司令官の意図が、これではっきりした。

敵にぎりぎりまで接近して丁字を描き、砲撃と雷撃によって打撃を与える。

しかるのちに、戦場から離脱するつもりなのだ。

現時点において、日本はイギリスと戦争状態にはない。これはあくまで、偶発的に生じた戦闘なのだ。

敵に一撃を与え、かつこれ以上艦を損なうことなく離脱できれば充分。敵を殲滅《せんめつ》するまで戦う必要はない――というのが、司令官の考えであろう。

「取舵一杯。針路四五度！」

松島航海長が、操舵室に下令する。

第一、第二砲塔は、なお右前方に向けられ、敵一

番艦を目標に砲撃を繰り返している。

　第六戦隊の各艦は、しばらく直進を続ける。

　敵弾は依然「青葉」に集中している。艦の随所に直撃弾炸裂の爆炎が躍り、黒煙が後方へとなびいている。

　上部構造物は相当酷《ひど》いことになっていると想像されるが、「衣笠」の艦上から、詳しい被害状況を知る術はない。ただ、「青葉」が戦闘終了まで保《も》ってくれることと、第六戦隊の司令部幕僚、艦長久宗米《ひさむねよね》次郎《じろう》大佐以下の乗組員が無事であることを祈るだけだ。

「敵距離五〇《ゴマル》（五〇〇〇メートル）！」

　の報告が飛び込んだとき、「青葉」の艦首が振られた。

　艦の複数箇所に火災炎をまつわりつかせ、黒煙を噴出させながら、左へ左へと回ってゆく。

　続けて「衣笠」が、回頭に入る。

　艦首が大きく左に振られ、右前方に見えていた英軍の巡洋艦三隻が、右正横へと流れてゆく。

　砲撃を続けていた第一、第二砲塔は一旦沈黙し、艦の動きとは逆に、右舷側へと旋回する。

　艦が直進に戻ったときには、既に「青葉」が砲撃を再開していた。

「衣笠」の二〇センチ主砲も、負けじとばかりに撃ち始めた。

　砲声は、前部だけではなく、後部からも聞こえる。回頭によって、敵艦を射界に収めた第三砲塔も、砲撃を開始したのだ。

　砲撃の合間を縫って、

「魚雷発射完了」

　の報告が、水雷長田中広国《たなかひろくに》大尉より上げられる。

　艦の回頭に合わせて、右舷の六一センチ四連装魚雷発射管から、四本の魚雷を扇状に放ったのだ。

「全艦が雷撃に成功すれば……」

　沢は、ちらと後方を振り返った。

「青葉」「衣笠」「古鷹」「加古」からは一艦当たり

四本、「那珂」からは四本、二駆の駆逐艦三隻からは一艦当たり八本。

合計四四本の酸素魚雷が、敵巡洋艦三隻、駆逐艦四隻に襲いかかることになる。

命中率が一割であれば四本、その半分であっても二本が敵艦を捉える。

雷速、射程距離、隠密性、炸薬量の全てにおいて、世界最強を誇る酸素魚雷だ。命中すれば、一万トンクラスの巡洋艦であっても無事では済まない。

「『古鷹』、撃ち方始めました。続けて『加古』、撃ち方始めました」

後部見張員が、僚艦の動きを報告する。

沢は、敵艦に双眼鏡を向ける。

吊光弾の光がないため、弾着の水柱を目視することはできない。敵艦の黒々とした艦影が、辛うじて見えるだけだ。

ただ、砲術長が観測機と連携を取り、的確な弾着修正を行っているものと、沢は信じていた。

ほどなく敵二番艦の艦尾付近に、直撃弾炸裂の炎が躍った。

続けて敵一番艦——回頭前、六戦隊の四隻が砲火を集中しながら、命中弾を得られなかった敵艦の艦首に、直撃をうかがわせる閃光が走った。

「いいぞ！」

沢は、満足の声を漏らした。

砲戦開始以来、命中率はあまり芳《かんば》しくなかったが、変針によって丁字を描いた直後から、直撃弾が出始めたのだ。

「次より斉射！」

砲術長唐島辰雄《からしまたつお》少佐が報告する。

数秒後、「衣笠」の二〇センチ主砲六門が一斉に放たれ、六発の二〇センチ砲弾を叩き出す。

「衣笠」だけではない。

後続する「古鷹」も、「加古」も、敵にさんざん打ち据えられた「青葉」さえも、前部と後部に発射炎を閃かせ、斉射の咆哮《ほうこう》を上げる。

三隻の敵巡洋艦の周囲に弾着の水柱がそそり立ち、艦上に、あるいは舷側に、直撃弾炸裂の閃光が走る。

英艦隊の動きに、にわかに変化が生じた。

林立する水柱の中、一番艦が面舵を切る。日本艦隊に艦首を向け、次いで左舷側を向ける。

二番艦、三番艦も、一番艦に倣って変針する。

直進に戻ったとき、三隻の敵巡洋艦は日本艦隊と同航戦の態勢に入っている。

五藤司令官は、一撃を浴びせての離脱を考えたのだろうが、敵の指揮官は徹底的に食い下がり、決着をつけることを望んでいるようだ。

敵巡洋艦三隻が、前部と後部に発射炎を閃かせる。

敵弾の飛翔音が轟き、「衣笠」の右舷側海面に弾着の水柱がそそり立つ。

回頭によって相対位置が変わったため、敵は「青葉」への集中砲火を止め、「衣笠」以下の三隻にも砲門を向けてきたのだ。

「衣笠」も撃ち返す。

前部二基、後部一基の二〇センチ連装主砲が猛々《たけだけ》しく咆哮し、六発の射弾を叩き出す。

後方から、「古鷹」「加古」の砲声も届く。

二〇センチ砲弾と一五・二センチ砲弾が空中で交錯し、夜の大気を轟々と震わせる。

弾着の衝撃が海面をどよもし、水柱が高々と噴き上がり、直撃弾炸裂の炎が躍る。

「衣笠」が斉射に移行してから、五回目の射弾を放った直後、それは起こった。

敵巡洋艦の二番艦が、僅かに震えたように見えた。次の瞬間、艦橋付近の海面が弾けた。夜目にも白い海水の柱が、艦橋、煙突のみならず、マストの高さをも遥かに越えて、凄まじい勢いで突き上がった。

「やった！」

沢は、思わず快哉《かいさい》を叫んだ。

先に田中水雷長が「魚雷発射完了」を報告してから約三分。

六戦隊の重巡四隻と四水戦の軽巡一隻、駆逐艦三隻が発射した魚雷が、目標に到達したのだ。

——敵二番艦の艦橋付近に突き上がった水柱は、火柱に変わっている。艦全体を包み込まんとするほど、巨大な炎だ。

艦の速力はみるみる衰え、一番艦との距離が開く。艦橋付近から、大量の黒煙が噴出し、艦の後ろ半分を覆《おお》い尽くす。

被雷箇所の周囲では、海面が激しく泡立ち、艦内に流入する海水と入れ替わるようにして、重油の黒い膜が拡がり始めている。

この状態で、敵二番艦はなおも砲撃を続ける。

前部の主砲は沈黙したが、後部では発射炎が繰返し閃き、爆風が黒煙を吹き飛ばす。

後部の上部構造物に、目だった被害はない。二番煙突も、二基の主砲塔も無傷のままだ。

だが射撃精度は、もはや望むべくもない。

放たれた射弾は、見当外れの海面に落下し、水柱を噴き上げるだけだ。

後続する敵三番艦は、速力が大幅に衰えた僚艦との衝突を避けるべく面舵を切る。

二番艦から絶え間なく噴出する黒煙が、しばし三番艦の姿を隠す。

僚艦の火災煙の陰から、三番艦が躍り出したときだった。

艦首付近の海面に、全速航進によるものとは明らかに異なる盛大な飛沫が上がった。

次の瞬間、飛沫は巨大な水柱と変わった。

落雷のそれを遥かに凌《しの》ぐ大音響が轟き、巨大な火柱が噴き上がり、第一砲塔が瞬時に消失した。根元から引きちぎられた砲身や引き裂かれた防楯《ぼうじゅん》、粉《ふん》砕《さい》された砲鞍《ほうあん》や各種機器の残骸《ざんがい》が炎に乗って舞い上がり、盛大な水音と共に海面に落下した。

何が起きたのかは、「衣笠」の艦橋でも分かる。

敵三番艦の艦首付近に、四八ノットの雷速で突入した九三式酸素魚雷は、水線下に深く食い入って炸裂し、第一砲塔の弾火薬庫を誘爆させたのだ。

敵三番艦は、一瞬で動きを止められ、前のめりになって停止している。炎と黒煙は絶え間なく噴出し、艦全体を覆い尽くさんばかりだ。

三番艦の前方にも、燃えながら漂流しているものがある。

酸素魚雷が引き起こした弾火薬庫の誘爆は、第一砲塔付近から、艦体を切断したのだ。

「決着はついたな」

沢は、勝利を確信して呟いた。

巡洋艦の数は、遣泰部隊が四隻、英艦隊が三隻であり、日本側が圧倒的に優勢だったわけではない。

だが、敵巡洋艦二隻が、被雷によって戦列外に去った今、巡洋艦の戦力差は四対一にまで広がった。

この状況で戦闘を継続するほど、敵の指揮官も無謀ではないはずだ。

砲雷撃によって敵に大打撃を与えた後、戦場から離脱するという五藤司令官の狙いは、見事に成功した――と、沢は確信した。

だが、沢はあることを失念していた。

旗艦「青葉」が雷撃したとき、敵との距離は四〇〇〇メートルまで詰まっていた。

この距離は、英海軍にとっても、魚雷の射程内だったのだ。

不意に、「青葉」の艦首付近に巨大な水柱がそそり立った。

水柱が崩れ、火柱がそれに変わったとき、沢は敵三番艦と同様の運命が、「青葉」を見舞ったことを悟った。

6

このとき第九駆逐隊は、英艦隊を右舷前方に眺めつつ、三五ノットの速力で追いすがっている。

「朝雲」の佐藤司令は、敵巡洋艦三隻に対する雷撃が失敗に終わった後、各艦の二番発射管で再度の雷撃を敢行すべく、追撃にかかったのだ。

だが、大勢は既に決した様子だ。

英巡洋艦三隻のうち、二隻は六戦隊と四水戦の雷撃を受け、炎上しながら海上に停止している。

味方にも大きな損害を受けた艦があるらしく、左舷前方に火災炎が遠望されるが、数は一隻だけのようだ。

砲声はなお聞こえるものの、戦力面で遣泰部隊が圧倒的な優位に立ったことは確かだ。

「どうされるかな、司令は？」

「山雲」駆逐艦長須磨秋彦中佐は、前をゆく「朝雲」を見つめながら呟いた。

九駆は、火力では圧倒的に勝る敵に正面から肉迫し、敵前での回頭と雷撃を実施するという荒技をしかけた。

一歩間違えれば、敵巡洋艦の主砲に四艦全てが叩きのめされていてもおかしくなかったが、九駆に被弾した艦はない。四隻全てが雷撃と、その後の離脱に成功している。

ただ、戦果はゼロだ。

九駆が発射した合計一六本の魚雷は、距離四五〇〇という至近距離からの雷撃であったにもかかわらず、一本も目標を捉えることなく終わったのだ。

使用を一番発射管のみに限ったことが、雷撃の失敗を招いたのだろう。

秋彦は切歯扼腕《せっしやくわん》したが、佐藤司令の悔しさは、それ以上だったに違いない。

英軍の巡洋艦はまだ一隻残っているし、駆逐艦四隻も残っている。

戦闘停止の命令は、まだ出されていない。

司令としては、再度の雷撃によって、英艦隊の残存部隊を殲滅するつもりではないか。

「敵巡洋艦、火災煙に妨げられ、目視できません」

「了解」

見張員の報告に、秋彦はごく短く返答した。

右舷前方には、火災煙を噴き上げながら停止している二隻の敵巡洋艦が見える。

英艦隊の健在な艦――巡洋艦一隻、駆逐艦四隻は、その向こう側にいるはずだ。

停止している敵巡洋艦二隻を右前方に眺めながら、九駆は、白波を蹴立てて突進する。

近づくにつれ、敵艦の惨状がはっきりしてくる。

敵巡洋艦の一隻は、左舷側に傾いたまま停止している。既に全ての動力が止まっているのか、駆逐艦四隻が接近しても、主砲は沈黙したままだ。

僚艦による消火協力や乗員の救助が始まっている様子はない。

敵の残存艦が遣泰部隊に食い下がっているのか、戦闘を打ち切って被雷した僚艦の救援に向かっているのか、現時点では判別できない。

行き足が止まっている巡洋艦を、九駆の四隻は次々と追い抜く。

火災煙がしばし前方の視界を塞ぐが、全速航進に伴って発生する風が、煙を蹴散らしてゆく。

敵巡洋艦が、右舷前方から右舷正横に移動し、視界の範囲外に消える。

続けて、もう一隻の敵巡洋艦が近づいてくる。

こちらは、先の一隻を遥かに上回る惨状だ。

炎と黒煙が、艦のほとんどを覆い隠している。艦尾が大きく持ち上がっていることだけが、辛うじて分かる。

艦の前部では、炎と海水がせめぎ合い、水蒸気が発生している。

敵巡洋艦は大火災を起こしながら、海中に引き込まれようとしているのだ。

この状況では、他艦は近づけそうにない。迂闊《うかつ》に接近すれば、誘爆に巻き込まれ、自艦が被害を受ける危険がある。

帝国海軍が誇る酸素魚雷の破壊力を、あらためて思い知らされた気がした。

九駆は、速力を緩めない。

鋭い艦首で暗い海面を切り裂き、海上に漂う火災煙を吹き飛ばし、真一文字に突き進む。

二隻目の敵巡洋艦が、右舷正横に移動し、視界の範囲外に消えた直後、

「敵艦右二〇度、六〇《ロクマル》（六〇〇〇メートル）！」

見張員の報告が飛び込んだ。

秋彦は、右前方に双眼鏡を向けた。

報告されたとおり、複数の黒い艦影が見える。

艦上に、発射炎はない。戦闘を打ち切り、被雷した僚艦の救援に向かっているのかもしれない。

秋彦は、視線を「朝雲」に戻した。

「戦闘中止」の命令はない。

ならば、このまま敵残存部隊に肉迫し、雷撃を叩き込むまでのことだ。

「右魚雷戦。目標、右反航の敵！」

「右魚雷戦。目標、右反航の敵。宜候《ようそろ》」

秋彦は児玉水雷長に命じ、児玉は即座に命令を復唱した。

敵との距離が詰まり、敵の艦影が膨れ上がる。

その艦上に、発射炎は見えない。九駆に、気づいていないかのようだ。

「敵距離五〇《ゴマル》！」

見張員が新たな報告を上げる。

転舵をかける頃合いか――そう思い、秋彦は身構えた。敵と「朝雲」の動きを睨みつつ、命令のタイミングを計った。

「取舵！」の命令は、秋彦の喉元《のどもと》までこみ上げていたが――。

「敵艦、取舵！　当隊より離れていきます！」

「『朝雲』より信号。『雷撃待テ』」

見張員と信号員の報告が、ほとんど同時に飛び込んだ。

「水雷長、雷撃待て！」

咄嗟に秋彦は、児玉に命じた。

九駆は、針路、速度とも変わらない。

一方敵艦隊は変針し、九駆から遠ざかってゆく。

一見、丁字を描こうとしているように見えるが、敵の艦上に発射炎が閃くことはない。

もはや戦意を喪失し、戦いを回避しようとしているのだ。

「四水戦司令部の命令電を受信！」

斎藤通信長からの報告が上げられた。「『青葉』大火災。我、遣泰部隊ノ指揮ヲ執ル」

秋彦は、左舷前方に視線を向けた。

火災炎の大きさから見て、味方の艦艇にも大きな被害が出たことは分かっていたが、被害艦は第六戦隊の旗艦だったのだ。

「青葉」の損傷により、六戦隊司令部が指揮能力を失ったため、次席指揮官である第四水雷戦隊司令官西村祥治《にしむらしょうじ》少将が指揮権を引き継いだのだろう。

「『シンガポール』寄港ヲ中止ス。各隊ハ溺者《できしゃ》救助ノ後、北方ニ避退《ひたい》セヨ」

「『朝雲』より信号。『九駆針路二七〇度。我ニ続ケ』」

斎藤が命令電の続きを読み上げ、次いで信号員が報告した。

「『朝雲』に返信。『信号了解』」

「取舵一杯。針路二七〇度。溺者救助に向かう」

秋彦は信号員に命じ、次いで江守航海長に命じた。

先に、英タイ国境沖の戦闘で、二駆の駆逐艦一隻が大きな損害を受けている。

「青葉」は「那珂」と二駆に任せ、九駆は味方駆逐艦の救助に向かうのだ。

「取舵一杯。針路二七〇度！」

江守が操舵室に命じた。

数分前まで、英艦隊に雷撃を見舞うべく、最大戦速で突進していた第九駆逐隊の四隻は、次々と変針し、救助を待つ味方艦に向かって前進を開始した。


「日本艦隊、戦場より離脱する模様」

見張員の報告が艦橋に上げられたとき、軽巡洋艦「エジンバラ」艦長イアン・キャンベル大佐は、大きく安堵の息を漏らした。

「ニューキャッスル」と「グラスゴー」の被雷によ

り、巡洋艦の戦力差が大きく開いた状況下では、どう考えても勝算はない。

　L部隊全艦の沈没という最悪の事態すら予想したが、日本艦隊も、そこまでやる気はないようだ。

「DDG31は、『ニューキャッスル』と『グラスゴー』の救助に向かえ。本艦は敵の再攻撃に備え、警戒に当たる」

と、キャンベルは指示を出した。

　巡洋艦三隻に随伴して来た駆逐艦四隻が、二隻ずつに分かれて「ニューキャッスル」と「グラスゴー」に向かう。

「ニューキャッスル」は、黒煙を噴出させながらもまだ浮かんでおり、助けられる可能性がある。

だが、「グラスゴー」は絶望だ。全艦が炎に包まれたまま、急速に沈みつつある。

　キャンベルとしては、「グラスゴー」に向かった二隻の駆逐艦が、一人でも多くの乗組員を救助することを祈るしかなかった。


「越えてはならない線を越えたな」

　日本艦隊が立ち去った北方海上を見据え、キャンベルは呟いた。

　彼らがL部隊の警告に従い、直ちに戦闘を中止して退去すれば、戦争にまで至ることはなかった。

　英タイ国境の現地調査と外交交渉だけで決着することができたのだ。

　だが日本艦隊は、L部隊に真っ向から立ち向かってきた。

　砲撃だけではなく、魚雷まで発射して、軽巡洋艦一隻を撃沈、一隻を大破に追い込んだ。

　彼らが、東洋艦隊と本気で戦うつもりだったことは、今や疑うべくもない。

　おそらく彼らは、英米両国を秤《はかり》にかけ、アメリカに付くことを選んだのだろう。

　今後の英本国政府の対応については、容易に想像がつく。

　大英帝国は、いかなる国に対しても屈服することはない。

敵がアメリカであれ、日本であれ、全力で戦うまでのことだ。

「思い上がるなよ、日本人」

キャンベルは、闇の彼方に向かって呼びかけた。

「貴様らに近代海軍の何たるかを教えたのは、我が大英帝国海軍だ。ロシアの海軍に勝ったぐらいで、弟子が師を超えたなどと思ったら大間違いだ。次の戦いでは、そのことを思い知らせてやる」

第三章　波紋

1

遣泰部隊は、一〇月二日早朝、海南島の三亜港に入港した。

一週間前は、重巡四隻、軽巡一隻、駆逐艦八隻の陣容だったが、重巡と駆逐艦が一隻ずつ減っている。帰還した艦にも、艦体や上部構造物に、爆炎に撫でられた跡がある。

明らかに、一戦交えた後の姿だった。

午前七時ちょうど、第四特別根拠地隊司令部の作戦室に、第四水雷戦隊司令官西村祥治少将、同首席参謀谷井《たにい》保《たもつ》中佐、各艦の艦長、駆逐隊の司令といった人々が入室した。

表情は、一様に暗い。誰もが、沈痛な表情や思い詰めたような表情を浮かべている。裁判に臨む被告を思わせた。

連合艦隊首席参謀須磨龍平大佐は、人々の中に、「山雲」駆逐艦長須磨秋彦中佐の顔を見出した。

束の間、眼が合った。秋彦が軽く目礼し、龍平は小さく頷いた。

全員が着席したところで、

「長官からは、何が起きたのかを精細に聞いてくるように、と命じられております」

龍平は穏やかな口調で、西村四水戦司令官に言った。非難や糾弾《きゅうだん》に来たわけではない、と言外に含ませたつもりだった。

「六戦隊司令部からの説明はされなかったのだが、日泰攻守同盟条約に基づいての行動だったと解釈している」

西村が答えた。「九月二九日の二〇四〇《フタマルヨンマル》に、駐タイ大使館より発せられた『英タイ国境ニテ武力衝突発生。タイ政府ヨリ救援ノ要請アリ』との電文が受信された。五藤司令官はそれを受けて、現場に駆けつけることを決断されたのだろう。司令官か、六戦隊司令部幕僚の一人でもここにいれば、詳しい話を聞けただろうが、司令官も、幕僚たちも、『青葉』の艦長も、艦と運命を共にしてしまった」

「英タイ国境に赴かれる前に、何故GF司令部に連絡を入れていただけなかったのですか？」

龍平に同行している連合艦隊政務参謀藤井茂中佐が、苦々しげな口調で言った。「英タイ両国の紛争に介入するかどうかは、現場で判断することではありますまい」

「止めたまえ、政務参謀」

龍平は、厳しい口調でたしなめた。「我々が命じられているのは、あくまで調査だ。何をきっかけとして、シャム湾での戦闘が生起したのかを調べ、GF司令部に報告することだ。遣泰部隊に対する批判は、我々の任務ではない」

――九月二九日夜、シャム湾の英タイ国境付近で起きた遣泰部隊と英艦隊の武力衝突事件は、連合艦隊司令部のみならず、日本政府を震撼《しんかん》させた。

米英両国の仲が日増しに険悪になり、共に日本を味方に取り込もうと外交攻勢を強めている時期だ。日本国内にも、親米派と親英派、中立派の対立があり、国論がまとまっていない。

今、この時期に日英の武力衝突が起これば、親米派を勢いづかせるだけではない。場合によっては、日本が戦争の引き金を引くことになりかねない。

英国政府からは厳重な抗議が届いたが、日本政府はこれに対し、

「英タイ国境沖における戦闘は、政府が命じたものではない。事実調査を行うため、一週間の猶予《ゆうよ》をいただきたい」

と申し入れて、日英開戦を回避した。

龍平と藤井は、その調査のため、九七式大艇で海南島に飛び、遣泰部隊の帰港を迎えたのだ。

英艦隊との交戦により、旗艦「青葉」と駆逐艦「春雨」が沈没し、第六戦隊司令部が、五藤司令官以下全滅した旨は、既にGF司令部に報告されている。

真相を突きとめるのは、困難が予想された。

「このような想定は、上官への誹謗となるかもしれませんが……」

藤井が言った。「五藤司令官は、日英戦争を引き起こすことを企図して、このような動きを起こしたということはないでしょうか？　我が国を米国側に付かせて、英米戦争に参戦させるとの意図をお持ちだった、といったような」

「それはない」

沢正雄「衣笠」艦長が言下に否定した。「五藤司令官は、艦船勤務一筋でここまで来られた方だ。典型的な海の武人で、政治的な策動に与《くみ》する方ではない」

「まったく同意見だ。司令官からは、政治に関連した発言は、一度も聞いたことがない。『軍人は政治に関与すべからず』を、頑《かたく》なまでに守られた方だった」

重巡「加古」艦長高橋雄次《たかはしゆうじ》大佐が口を添え、重巡「古鷹」艦長荒木伝《あらきつたう》大佐も発言した。

「司令官は政治に関与しないというより、政治に対する関心を全くお持ちでなかったように思う。酒の席で政治向きの話題が出ても、話に加わられることはなかった」

「政治的な意図がなかったということは、五藤司令官は義侠心によって行動された、ということでしょうか？　タイが英国に蹂躙《じゅうりん》されるのを防ごうと考えられた、と」

龍平の問いに、西村がかぶりを振った。

「何も、断言はできない。六戦隊司令部が全滅した以上、何を言っても推測の域を出ない。我々には、自分たちの乗艦で確認できたことを報告するだけしかできぬ」

「六戦隊司令部とのやり取りにつきましては、電文が残っております」

谷井四水戦首席参謀が言った。「それを御覧いただければ、遣泰部隊が英タイ国境に向かったときの経緯がお分かりになると思います」

「止むを得ないようですね」

龍平は頷いた。「事の理由につきましては、タイとの条約に基づいての行動だったと報告する以外にありますまい。GF司令部への報告のため、四水戦司令部より一人、私たちと同行していただきたいのですが」

「首席参謀を行かせよう」

行ってくれるな？　——と言いたげな表情で、西村は谷井を見た。

「参りましょう。GF司令部でも、軍令部でも、ありのままを証言します」

龍平は谷井に頷いてみせ、西村に向き直った。

「今ひとつ、おうかがいしたいことがあります。英艦隊との交戦に至るまでの経緯です。特に重要なことは、先に発砲したのは日英どちらなのか、ということです」

「それについては、私が話そう」

沢正雄「衣笠」艦長が言った。「『衣笠』は六戦隊の二番艦の位置にあり、『青葉』の動きを常時把握していた。最も正確な報告ができると思う」

よろしいですね？　——と問いたげな表情で、沢は西村の顔を見た。西村は、無言で頷いた。

「遣泰部隊が英タイ国境沖に到着したとき、地上で戦闘が行われている気配はまったくなかった」

沢は龍平と藤井に向き直り、口を開いた。「そこで、水偵が吊光弾を投下し、次いで『青葉』が探照灯の照射を行った。同時に無線で英タイ両軍に呼びかけたが、応答はなかった」

「戦闘は行われていなかった、ということですか？英タイ国境での武力衝突自体が誤報だったと？」

藤井の問いに、沢は答えた。

「歩兵同士の小規模な戦闘が行われており、我々がそれに気づかなかった可能性はある。小銃の発射炎など、沖合いからは見えないからな」

「英タイ国境の武力衝突につきましては、目下駐タイ大使館が調査を進めています。真相は、いずれ明らかになるでしょう」

龍平がそう言うと、沢は頷いて話を続けた。

「先制攻撃を行ったのは、英軍だった。海岸に接近した六戦隊に対し、潜水艦から魚雷が撃ち込まれたのだ」

「潜水艦が?」

龍平は、思わず聞き返した。

国境紛争の場に潜水艦がいたというのは不自然だ。潜水艦では、地上戦闘の援護はほとんどできない。加えて、海岸付近では水深も浅いため、爆雷攻撃から逃れることもできない。

「確かに、潜水艦だった」

第二駆逐隊司令　橘《たちばな》正雄《まさお》大佐が言った。「二駆の乗組員には、潜望鏡を発見した者が何人もいる。『春雨』が撃沈されたのも、潜水艦の雷撃だった」

藤井が聞いた。

「それは、英海軍の潜水艦でしたか?」

「あの海域で潜水艦を運用できるのは、英東洋艦隊と仏インドシナ艦隊だけだ。タイ海軍は、そもそも潜水艦を保有していないし、フランス海軍が我が艦隊を攻撃する理由はまったくない。消去法で考えれば、英軍以外にはあり得ないということになる」

「私が疑っているのは、ドイツの潜水艦である可能性です。かの国は、再軍備宣言の後、潜水艦戦力の拡充に特に力を注いでおり、多数のUボートを建造しています。いわば、潜水艦主兵主義とでも呼ぶべき、独自の軍事思想を持つ国です」

「ドイツだと?　ドイツが何の目的で、我が国の艦隊を攻撃する?」

橘が、顔をしかめながら聞き返した。あまり思いつきで喋《しゃべ》るものではない――と言いたげだった。

「現在、ドイツは国を挙げて、ソ連と戦っている最中です。その間に、西方から攻撃されてはひとたまりもありません。しかし日英戦争が勃発すれば、英国にはドイツを攻撃する余裕がなくなります」

「だから、英軍のしわざに見せかけて我が軍を攻撃し、日英戦争を引き起こそうとした——と？」

「はい」

「同様の理由で、ソ連の潜水艦が犯人という可能性も考えられるな」

高橋「加古」艦長が発言した。「関東軍が満州からシベリアに進攻すれば、ソ連は東西から挟撃《きょうげき》される。ソ連としては、そのような事態は避けたいはずだ。しかし日英戦争が始まれば、我が国に対ソ戦争の余裕はなくなる」

「そちらの可能性の方が高いな」

荒木「古鷹」艦長が言った。「ドイツがUボートを極東に派遣しても、燃料や食料の補給を受けられる港がない。中立国の港に入港しても、我が国や英国に情報が漏れる危険がある。しかしウラジオストックからであれば、無補給で英タイ国境までの往復が可能だろう」

「敵潜水艦については、『夕立』と『五月雨』より、それぞれ一隻撃沈の報告を受けた」

西村が言った。「私自身は、目視確認をしていない。確認する前に、英軍の水上部隊が我が軍を攻撃してきたため、潜水艦への攻撃を打ち切り、水上部隊との交戦を優先せざるを得なかったのだ」

「潜水艦が沈んでいれば、残骸を引き上げることで、正体を突きとめることが可能です」

意気込んで言った藤井に、西村がかぶりを振った。

「現場は、英タイの国境近くだ。タイに潜水艦を引き上げる技術はないし、我が国が引き上げを行える状況でもない」

「政務参謀や『加古』艦長の推測通りであれば、我が軍と英軍は、ドイツかソ連によって、まんまと踊らされたことになります」

龍平は、落ち着いた声で言った。「潜水艦の件は、中央に報告しましょう。本当にこれが第三国の謀略なら、日英共同で真相の解明に当たるべきです」

「それは、外交の領分だな。今、ここで何を決められるというものでもない」

西村はかぶりを振った。「が……紛争の現場にいた者として、必要ならどこにでも出て証言すると約束しよう」

「お願いします、司令官」

「水上戦闘についておうかがいしますが――」

龍平に替わって、藤井が新たな質問をした。「英艦隊が出現し、交戦状態に入ったとき、先に撃ったのは英軍ですか?」

沢と、第九駆逐隊司令佐藤康夫大佐が答えた。

「英軍がまず砲撃し、我が軍はそれに応戦するという形で戦闘が始まった。これについては、どの艦の戦闘詳報にも同じ記録があるはずだ」

「『衣笠』艦長の言うとおりだ。英艦隊が出現したとき、最も近い海面にいたのは九駆だったが、英軍が先に発砲するのを、私も、九駆の乗組員も目撃している」

龍平は、藤井と顔を見合わせて頷いた。

沢や佐藤の言葉には、真実味が感じられる。口裏を合わせて、嘘の証言をしているようには見えない。

「英軍との武力衝突が生じたいきさつについては理解しました」

龍平は西村に向き直った。「先ほどうかがった交信の記録と、『衣笠』の戦闘詳報の写しをいただけますか? それらを携えて内地に戻り、GF司令部に報告します」

「すぐに揃《そろ》えさせよう」

西村の目くばせを受け、四水戦の通信参謀と沢が立ち上がった。

「内地に戻る前に、一つだけ頼みたいことがある」

あらたまった口調で、西村は龍平に言った。「今回の一件、指揮官は責任を厳重に問われることになると思う。六戦隊司令官が戦死した現在、その咎《とが》は、次席指揮官である私が負わねばなるまい」

「それは……」

龍平は、しばし言葉に詰まった。西村は、構わず先を続けた。

「私は、責任を取る覚悟はできている。予備役編入でも、海軍からの放逐でもな。ただ……責任は私一人にとどめて欲しいのだ。部下は、命令に従っただけなのだからな」

2

同じ日の午後一時過ぎ、東京・霞ヶ関の外務省では、外務大臣松岡洋右《まつおかようすけ》が、駐日米国大使ジョセフ・クラーク・グルーを迎えた。

儀礼的な挨拶《あいさつ》を交わし合った後、松岡が切り出した。

「今日見えられたのは、去る九月二九日に英タイ国境沖で起こった武力衝突の件ですか?」

「左様です、ミスター・マツオカ」

グルーは細面の顔に微笑を浮かべていたが、眼は笑っていなかった。何かを探り出そうとしているように、松岡には感じられた。

「外務省には、まだあまり詳しい情報が入っていないのです」

松岡は、運ばれてきたコーヒーをグルーに勧めながら言った。「当事者の海軍も、事件の詳細を調べている最中でして。貴国に、詳しい情報をお知らせできる状況ではありません」

「我が合衆国にも、独自の情報網はあります。バンコクには大使館を、シンガポールには領事館を、それぞれ置いていますし、フィリピンの総督府や極東軍、アジア艦隊も独自に情報を収集し、分析しております。事件の概要については、ある程度把握しております。事の発端は、イギリスとタイの国境警備隊が交戦し、貴国の艦隊に救援を要請したことだったと聞き及びますが」

「その通りです、ミスター・グルー」

松岡は、苦々しげな声になるのを隠し切れなかった。海軍は、まったく余計なことをしてくれた――と思わないではいられない。

太平洋における米英対立という状況の下、日本は国家の選択を模索している真っ最中だ。米国との同盟、英国との同盟、厳正中立という三択の中から、日本にとって最良の道を選択しなければならない。

そこに、降って湧いたかのように、日英海軍の武力衝突という重大事件が起きたのだ。

これでは三つの選択肢のうち、「英国との同盟」が、自動的に消滅してしまう。のみならず、厳正中立すら危ない。日英戦争が始まった場合、日本としては米国と同盟して英国と戦うのが最善の道だからだ。

「これは合衆国政府の考えではなく、私個人の考えですが――」

前置きして、グルーは言った。「貴国の艦隊が間違った行動を取ったとは、私は考えておりません。貴国はタイとの間に、相互防衛条約を結んでいます。貴国の艦隊は、条約に基づいて行動しただけです」

「しかし、海軍の行動はいかにも軽率でした。国境紛争といえば、せいぜい軽装備の歩兵による小競り合い程度でしょう。複数の巡洋艦を含む強力な艦隊が、出ていくほどのものとは思えないのです」

グルーと言葉を交わしながら、松岡は内心で苦笑している。

本来なら、グルーが日本艦隊を糾弾し、松岡は擁護しなければならない立場だ。それが逆になっている。

あるいは、目下英国と対立状態にある米国の立場からは、英海軍を叩いたことが快挙に見えるのだろうか？

「貴国の艦隊は、罠《わな》にかけられたということは考えられませんか、ミスター・マツオカ？」

意外な問いに、松岡は眼を剝《む》いた。

「罠ですと？」

「左様。バンコクの合衆国大使館とマニラのアジア艦隊司令部が集めた情報によれば、貴国の艦隊は、国境で交戦中の英タイ両軍に呼びかけを行っている最中に、イギリス艦隊の攻撃を受けたとのことです。

イギリスは、最初から貴国の艦隊を叩くつもりで、国境付近に艦隊を待機させていたのではありませんか？」

「それは考え難いことです、ミスター・グルー。それは、これまで英国が我が国に対して取ってきた行動と矛盾します」

——豪州の帰属問題を巡り、米英間に深刻な対立が生じる以前から、英国は日本に努めて友好的に接し、日本の自陣営取り込みを図ってきた歴史がある。

昭和五年のロンドン軍縮会議では、日本の対米英補助艦比率八割という主張を支持し、翌昭和六年の満州事変に際しても、日本支持の姿勢を取った。

昭和七年に満州国が建国されたときには、イギリスはいち早く同国を国家承認し、他の英連邦諸国にも、満州国の承認を働きかけた。

これは、太平洋における軍拡競争で、英国が常に不利な立場に立たされていたことに帰因する。

南洋諸島は、英本国から遠く隔たっており、部隊の展開や補給に時間がかかる。オーストラリアやニュージーランドには、英本国に替わって南洋諸島を守れるだけの力はない。

対する米国は、ハワイという巨大な根拠地を有しており、英国よりも短時間で、強力な部隊を南洋諸島に送り込める。

英米戦争が勃発した場合、英国が南洋諸島を守ることは困難だ。

一方日本は、大戦終結後、米国を最大の仮想敵と目している。

しかも、英本国よりも南洋諸島に遥かに近く、短時間で有力な艦隊を派遣できる。

日露戦役の前から結ばれていた日英同盟は、大正一〇年、ワシントン軍縮条約の締結と共に破棄されたが、トラック環礁を最前線として米国と対峙する英国の眼に、日本は再度の同盟を締結すべき相手として映ったのだ。

その英国が、自ら日英戦争を引き起こすとは考えられなかった。

「イギリス政府は、今回の件について、貴国に何と言ってきていますか?」

「厳重に抗議する……と」

グルーの問いに、松岡は歯切れの悪い口調で答えた。「英国大使館も、まだ詳細な情報を摑んでいないためか、具体的な要求は、原因の徹底解明だけです。真相が明確になれば、責任者の処罰や損害賠償の条件等について、話し合われるでしょう」

「貴国は、何と回答されたのです?」

「そのようなことを聞いて、何をなさろうというのです、ミスター・グルー?」

松岡は、詰問するような口調で反問した。「本件は、我が国と英国の二国間問題です。他にタイが関わりを持ってきますが、貴国には関わりがないはずです」

「その通りではありますが、我が国も目下、イギリスとの間に外交上の問題を抱えておりますのでね。無関心というわけにはいかないのです」

「これを機に、日米同盟の締結を推進しようとお考えですか?」

斬《き》り込むような口調で、松岡は聞いた。

英国と同じように、米国もまた、日本の自陣営取り込みを図っている。

外交交渉の場では、英国と組むことのデメリット、米国と組むことのメリットを繰り返し説いた。

満州国の建国に際しては、表向きは日本を非難したものの、裏では「貴国が合衆国と組み、共にイギリスと対抗するのであれば、我が国は満州国を承認する用意がある」と伝えてきた。

ただし松岡が見た限りでは、英国ほどには日本との同盟締結に熱意を持っていないように感じられる。

豪州の帰属を巡って、英国と対立したとき、米政府は日本に対して、

「万一、米英戦争が生起した場合、貴国は我が国に付かなくともよいが、厳正中立を守っていただきた

い。イギリスが敗北しても、太平洋の植民地を失うだけだが、貴国は国そのものを失うことになる」と警告したのだ。

米国には、英国との一対一の戦争であれば勝利を収められる自信があるからだろう。

ただし、日本が米側に立って参戦し、日米同盟対英国の図式に持っていければ、米国は自国の損害を減らすことができる。

その意味では、日米同盟の締結は、米国には魅力的なものに映るはずだ。

日英紛争の勃発は、米国にとり、「渡りに舟」であるはずだった。

「そうではありません」

グルーは、ゆっくりとかぶりを振った。「大統領閣下は、貴国とイギリスの不幸な衝突に、心を痛めております。我が国が助力し、話し合いによる解決に持ち込むようにと、本国から訓令が来たのです」

松岡は、束の間言葉に詰まった。全く予想外の申し出だった。

「……それはつまり、貴国が本事件を解決するため、仲介の労を執ってくださるということですか？」

「左様です」

「しかし、貴国も豪州の帰属を巡って、英国と対立している立場です。英国が、貴国の仲介を受けますかな？」

「オーストラリア問題と今回の問題は別物です。幸い我が合衆国は、マレー半島にも、タイにも、いかなる利権も有していません。第三国として、客観的な立場で解決を図ることができます」

「それは、貴国の国益にかなうことなのですか？」

「もちろんです、ミスター・マツオカ。我が国は確かにオーストラリアの帰属を巡って、イギリスと対立しておりますが、戦争まで望んでいるわけではありません。オーストラリア問題については、極力話し合いによる平和的な解決を目指しています。貴国とイギリスの紛争を、話し合いのみで決着させることがかなえば、オーストラリア問題もまた、話し合いで解決できるのではないかと、私は期待しているのです」

「……私としては、貴国の仲介を受けることについて、異存はありません」

松岡は、気圧《けお》された気分で返答した。

グルーの、というより、米政府の思いがけない申し出に、思考が混乱していた。

「ただし、回答につきましては明日まで時間をいただきたい。政府にも諮《はか》る必要がありますので」

「結構です」

「とは言いましても、何分にも相手があることです。英国が、貴国の仲介を拒否した場合には、どうすることもできません」

「その点につきましては、承知しております」

グルーは、大きく頷いた。「合衆国としては、仲介の労を執ることで、貴国に損をさせることは決してないとお約束します。貴国の政府が賢明な選択をなさることを、私は信じております」

3

「君が着任したときに言ったことが、どうやら本当になってしまいそうだな」

柱島泊地に停泊している戦艦「加賀」の艦長室に、艦長倉吉恭一郎大佐の声が響いた。

一〇月三日の夕刻だ。この日の課業はほぼ終了し、「加賀」の乗組員は、消灯前のひとときを過ごしている。

九月二九日夜半における帝国海軍遣泰部隊と英東洋艦隊の武力衝突以来、対英開戦間近との噂が流れていたが、今のところはまだ平時であり、艦内の空気は、さほど張り詰めたものではなかった。

「宣戦布告が行われていないとは言っても、英国との戦争は、いつ始まってもおかしくない。新任の砲術長には、いささか酷かもしれん」

「国際情勢は、こちらの都合に合わせて動いてくれるわけではありませんからね」

須磨文雄は苦笑した。「私は本艦の砲術長に任ぜられた以上、着任当日に戦争になったとしても、自分の任務を果たさねばならないと肝に銘じていました。ただ、相手が英国になるというのは意外でしたが」

「その点は、私も同感だ。私だけではない。パリ講和会議における四国干渉以来、帝国海軍は、米国を第一の仮想敵と睨んで作戦研究を進めて来た。対英戦争を想定していなかったわけではないが、対米戦争に比べれば、優先順位は低かった。それどころか、第二次日英同盟を締結し、英国と共に米国に当たる可能性さえ現実味を帯びていた。それが一転して、対英戦争目前という情勢になったんだからな」

九月二九日、英タイ国境付近で起きた武力衝突については、「加賀」でも概要を把握している。

第一報が飛び込んで来たとき、文雄の脳裏に、「山雲」駆逐艦長を務めている次兄の姿が浮かんだ。

沈没艦の中に「山雲」の名はなかったが、艦橋に被弾する可能性は考えられたからだ。

幸い、その後の報告で「山雲」には戦死傷者がいないことが分かり、文雄は胸をなで下ろしたが……。

「対艦戦については、大丈夫です」

文雄は力を込めて言った後で、僅かに表情を曇らせた。「ただ……対空戦については、少し不安が残ります。対空兵装を増備する前に、開戦を迎える可能性が大になりましたから」

文雄が砲術長に着任して以来一ヶ月、砲術科員たちの腕は自分の目で確認している。

帝国海軍でも最強の戦艦を任されるだけあり、主砲の命中率は、砲戦距離二万メートルで一三・二パーセントという満足できる数字だった。

「加賀」の四〇センチ主砲は一〇門だから、斉射一回毎に一発、運がよければ二発の命中を見込めることになる。

問題は、空襲を受けた場合だ。

「加賀」の対空兵装は、一二・七センチ連装高角砲四基、七・六センチ単装高角砲一二基、二五ミリ連装機銃一四基であり、数の面で不安が残る。

文雄は砲術長に着任して早々に、高角砲、機銃を増備できそうな区画を調べ上げ、「加賀」の対空火力増強を訴える意見書を、海軍中央に提出した。

艦政本部からは、具申を受け容れる旨の回答が届いたものの、改装工事の日取りが決まる前に、シャム湾での武力衝突が生起したのだ。

「GF司令部は、航空兵力についても重視している。現に、参謀長の吉良少将は航空の専門家だ」

「加賀」航海長の諏訪八郎《すわはちろう》少佐が言った。

階級は同じだが、文雄よりも先任であり、「加賀」での勤務歴も長い。

「敵の航空機は直衛戦闘機で掃討し、艦には近寄らせない、と考えているのかもしれない」

「戦争に、絶対はありませんからね。最後に『加賀』を守るのは『加賀』自身です」

「対空火器が不足なら、鍛えた操艦術で敵弾を回避するさ」

倉吉が微笑した。「私も、航海長も、本艦の操艦には慣れている。砲術長は、射弾を命中させることを第一に考えてくれればいい」

「は……」

「対英開戦となった場合、想定戦場はどのあたりになるでしょうか？」

話題を変えた諏訪に、倉吉は少し考えてから答えた。

「英国の戦争目的によるな。かの国が、東京まで侵攻し、城下の盟をさせるつもりなら、パラオとトラックの太平洋艦隊主力を北上させ、マリアナ、小笠原、伊豆諸島と攻め上ってくるだろう。その場合は、マリアナ諸島近海で決戦ということになる」

「英国は、そこまで考えていないでしょう」

副長の小野寺和明《おのでらかずあき》中佐が言った。「英国が米国と対立している現在、我が国との戦争で消耗すること は望んでいないはずです。極東と太平洋における自国権益の防衛を、第一に考えるのではないでしょうか?」

「となると、香港、シンガポールの死守だな」

倉吉は頷いた。「英国の立場で考えた場合、シンガポールは特に重要だ。ここを失えば、英太平洋艦隊は本国との中継点を失い、立ち枯れとなる。シンガポールの守りを盤石《ばんじゃく》のものとするため、海南島、あるいは台湾に侵攻してくる可能性が考えられるな」

「そうなりますと、海南島や台湾により近いパラオの部隊が、我が軍の相手ということになりますね」

文雄は頷いた。

イギリス太平洋艦隊と東洋艦隊の陣容については、ある程度判明している。

太平洋艦隊の主力は、戦艦七隻、巡洋戦艦二隻だ。うちパラオには、ネルソン級戦艦の三、四番艦「オンズロー」「マーカム」とロイヤル・ソヴェリン級戦艦の「ロイヤル・ソヴェリン」「ロイヤル・オーク」が配備されている。

他には、空母四隻、重巡四隻、軽巡六隻、駆逐艦六〇隻が、パラオとトラックに分かれて展開している。

全般に、トラックに配備されている艦艇の方に新鋭艦が多い。これは英米開戦となった場合、米太平洋艦隊を正面から相手取ることを意識しているためであろう。

とはいえ、パラオにいる部隊も侮り難い相手だ。特に二隻のネルソン級は、「加賀」と同世代の四〇センチ砲搭載艦であり、性能面ではほぼ互角と言ってよい。

「ネルソン級と戦うことを考えているのかね?」

倉吉の問いに、文雄は頷いた。

「帝国海軍の戦艦の中で、ネルソン級に対抗し得る艦は、加賀型と長門型だけですから」

「あの艦との戦い方は、貴官が来る前に研究したことがある」

諏訪が言った。「ネルソン級は、全主砲を前部に集中しているため、丁字戦法が意味を持たない。うまく背後に回り込めれば、一方的に叩くことが可能になるが、英軍もネルソン級の弱点を熟知している以上、簡単に背後は取らせないはずだ。結局、無理に背後を取ろうとするより、敵に丁字を描かれぬようにすることを第一に考えて戦うのが最善という結論になった」

「現実の艦隊戦は、僚艦と隊列を組み、複数対複数で撃ち合うものだからな」

倉吉が言った。「戦艦の一騎打ちは、現実にはまずあり得ない。これは本艦にとっても、ネルソン級にとっても同じだ。ただ、加賀型にせよ、長門型にせよ、ネルソン級よりも優速だ。それを生かし、落ち着いて操艦を行えば、砲術長が言ったように、常時こちらの腹を敵に向け、全ての主砲で戦うことが可能だと私は信じている」

「他の戦艦と撃ち合いになる可能性はどうでしょうか？　英軍が、トラックから新鋭戦艦を回航して来たら？」

小野寺の問いに、倉吉が聞き返した。

「具体的には、キング・ジョージ五世級戦艦ということだね？」

「はい」

キング・ジョージ五世級戦艦は、ワシントン軍縮条約が失効した後、イギリスが満を持して送り出した新鋭戦艦だ。

主砲の口径は三六センチだが、四連装砲塔二基、連装砲塔一基、合計一〇門という装備数を誇り、防御力も高い。最高速度は二八ノットと、帝国海軍のどの戦艦より俊足だ。

帝国海軍の三六センチ砲戦艦――伊勢《いせ》型、扶桑型、金剛《こんごう》型では対抗困難であり、長門型、加賀型でなければ、互角の勝負は難しいと評価されている。

「情報によれば、トラックに配備されているキング・ジョージ五世級は、現在のところ一隻だけです」

文雄は言った。「実際の砲戦となった場合、キング・ジョージ五世級は、リナウン級巡戦二隻と隊列を組み、我が艦隊に対抗しようとするでしょう。トラックに配備されている他の戦艦は速力が遅いため、それらの艦と隊列を組むと、キング・ジョージ五世級の高速を生かすことができないからです。これに対抗するには、我が軍は加賀型二隻ないし長門型二隻で、キング・ジョージ五世級一隻に砲火を集中すればよいと考えます。キング・ジョージ五世級さえ仕留めてしまえば、リナウン級二隻は、伊勢型や金剛型で沈められるでしょう」

「艦長としての本音を言うとな」

倉吉は苦笑した。「双方、主力戦艦を繰り出しての決戦にまでは至らないことを祈っている。そのような戦いをすれば、我が軍が勝つにしても無傷では済まない。下手をすれば、帝国海軍も再起の困難な大打撃を受ける」

文雄は、ちらと姉妹艦「土佐」が停泊している方角に眼をやった。

倉吉艦長から聞いた話では、現在GF司令部は、二人の参謀を海南島に派遣し、遣泰部隊が英艦隊との戦闘に至った経緯を調べている。

英国との戦争がどのようなものになるか、いや、そもそも戦争になるかどうかは、GF司令部の調査結果にかかっているのだ。

できることなら、英軍とはやりたくない。

パリ講和会議では、英国も日本に圧力をかけたものの、中心になって動いたのは米国だ。また大英帝国海軍は、日本帝国海軍の師に当たる。英軍には、米軍ほどの敵愾心《てきがいしん》が湧かないのだ。

そのためにも、GF司令部の調査が実りあるものとなることを、願わずにはいられなかった。

4

連合艦隊首席参謀須磨龍平大佐は、一〇月五日の午前一〇時過ぎ、政務参謀藤井茂中佐、第四水雷戦隊首席参謀谷井保中佐と共に、柱島泊地の「土佐」に帰艦した。

「土佐」の長官公室では、塩沢幸一GF長官、吉良俊一GF参謀長の他、海軍次官沢本頼雄《さわもとよりお》中将が待っていた。

ことが政治絡みの問題であるため、東京・霞ヶ関の海軍省から柱島に飛んできたのだ。

海軍中央が、この事件でどれほど動揺しているかをうかがわせた。

「まず、報告を聞こう」

塩沢が発言を促した。

龍平は、ことの発端となった英タイ国境の武力紛争から話を始め、遣泰部隊が国籍不明の潜水艦に攻撃を受けたこと、英艦隊の出現と水上戦闘の経緯を、時系列に沿って説明した。

最後に、

「第六戦隊司令部は、五藤司令官以下、総員が『青葉』と運命を共にしたとのことです。五藤司令官は、タイとの条約に基づいて英タイ紛争への介入を決定されたと推察されますが、真相は不明です」

と締めくくった。

「愚かな行動を取ったものだ」

吐き捨てるように、沢本が言った。「タイ政府の要請など無視しても、何の問題もなかったのだ。予定通り、シンガポールへの表敬訪問を行った後に帰国していれば、このような事件は起こらなかったものを」

「起きてしまったことは仕方がない。問題は、いかにして英国を納得させるかだが……」

塩沢は、龍平に顔を向けた。「君たちが海南島に出かけている間にも、この事件についての外交交渉が進められている。今のところはまだ、宣戦を布告する事態にまでは至っていないが、状況が好転しているとは言い難い。英国は、態度を硬化させる一方だ」

「英国は、何を要求しているのですか？」

龍平の問いに、沢本が答えた。

「第一に、本件に関する真相の徹底究明、及び英国が納得できる形での説明。第二に、我が国政府の英国政府に対する公式謝罪。第三に、責任者の厳重な処罰。第四に、賠償金の支払い。これは、沈没した軍艦だけではなく、戦死者遺族への補償も含んでいる。そして第五に、海南島の租借権譲渡だ」

「海南島の譲渡……ですか？」

龍平は、驚いて聞き返した。

第一から第四までの要求が日本に突きつけられるであろうことは、龍平も予想していた。

第三の要求である責任者への処罰については、四水戦の西村司令官も予想しており、「咎は、全て遣泰部隊の次席指揮官たる自分が引き受ける」と言ったほどだ。

だが、租借権譲渡要求が出て来るとまでは思っていなかった。

「今度の一件で、英国は極東と太平洋の植民地が持つ弱点に気づいたのだろう」

塩沢が言った。「シンガポールは、パラオ、トラックの英軍にとり、後方支援のための重要な基地となっている。セレター軍港は、設備の整ったドックを持っているし、燃料、弾薬、食料等の物資の備蓄も豊富だ。シンガポールがあれば、パラオ、トラックの英軍艦艇は、大規模な修理や整備のために、英本国まで戻る必要がない。英国が南洋諸島を維持できているのは、シンガポールがあるからなのだ。しかし、そのシンガポールは、決して難攻不落とは言えない。常駐している艦のうち、最大のものは軽巡であり、あとは駆逐艦以下の小型艦ばかりだ。陸軍部隊も、植民地の治安維持を主目的とした二線級の部隊で、精鋭とは言い難い」

「シンガポールを守る楯《たて》として、海南島が欲しいということですか」

龍平は納得して、頷いた。

海南島は北部仏印の東方海上にあり、台湾、フィリピンの両方に睨みを利かせることが可能な位置にある。

南部にある三亜港は規模が大きく、戦艦、空母といった大型艦を含んだ艦隊を停泊させることが可能だ。

三亜港の北側には、飛行場の適地もある。

日本軍は、同地に小規模な飛行場を設営しただけだが、大規模な飛行場に拡張することは可能だ。

イギリスが海南島を押さえれば、シンガポールを守る強力な前線基地となり得る。

「とても呑める要求ではない」

沢本は、強い語調で言った。「第一から第四までの条件は、やむを得ないだろう。どのみち真相の徹底究明は行わねばならないし、そもそも遣泰部隊が英タイ国境に近づかねば、このような事件は起こらなかったのだからな。しかし、海南島は手放せぬ。南シナ海における前線基地として、不可欠の島だ」

「英国は、第二次日英同盟によって米国と対決することは断念したのでしょうか？」

藤井政務参謀が疑問を提起した。「このように強硬な要求を出せば、我が国の親米派を勢いづけ、我が国を米国の側に追いやることになります。その可能性は、考えなかったのでしょうか？」

「遣泰部隊が敵対行動に出たことで、我が国が既に米側に付いたと判断したのかもしれぬ」

塩沢が言った。「それに、国家には譲れぬ一線というものもある。立場が逆であれば、我が国もまた、英国に強硬な要求を突きつけていただろう。そうしなければ、国民が納得せぬ」

「国内の親米派は、既に勢いづいている」

苦々しげな口調で、沢本は言った。

沢本は、海軍大臣山本五十六《やまもといそろく》大将や航空本部長井上成美《いのうえしげよし》中将らと同じ中立派に属している。

「これを奇貨として米国と組み、英国を太平洋から駆逐すべきだ、とな。英国を太平洋から追い出せば、太平洋を米国と分割支配できると思っているらしい」

「米国は、動きを起こしているのですか？」

龍平は聞いた。

龍平が海南島に飛び、シャム湾の武力衝突について調べている間にも、国際情勢は動いている。

ＧＦの首席参謀として、ここ数日の間に情勢がどう変化したか、把握しておきたかった。

「我が国と英国の間に入り、仲介の労を執ってくれている」

沢本が答えた。「実のところ、大臣も私も、米国が今回の事件を好機と見て、外交攻勢をしかけて来るのではないかと考えていたのだ。日米同盟を組み、二国をもって英国に当たるよう、強く迫るのではないかとね。ところが、そのような動きは何もない。むしろ日英戦争の勃発を、未然に防ごうと動いてくれている。正直な話、拍子抜けがしている」

「米国は、自身が豪州の帰属問題を巡り、英国と対立している立場です。そのような国に、仲介役が務まるものでしょうか？」

藤井の疑問提起に、沢本は答えた。

「米国も、英国も、両者はあくまで別個の問題として、個別に解決を図るつもりのようだ」

「米国としては、この件で我が国と英国に恩を売るつもりではないでしょうか？　仲介の労を執った代償として、英国に豪州の英連邦離脱を認めるよう迫る、といった形で」

と、龍平は発言した。

海軍の軍医を長く務めた父は、トラック環礁からの引き上げ任務を終えて自宅に戻ったとき、

「米国は、善意の国ではない。もともと、欧州からの移民が、平和に暮らしていた現地民から土地を奪

うことで出来上がった国だ。西海岸まで到達した後も、米西戦争やハワイ王国の併合といった手段で、領土を拡張している。手段を選ばず、領土を貪欲に拡張し続ける国だということを忘れるな」

と、息子たちに言って聞かせた。

龍平自身、駐米大使館付武官として米国に滞在したときや、軍令部の第五課員を務めたとき、米国について学び、目的のためには、手段を選ばぬ国だと認識するに至った。

その認識は、アメリカがパリ講和会議後に見せた動きや、現在、豪州を自国の勢力圏に取り込もうと画策している事実によって裏付けられている。

そのアメリカであれば、日英紛争を奇貨として、自国の国益を追求するぐらいのことは、やるのではないかという気がした。

「恩を売ろうと考えているかもしれんが、豪州の帰属問題を絡めるつもりはないようだ。少なくともグルー駐日大使は、そう明言している」

と、沢本は答えた。

「先に、貴官が話した国籍不明の潜水艦についてだが、正体は不明のままかね？」

議題を変えた塩沢に、谷井四水戦首席参謀が答えた。

「潜水艦は、『夕立』と『五月雨』が一隻ずつ撃沈しましたが、正体は不明のままでした。敵潜水艦は、終始潜航したままでしたので」

「潜水艦の正体を突きとめる方法はあります。潜水艦は、海岸に比較的近い浅海に沈んでいますので、引き上げは可能です」

「引き上げは、米国に依頼すべきかもしれんな」

沢本が呟いた。「我が国が英タイ国境沖で引き上げを行いたいと言っても英国は拒否するだろうし、我が国は我が国で、英国が証拠を隠滅する可能性を危惧している。ここは、第三国である米国に依頼するのが、最も公平だろう」

「潜水艦の国籍についてですが――」

龍平が発言した。「海南島で調査を行っていると き、ドイツかソ連のものではないか、との意見が出されました」

「ドイツかソ連だと?」

塩沢の反問を受け、龍平は、三亜港の四特根司令部で聞き取った話を説明した。

「ドイツかソ連のどちらかといえば、ソ連である可能性が高いな」

沢本が言った。「陸軍は対ソ警戒を怠っていないが、ソ連はソ連で、ドイツと戦っている隙に、背後を我が国に衝かれる可能性を危惧しているはずだ。特に、ソ連共産党書記長のスターリンは、猜疑心《さいぎしん》が強い人物だと聞いている。シベリアの安全を確保するため、我が国と英国を噛み合わせるぐらいの謀略は考えるかもしれん」

「仮にソ連がそのようなことを考えたとしても、危険が大きすぎるのではないか?」

塩沢が言った。「潜水艦が撃沈され、引き上げられたら、ソ連の仕業であることが暴露される。現に四水戦は、潜水艦二隻を撃沈しており、引き上げの話も出ている。潜水艦の国籍がソ連であると特定されたら、かえって我が国と英国を怒らせ、結束させることになる。場合によっては、我が国と英国がドイツの側に立って参戦するという、ソ連にとって最も好ましくない事態に発展する可能性すら考えられるぞ」

「それを裏付けるためにも、駐タイ大使館の調査結果が必要なのです」

龍平は、力を込めて言った。「英タイ国境の武力衝突とは、どのような経緯を辿ったのか。両軍がどの程度の兵力を繰り出し、どの程度の損害を受けたのか。いや、そもそも武力衝突自体、本当に起こったことなのか。それらが明確になれば、ことの真相が見えて来るでしょう。潜水艦の国籍を特定できれば、今回の事件は早期に決着するかもしれません」

「駐タイ大使館からは、まだ報告が届いておらんのだよ」

沢本が、舌打ちしそうな表情で言った。「外務省を通じて、何度もせっついているし、大使館付武官にも調査を急ぐよう言っているのだがな。どうも現地の連中には、ことの重大さが分かっていないようだ」

「さしあたり、首席参謀は政務参謀、四水戦参謀と協力し、報告書をまとめて貰いたい」

塩沢は言った。「報告書の写しは、外務省とグルー駐日大使に渡し、英国との交渉に使って貰う。現時点で判明していることを説明するだけでも、意義はあるはずだ」

「分かりました。早急にまとめます」

龍平は、ソファから立ち上がった。

行こう――と、藤井と谷井を促した。

三人が退出しようとしたとき、入れ替わりに、通信参謀和田雄四郎《わだゆうしろう》中佐が入室した。

「哨戒中の伊号第六潜水艦から、緊急信が入りました。『巡洋艦五、駆逐艦六、輸送船一〇、〝シンガポール〟ニ入泊セリ。一〇〇六《ヒトマルマルロク》』」

「巡洋艦五、駆逐艦六だと？　英本国から東洋艦隊に、増援が送られたということかね？」

聞き返した塩沢に、一旦退出しかけた龍平が言った。

「先の武力衝突の結果を受けて、ということではないはずです。英本国からシンガポールに艦艇を回航するには、急いでも三週間はかかりますから。おそらく、パラオかトラックに向かう艦艇が補給のため、シンガポールに立ち寄ったのでしょう」

「しかし、その艦艇が他の目的に転用される可能性はあり得る」

吉良が、塩沢に向き直った。「万一の場合に備え、遣泰部隊を海南島にとどめると共に、沖縄にいる第二艦隊を、同地に派遣してはいかがでしょうか？」

5

一〇月八日の正午過ぎ、オーストラリア最大の都市シドニーの埠頭《ふとう》には、いつになく大勢の外国人が降り立っていた。

この四日後に、オーストラリアで総選挙が開かれる。

現在の政権党で、オーストラリアがこれまで通り、英連邦に留まり続けることを主張するオーストラリア地方党、地方党と意見を同じくする統一オーストラリア党と、英連邦からの離脱とアメリカとの軍事同盟締結を主張する労働党の全面対決だ。

地方党の議員のうち、英連邦からの独立に賛同する者は、党籍を離脱し、無所属のまま選挙を戦おうとしている。

全般的に、地方党、統一オーストラリア党には足並みの乱れが目立ち、オーストラリアの新聞、雑誌は、労働党の有利を報じている。

ただし、オーストラリアにはイギリス国王の代理人である連邦総督がいる。

オーストラリア憲法では、総督は首相の任免、法案の裁可、下院の解散等の権限を持つことに加え、オーストラリア軍の最高指揮権を有している。

オーストラリアが一九〇一年に事実上の独立を果たしてからは、総督が首相を解任したり、軍の最高指揮権を発動したりしたことはない。

総督そのものも、次第に名誉職の性格が強い地位になりつつある。

だが、労働党が選挙に勝ち、英連邦からの独立を議決した場合には、どう出るか分からない。

労働党が勝ち、オーストラリアだけではなく、英連邦全体が歴史の大きな転回点を迎えるのか。

あるいは総督が憲法上の権限を行使し、あくまでオーストラリアを英連邦の地位に留め置くのか。

その帰趨《きすう》を見届け、歴史的な一瞬を記録すべく、世界各国から報道陣が参集したのだった。

「ありゃあ、いったい何ですかね？」

アメリカの論壇誌「パブリック・オピニオン」から派遣されたカメラマンのダグ・ファーナスが、埠頭の一角を指さした。

「パブリック・オピニオン」の記者ダニー・クロファットは、ファーナスが指した先を見やった。

スーツに身を固めた一団が、整然と歩いている。どのメンバーも、鍛え上げた体軀を持っていることが、服の上からも見てとれる。肩幅は広く、腰は引き締まっている。全員が、ボクシング、レスリング等、格闘技の達人であることをうかがわせる。

「ああ、あいつらは選挙監視員だよ」

クロファットらと同じ船でシドニーに来た、ワシントン・ポストの記者が言った。

「選挙監視員？」

「今度の総選挙は、オーストラリアの将来を決定づける極めて重要な選挙だ。それだけに、不正があっては大事になる。そのため、第三者による監視が必要と考えた選挙管理委員会が、我が合衆国に監視員の派遣を要求したんだそうだ」

「合衆国は、第三者じゃないだろう」

クロファットは、呆《あき》れたような声を上げた。

オーストラリアが選択しようとしているのは、英連邦からの離脱だけではない。英連邦からの離脱と合衆国との同盟締結がワンセットになっている。

その合衆国が選挙を監視したのでは、合衆国に有利な結果、すなわち労働党の勝利に選挙を誘導することになるのではないか。

「俺も同感だ」

ファーナスが言った。「第三者というなら、この問題に直接関係がないフランスやイタリアあたりに依頼すべきじゃないのか？」

「決めたのは俺じゃない」

ワシントン・ポストの記者は肩を竦《すく》めた。「オーストラリア政府が自ら望んだことだ。それに、選挙監視員は合衆国だけじゃなく、イギリスからも来ているそうだよ」

「イギリスの監視員は、あんな風にごつい連中なのか？」

　クロファットは、選挙監視員に向けて顎《あご》をしゃくった。

　監視員は、歩調を揃えて歩いている。あたかも、軍隊の行進を見るかのようだ。どう見ても、文官ではない。

「それにあいつら、軍艦から降りてきたぜ」

　ファーナスが、埠頭に横付けしている艦を指さした。

　がっしりした箱形の艦橋と、三連装主砲五基を持つ軽巡だ。

　クロファットの記憶によれば、合衆国の巡洋艦の中では最も新しいクラスに属するブルックリン級の軽巡洋艦だ。

「オーストラリアに、軍事的圧力をかけに来たようにしか見えないんだがな」

「俺に聞かれても困るよ。俺は合衆国の政府関係者じゃないんだから！」

　ワシントン・ポストの記者は、苛立《いらだ》ったような大声を上げた。「パブリック・オピニオン」の二人を振り切るようにして、足早に立ち去った。

　クロファットは、ファーナスと顔を見合わせた。

「あの監視員とやらいう連中に、注目してみる必要がありそうだな」

　クロファットの提案に、ファーナスは頷いた。

「ひょっとすると、とんでもないスキャンダルにぶつかるかもしれん」

6

　一〇月一一日午後、シンガポールのセレター軍港に、出港を告げるラッパの音が高らかに鳴り渡った。

　東洋艦隊司令部から「S部隊」の呼称を定められ

た二三隻——戦艦一隻、巡洋艦六隻、駆逐艦一六隻の艦尾付近が泡立ち始め、錨《いかり》の巻き上げに伴う金属的な音が響いた。

駆逐艦が、最初に動き出す。セレター軍港の静かな海面に白波を立てながら、ゆっくりと外海に向かってゆく。

「第八巡洋艦戦隊《CD8》、出港します」

軽巡洋艦「エジンバラ」の艦橋に、見張員の報告が上げられた。

艦長イアン・キャンベル大佐は、右舷側の海面に眼をやった。

CD8に所属する三隻の巡洋艦——五日前、本国からシンガポールに回航された重巡「ロンドン」「シュロップシャー」「サセックス」が、戦隊旗艦「ロンドン」を先頭に前進を始めている。

一九二五年度に計画され、一九二九年に四隻が竣工したロンドン級重巡洋艦だ。

全長一九二・九メートル、最大幅二〇・一メートル、基準排水量は九七五〇トン。

全長、全幅とも「エジンバラ」を上回るものの、重量は若干小さい。

小振りな艦橋の後ろに、丈高い煙突三本が並ぶ様は、設計の古さを感じさせるが、性能面ではアメリカや日本の重巡に引けを取らない。

殊に火力は、先のシャム湾における武力衝突でL部隊が戦ったアオバ・タイプ、フルタカ・タイプより大きい。

二〇センチ主砲連装四基八門を、艦の前後に背負い式に装備する他、一〇・二センチ単装高角砲四基、二ポンド単装砲四基、二ポンド八連装ポンポン砲四基、五三・三センチ四連装魚雷発射管二基を装備している。

この三隻が、九月二九日の遭遇戦に参陣していたら、火力の差で四隻の日本重巡を圧倒できたかもしれない。

一番艦「ロンドン」に座乗するCD8司令官ロイ・

マクラリティ少将には、CD8のみならず、S部隊全艦の指揮権が委ねられていた。

　CD8の三番艦「サセックス」が出港したところで、

「『リヴァプール』より信号。『我ニ続ケ』」

　信号員が報告を上げた。

　CD8と同じく、五日前にシンガポールに到着したグロスター級軽巡「リヴァプール」がゆっくりと動き出し、その姉妹艦「マンチェスター」が続いた。

「エジンバラ」より一年早い、一九三八年に竣工した軽巡だ。「エジンバラ」とほぼ同じ兵装を有しており、艦橋の形状も似ているが、煙突の配置が「エジンバラ」と異なっている。

「両舷前進微速」

　を、キャンベルは命じた。

「エジンバラ」は「マンチェスター」の後ろに続き、ゆっくりと前進を開始した。

　前回、哨戒のために出港したときには、キャンベルがL部隊全体の指揮を執っており、後方にサウサンプトン級軽巡の「ニューキャッスル」と「グラスゴー」を従えていたが、「グラスゴー」は九月二九日の海戦で無惨な最期を遂げ、「ニューキャッスル」はドックで修理中だ。

　今回「エジンバラ」は、「リヴァプール」「マンチェスター」と共に第一〇巡洋艦戦隊《CD10》を編制し、その三番艦となるよう命じられていた。

「『ドレーク』出港します」

　見張員が報告を上げた。

　キャンベルは、左舷後方を見やった。

　戦艦「フランシス・ドレーク」が、その優美な艦体を滑らせ始めている。

　鋭い艦首に砕かれる海水が、熱帯圏の強い陽光を受け、きらきらと飛び散っている。

「どこにいても絵になる艦だな、あいつは」

　賛嘆の思いを込めて、キャンベルは呟いた。

「フランシス・ドレーク」は、巡洋戦艦「フッド」

の姉妹艦として計画された艦だ。

艦名は、女王エリザベス一世の時代、私掠船の船長として名を馳せ、一五八八年のアルマダ海戦でスペイン無敵艦隊を敗北させた海軍卿フランシス・ドレークに由来する。

姉妹艦の「フッド」は、先の世界大戦中に計画され、大戦終結後の一九二〇年三月に竣工した。

全長二六二・三メートル、全幅三二メートル、基準排水量四万二一〇〇トンの巨軀を持ち、アメリカ海軍のレキシントン級巡洋戦艦が竣工するまでは、世界最大の軍艦だった。

同艦は、大きさや火力もさることながら、スマートな艦体とバランスよく配置された上部構造物が見事な調和を見せ、芸術作品のように優美な艦容を持つこととなった。

その美しい艦影は大英帝国海軍の象徴として、イギリス国民だけではなく、世界各国の人々に愛され、親しまれた。

その「フッド」が、ワシントン軍縮条約の結果に基づき、主砲を四〇センチ砲に換装することが決定したため、二番艦「ドレーク」は、起工段階から四〇センチ主砲の搭載艦として建造された。

また、従来のイギリス戦艦、巡洋戦艦に共通する弱点として指摘を受けていた甲板の装甲が大幅に強化された。

このため、基準排水量は四万七六〇〇トンまで増大し、最高速度は「フッド」よりも一・五ノット遅い二七・五ノットに低下した。

イギリス海軍はこの結果を見て、「フッド」と「ドレーク」の艦種を、巡洋戦艦《バトル・クルーザー》から戦艦《バトル・シップ》に変更している。

「フッド」にも「ドレーク」にも、現在トラック環礁にいる「リナウン」のように、艦橋の変更を含めた近代化のための大改装を行う計画があった。

だが、アメリカがオーストラリア、ニュージーランドに手を伸ばしたことにより、対米戦争の可能性

イギリス海軍 戦艦フランシス・ドレーク

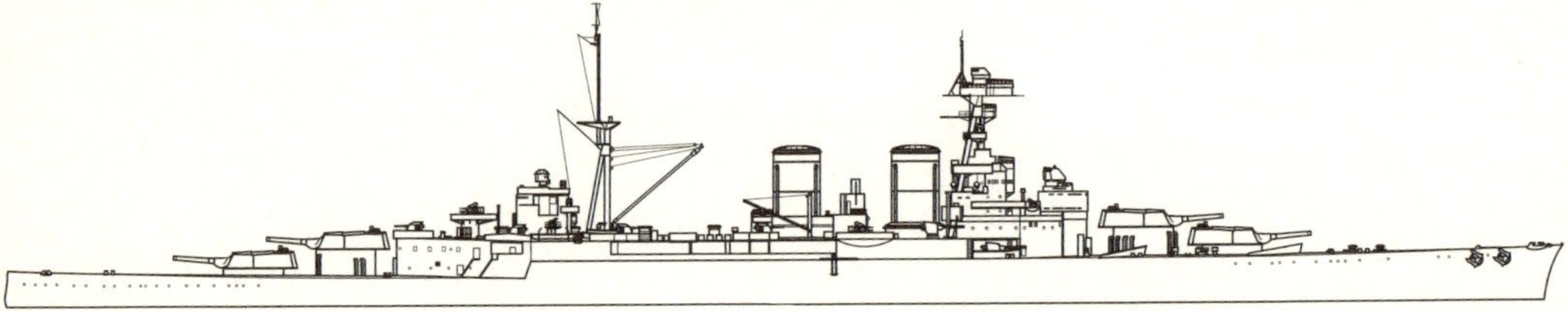

全長	262.3m	**兵装**	40.6cm42口径 連装砲 4基 8門
最大幅	32.0m		14cm50口径 単装砲 4門
基準排水量	47,600トン		10.2cm 連装高角砲 7基 14門
主機	蒸気タービン 4基／4軸		8連装ポンポン砲 3基
出力	160,000馬力		12.7mm 4連装機銃 4基
速力	27.5ノット	**乗員数**	1,477名

　ワシントン軍縮条約において、日本の主力艦保有比率を対英米比で七割とする代わり、イギリスはネルソン級4隻の建造とフッド級巡洋戦艦の主砲を40センチ砲に換装することとなった。このとき、本艦はいまだ建造に着手していなかったため、急遽設計を変更、艦種を巡洋戦艦から戦艦に改めたうえで、当初から40センチ砲搭載艦として建造された。

　ネルソン級戦艦よりも1年早い1926年8月、英海軍初の40センチ砲搭載艦として竣工した本艦は、40センチ砲の射程に合わせて開発された新型測距儀を搭載したほか、急速に発達しつつある航空機への対応として、10.2センチ連装高角砲やポンポン砲を装備、今後の英海軍の主力として期待される存在となっている。

が高まったため、フッド級の近代化改装は先送りにされ、「フッド」も「ドレーク」も、竣工時の姿をとどめている。

ただし、対空兵装は竣工時に比べて大幅に強化され、「ドレーク」の艦橋から後檣にかけては、一〇・二センチ連装高角砲七基、八連装ポンポン砲三基、一二・七ミリ四連装機銃四基が天を睨んでいた。

イギリス海軍は、当初「フッド」「ドレーク」の二隻をシンガポールに派遣し、東洋艦隊の強化を図る予定だった。

アメリカがフィリピンのアジア艦隊に、ノース・カロライナ級戦艦二隻を配備したため、それに対抗し得る強力な戦艦が必要になったのだ。

ところが、回航途中で「フッド」が座礁事故を起こし、本国での修理が必要になった。

このため東洋艦隊には、当面「ドレーク」一隻のみが配備されたのだ。

その「ドレーク」の相手は、スカパ・フロー出港時に想定されていたノース・カロライナ級戦艦二隻ではない。

九月二九日の武力衝突——英本国では、戦場近くの地名を取って「コタバル事件」の公称が定められた——によって、英日両国の緊張が一挙に高まった結果、S部隊の一員として、海南島に出撃することとなったのだ。

事件の解決を巡る交渉は、駐日アメリカ大使ジョセフ・グルーの仲介を得て、東京のイギリス大使館と日本外務省の間で進められているが、はかばかしい成果は上がっていない。

日本側は、英側が解決の条件として要求している「海南島の租借権譲渡」を呑む様子はないし、事件の真相究明にしても「調査中であり、もう少し時間をいただきたい」という不誠実な回答を返すばかりだ。

そこで英本国政府は、実力行使に踏み切ると決めた。

いち早く海南島を占領し、既成事実を作ってしまうのだ。

海南島は、南シナ海における日本海軍の前線基地だが、小規模な基地警備隊しか駐留していない。艦艇は、哨戒艇、駆潜艇といった小型のものばかりであり、航空機も水上機と飛行艇があるだけだ。

しかもそれらは、島南部の三亜港に集中している。三亜港さえ押さえてしまえば、海南島は制圧できるのだ。

海南島を占領した結果、現在の英日間の対立が、本当に戦争にエスカレートしてしまうかもしれない、との懸念はある。

だがこの問題には、大英帝国の威信がかかっている。

コタバル事件を曖昧《あいまい》な形で決着させてしまえば、諸外国は、

「大英帝国に、自国領海を守る力なし」

と考えるだろう。

また、オーストラリアでは一二日に総選挙が行われる。英連邦からの離脱か否かを争点とした、極めて重大な選挙だ。

コタバル事件を巡る英日間の交渉が、オーストラリアの選挙にも影響を及ぼしている可能性は、大いに考えられる。

オーストラリアの有権者が、コタバル事件に対するイギリスの対応を見て、弱腰であると判断し、イギリスを見限りかねない。その場合、親米派が選挙に勝ち、オーストラリアの英連邦からの離脱、及びアメリカとの同盟締結という最悪の結果も考えられる。

そうなれば、他の英連邦諸国もどうなるか分からない。

イギリスとしては、絶対に引き下がることはできなかった。

「英王室海軍《ロイヤル・ネイヴィー》の底力を、思い知らせてくれる」

前進する「エジンバラ」に身を委ねながら、キャ

ンベルは一二日前の戦いを思い起こした。

「グラスゴー」の弾火薬庫が誘爆を起こした瞬間の巨大な火柱や、水線下に巨大な破孔を穿《うが》たれた「ニューキャッスル」の姿を。

今度は、奴らを同じ目に遭《あ》わせてくれる——と、胸中でキャンベルは誓っていた。

戦艦一隻、巡洋艦六隻、駆逐艦一六隻、計二三隻は、ゆっくりと外海に向かってゆく。

その後方では、海南島攻略に当たる陸軍部隊を乗せた輸送船と、護衛に当たる軽巡二隻、駆逐艦一二隻が、出港準備を整えつつあった。

第四章　巨艦「フランシス・ドレーク」

1

「イギリス軍が動き出したか」

マニラのキャビテ軍港にある米アジア艦隊司令部の作戦室に、司令長官トーマス・ハート中将の声が響いた。

時刻は、現地時間の一〇月一一日一八時ちょうど。日が没してから、まださほど時間は経過しておらず、部屋の中には昼間の暑熱が残っている。

ハートの前には、電文の綴《つづ》りが二通置かれている。

一通は、シンガポール近海で哨戒任務に就いている潜水艦「セイルフィッシュ」が送ってきたもので、

「イギリス東洋艦隊出港セリ。戦艦一、巡洋艦六、駆逐艦一〇以上。艦隊針路二五度。一五〇〇《ヒトゴマルマル》」

と報告している。

もう一通は、シンガポールに潜んでいる合衆国の諜報員《ちょうほういん》が打電したもので、

「輸送船団出港セリ。輸送船一二、駆逐艦一二。輸送兵力ハ一個大隊相当ト認ム。一六三〇《ヒトロクサンマル》」

と報せていた。

九月二九日、英タイ国境沖で、イギリスと日本の艦隊が武力衝突を起こして以来、アジア艦隊司令部は、英日両国の動きを注視し、情報の収集と分析に当たっている。

本国からも、この事件を巡る英日両国の外交交渉の経過が随時送られてくる。

シンガポールのイギリス東洋艦隊は、いずれ何らかのアクションを起こすだろうと、ハート以下のアジア艦隊司令部は睨んでいたが、そのときが早くも訪れたのだ。

「目的地は、海南島以外には考えられません」

参謀長ジャン・ジャンセン大佐が言った。「戦艦一、巡洋艦六、駆逐艦一〇隻以上の戦力は、我がアジア艦隊とやり合うには弱小過ぎます。地上兵力にしても、一個大隊程度ではルソン島は攻略できませ

ん。台湾、沖縄といった日本領についても同様です。しかし、海南島を攻略するための兵力ならこれで充分です。あの島には、港湾の警備と周辺海面の哨戒を任務とする小規模な部隊しかいませんから」

「同感だ。イギリス海軍が、本気で我がアジア艦隊を打倒しようと考えるなら、パラオかトラックにいる戦艦を回航する必要があるだろう」

ハートは、作戦室の壁に貼られているアジア艦隊の編制図を満足げに見やった。

今年の八月以前、アジア艦隊の主な所属艦艇は、ペンサコラ級重巡洋艦二隻とクレイブン級、マハン級に属する駆逐艦が一六隻、R型、旧S型に属する潜水艦三〇隻しかなく、後は、哨戒艇、駆潜艇、掃海艇といった軽艦艇ばかりだった。

もともとアジア艦隊は、フィリピンとその周辺海域における哨戒と航路護衛を主目的とした部隊であり、大型艦はあまり必要とされていなかったのだ。

だがフィリピンは、米英開戦、あるいは米日開戦となった場合、真っ先に最前線となる可能性が高い。

強大な日本海軍連合艦隊、あるいはイギリス太平洋艦隊を向こうに回すには、アジア艦隊の陣容はいささか心許《こころもと》ない。

そこで合衆国海軍は、この九月初め、ノース・カロライナ級戦艦二隻、ニュー・オーリンズ級重巡洋艦三隻、ベンソン級駆逐艦二〇隻を、新たにアジア艦隊に配属した。

ノース・カロライナ級戦艦は、合衆国の戦艦の中でも最新かつ最強だ。

塔状の艦橋は、これまでの米戦艦とは一線を画するものであり、レーダーや通信機器も、最新のものを搭載している。

アジア艦隊どころか、太平洋艦隊司令長官ハズバンド・E・キンメル大将の旗を掲げるのが相応しい艦だ。

そのような艦を二隻も指揮下に入れたことで、アジア艦隊の全将兵も、フィリピンに住む合衆国国民も、一〇〇万の味方を得た思いであったに違いない。

「電文にある『戦艦二』というのは、一〇月六日にシンガポールに入港したフッド・クラスと考えて、間違いないだろうな?」

ハートの問いに、情報参謀トム・プリチャード中佐が答えた。

「そのように考えます。『フッド』と『ドレーク』のどちらであるかについては、目下調査中です」

「フッド級の最初の相手が、我が『ノース・カロライナ』『ネブラスカ』ではなく、日本艦隊になるとは皮肉な話だな」

ハートは、ノース・カロライナ級戦艦「ノース・カロライナ」「ネブラスカ」を束ねる第三戦艦戦隊《BD3》司令官スコット・アーウィン少将をちらと見やった。

イギリスが太平洋艦隊を編制し、パラオ、トラックに主力艦を常駐させるようになってからは、東洋艦隊は太平洋艦隊の後方支援部隊としての性格が強くなっている。

常駐している艦は、駆逐艦以下の小型艦艇が中心であり、中型以上の艦は巡洋艦が六隻だけだった。

戦力的には、アジア艦隊と大差はなかったが、ノース・カロライナ級のマニラ回航により、南シナ海の軍事バランスは、米側有利に大きく傾いた。

イギリス海軍が、フッド級をシンガポールに配備したのは、二隻のノース・カロライナ級に対抗するためと考えて間違いない。アジア艦隊司令部は、その認識で一致していた。

「イギリス東洋艦隊の目的地が海南島にあるとのお考えには、異論はありませんが――」

アーウィンが発言した。「イギリスは、対日戦争の腹を固めたということでしょうか? 同国が、我が合衆国と対立している現在、第三国と戦端を開くのは、自殺行為であるように思われますが……」

「イギリスには、日本と全面戦争を行うつもりまではない、と考えます」

プリチャードが答えた。「全面戦争を行うなら、短兵急に行動せず、トラック、パラオ、シンガポールに充分な兵力を集結させてから、侵攻を開始するはずです。イギリスの目的は、シャム湾での武力衝突事件を自国に有利な形で解決することにあり、そのための取引材料として、海南島の占領を目論んでいると考えられます」

「イギリスが敢えて武力行使に出たのは、我が合衆国と対立しているからこそ、かもしれん」

ハートが、考え深げに言った。「イギリスがここで日本に妥協してしまえば、我が合衆国は、イギリスを惰弱な国、押せば退く国であると見る。オーストラリアの帰属を巡る外交交渉でも、我が合衆国が優位に立つ。それ故、イギリスとしては後に退けないのだ」

「国益のためには犠牲を出すことも厭《いと》わない。その姿勢を、我が合衆国に見せたい。それが、イギリスの狙いですか」

アーウィンの問いに、ハートは黙って頷いた。

「日本軍の動きはどうでしょうか？」

「ノース・カロライナ」艦長レイナード・カミングス大佐が聞いた。「彼らもシンガポール周辺に潜水艦を送り、イギリス軍の動向監視に当たっているはずです。海南島が占領されるのを、黙って見過ごすとは思えませんが」

「沖縄にいた艦隊が、一〇月六日夕刻に出港したことが確認されました」

プリチャードが答えた。「同部隊は、一〇月七日夜に台湾海峡を通過し、海南島に向かった模様です。日本海軍は、イギリス軍の海南島侵攻を予想しており、いち早く艦隊を派遣したものと思われます」

「イギリス海軍の挑戦を、正面から受けて立つつもりか」

「ネブラスカ」艦長フランク・マッケンジー大佐が呟いた。

カミングスは、質問を重ねた。

「日本艦隊の戦力は？　イギリス軍がフッド・クラ

スを出撃させている以上、戦艦――それもナガト・タイプかカガ・タイプを出撃させたと見るが」

「沖縄に展開しているのは、アドミラル・コンドウの第二艦隊で、同部隊は重巡を中心とした編制です。沖縄付近で情報収集に当たっていた味方潜水艦の報告によれば、巡洋艦七、八隻、駆逐艦一〇隻前後の編制だったようです」

プリチャードの答に、カミングスは呆れて大声を上げた。

「日本軍は、巡洋艦と駆逐艦だけでフッド・クラスと戦うつもりか？」

「海南島には、先にシャム湾でイギリス艦隊と一戦交えた部隊の残存艦が留まっているようです。これが第二艦隊に合流すれば、数の上ではイギリス艦隊を上回るでしょう」

「あまりにも無謀だ。巡洋艦の二〇センチ主砲など、何十門持って来ようが、戦艦の分厚い装甲鈑を撃ち抜くことなどできはせんのだぞ。それとも日本海軍は、イギリス海軍の実力をみくびっているのか」

「貴官が興奮することはない、ミスター・カミングス」

ハートが笑って言った。「無茶な決定をしたのは日本海軍の上層部であって、我が海軍の上層部ではないのだから」

「日本軍は、フッド・クラスがシンガポールにいることを把握していないのかもしれません」

ジャンセンが発言した。「シンガポールの日本総領事館にいた海軍武官は、一九二二年を最後に引き上げており、以後同地に海軍武官は派遣されていないことが分かっています。外務省の職員だけでは、海軍武官と同レベルの軍事情報の収集は期待できないでしょう」

「英日両国にとり、決定的な事態を招くかもしれませんな」

ジャンセンが言った。「日本艦隊がフッド・クラスに叩きのめされれば、日本国民の反英感情は沸騰するでしょう。逆にフッド・クラスが日本艦隊に撃沈されれば、イギリス国民の反日感情が頂点に達します。何と言ってもあの艦は、ロイヤル・ネイヴィーの象徴であり、イギリス国民に最も愛された艦ですから。いずれにせよ、英日両国の関係は、もはや修復しようがなくなります。海南島沖での戦闘が、英日の全面戦争に拡大することは、まず間違いないと考えます」

「解《げ》せないのは、本国の動きだ」

ハートは首を傾げた。「我が国はオーストラリアの帰属問題について、イギリスと対立関係にある。イギリスが日本と事を構えてくれるのは、むしろ歓迎すべき事態のはずだ。にも関わらず本国は、敢えて仲介の労を執っている。大統領閣下や国務長官は、何を考えているのか……」

その疑問に、答えられる者はいない。

外交関連の情報については、本国から送られてくるものの他は、フィリピンの総督府が独自に摑んだものしかない。

本国から遠く隔たったマニラでは、得られる情報の量にも、質にも、限界があった。

「当面は、イギリス軍の海南島進攻に対応しなければなりません」

アーウィンが、議題をアジア艦隊本来の任務に戻した。「我がアジア艦隊は、どのように動きますか?」

ハートは答えた。

「本国《ステーツ》からは、指示は来ていない。我が合衆国が、英日の紛争に中立の立場を取っている以上、アジア艦隊がやるべきことはただ一つだ。フィリピン周辺海域に厳重に眼を光らせ、イギリスであれ、日本であれ、ただ一隻の艦艇も、合衆国の領海内に立ち入らせぬことだ。イギリス軍の海南島進攻が、フィリピンにまで波及してくる可能性は小さいだろうが、我々としては万一の場合に備え、主力をマニラ湾口に展開させると共に、情報収集に努める以外になかろう」

「シャム湾の日本軍を真似て、現場で勝手に戦争を始めるわけにはいきませんからな」

ジャンセンの皮肉に、何人かが笑い声を立てた。

「イギリス艦隊が海南島に到達するのは、いつ頃になるだろう?」

ハートの疑問提起に、作戦参謀のロン・リード中佐が答えた。

「イギリス艦隊の速力にもよりますが、フッド・クラスの巡航速度に合わせて一四ノットで進撃すれば、海南島までは約七九時間。到着は一〇月一四日の二二時前後です。イギリス艦隊が海南島到着を急ぎ、二〇ノット前後で進撃すれば、到着は一〇月一三日の二二時前後となります」

「後者を選ぶだろうな、イギリス軍は」

ジャンセンが言った。「遅くなれば、日本軍の防御はそれだけ堅くなる。彼らにしてみれば、一時間でも早く海南島に到達したいと考えるはずだ」

「私も同感だ」

ハートは、プリチャードに顔を向けた。「ミスター・プリチャード、貴官はカタリナに搭乗し、海南島に飛んでくれるか? できるだけ戦場に近い海域で、情報の収集に当たって欲しい」

「承知しました」

「ミスター・アーウィンは、アジア艦隊の主力を率い、マニラ西方海上で警戒に当たって貰いたい」

「分かりました。アジア艦隊の主力を指揮し、マニラ西方海上で警戒に当たります」

「以前にも言ったことだが――」

ハートは、改まった口調で言った。「本国政府がアジア艦隊への大幅な兵力増強を決定したのは、英日相手の戦争に備えて、というよりも、抑止の効果を求めてのものだ。ノース・カロライナ級戦艦二隻は、ワシントン軍縮条約失効後、我が合衆国海軍が自信を持って海上に送り出した最新鋭戦艦だ。この艦のフィリピン派遣により、イギリスも、日本も、我が合衆国が戦争を辞さぬ覚悟でいることを悟ったはずだ」

「戦うためではなく戦争をしないため、戦わずして勝つために、ということですね？」

「その通り。合衆国は、必要とあらば武力の行使を躊躇《ちゅうちょ》せぬが、血を無駄に流すことなく目的を達成できるなら、それが一番よい。二隻のノース・カロライナ級を含む増援部隊は、そのために派遣されたのだ。アジア艦隊の後ろには、合衆国そのものが控えていることを、英日両国に理解させるためにな」

「マニラ湾口では、しっかりと睨みを利かせましょう」

アーウィンは微笑した。「イギリスと日本が、我が合衆国の存在を、嫌でも意識せざるを得ないように」

「とは言っても――」

ハートは、壁の時計を見上げた。「イギリス艦隊が海南島に到達するのは、早くて二日後だ。我々が動き出すのは、明後日でよいだろう」

2

一〇月一三日の一四時過ぎ、イギリス東洋艦隊「S部隊」は、フランス領インドシナのクアンガイ東方海上を、二〇ノットの艦隊速力を保って北上していた。

セレター出港以来、四五時間が経過している。

現在のところ、日本軍の接触はない。

水上部隊のみならず、潜水艦の襲撃も、偵察機の触接もない。

フィリピンにいるアメリカ軍も同様だ。二隻のノース・カロライナ級戦艦を初めとするアジア艦隊は、マニラに逼塞《ひっそく》しているのか、まったく姿を見せない。

ただ、各艦の通信室は、一度ならず付近の海面から放たれたと思われる通信波を受信している。

日本軍とアメリカ軍が、S部隊の予想される進路に潜水艦を潜《ひそ》ませ、動向監視に当たっているのは明らかだ。

海南島までは、約一六〇浬。

このまま二〇ノットで進撃すれば、二三時には海南島に到達する。

日本軍が、海南島の手前でS部隊を迎撃するつもりなら、姿を見せてもおかしくないが、これまでのところ、その兆候はなかった。

一四時二七分、

「国籍不明機、左前方！」

CD10の三番艦「エジンバラ」の艦橋に、見張員の報告が上げられた。

艦長イアン・キャンベル大佐は、双眼鏡を左前方上空に向けた。

航空機と思われる影が見える。距離が遠いため、型は分からず、国籍を示すマークも視認できない。

「日本機以外にはあり得ませんね」

航海長キース・ハート少佐が言った。「このあたりは、空軍の哨戒圏からも外れていますから」

「友軍機ではないのは確かだが、日本機とは限るまい」

キャンベルは言った。「現海域は、仏領インドシナの近海だ。フランス軍の哨戒機という可能性も考えられる」

国籍不明機は、距離を詰めてくる。

一〇・二センチ連装高角砲は、既に目標を射程内に捉えているはずだが、キャンベルは発砲の命令を出さない。

「エジンバラ」だけではなく、他の艦も発砲する様子はない。

キャンベルと同じことを、CD8、10の司令官や、各艦の艦長も考えたのだろう、
フランス軍の機体を撃墜したりすれば、今度は英仏間に紛争が起きる。

日米両国と、それぞれに紛争をかかえている祖国イギリスに、更にフランスとまで事を構える余裕は

ない。

　ここは、黙ってやり過ごすのが得策だ。

　距離が更に詰まり、爆音が聞こえ始める。高翼配置の機体だ。

　機体形状もはっきりし始める。

「九七式大艇《タイプ97フライングシップ》かな？」

　キャンベルは呟いた。

　情報によれば、日本軍は海南島に飛行艇と水上機を合わせて二〇機ほど配備している。

　それらの一機が、偵察に来たのかもしれない。

　だが、飛び込んで来た報告が、すぐにその推測を打ち消した。

「接近せる航空機はカタリナと認む！」

　爆音に負けぬほどの大声で、艦橋見張員が報告した。

　コンソリデーテッドＰＢＹ〝カタリナ〟。アメリカ海軍が、多数を配備している飛行艇だ。

　アメリカ製の飛行艇だからといって、在比米軍の所属機とは限らない。フランスが輸入し、仏印に配置した機体とも考えられる。

　今しばらく、慎重に様子を見なければならない。

　カタリナは、遠慮する様子を一切見せずに接近してくる。

　Ｓ部隊が、絶対に撃たないと確信しているのかもしれない。各艦の艦上に居並ぶ対空火器など、目に入っていないかのような、無造作な動きだ。

「主翼に星のマークを確認！」

「米軍機か……やはり！」

　艦橋見張員の新たな報告を受け、キャンベルは小さく叫んだ。

　これで、機体の所属が明確になった。在比米軍の機体が、Ｓ部隊の上空に出現したのだ。

「何しに来やがったんだ、いったい！」

　キャンベルは不快感を覚え、吐き捨てるように呟いた。

　アメリカは、「オーストラリア問題とコタバル事件は別」との理由で、イギリスと日本の仲介役を務めているが、キャンベルにはその動きが胡散臭《うさんくさ》いものに思えて仕方がない。

　キャンベル以外にも、アメリカに不信感を抱いている者は、東洋艦隊には少なくないのだ。

「情報収集が目的ではないでしょうか？」

　ハート航海長が具申した。「アメリカから見れば、我が国も、日本も、仮想敵国です。我が軍の海南島攻撃は、仮想敵のデータを取るには絶好の機会ですから」

「高みの見物か」

　言葉を交わしている間にも、アメリカ軍のカタリナは高度を落とし、接近してくる。

　双眼鏡を使わずとも、機体形状がはっきり分かるほどの低高度だ。

　S部隊の上空を、低速でゆっくりと旋回する。艦隊の陣容を、見定めようとしているのかもしれない。

　S部隊が撃つことはないと確信しているのであろうが、いかにもこれ見よがしの態度に感じられた。

　カタリナは、しばらくS部隊につきまとう。

　一旦、S部隊から離れかかったかと思うと、再び上空に戻ってきて旋回する。

　何かを見つけ出そうとしているかのようだった。

　一〇分余りが経過した後、爆音が後方へと遠ざかり始めた。

　今度は、戻って来る気配がない。在比米軍のカタリナは、高度を上げつつ飛び去ってゆく。

「何か、不審を感じたかな？」

「『ドレーク』を探していたのかもしれません」

　キャンベルの問いかけに、ハート航海長が答えた。

　戦艦「フランシス・ドレーク」は、セレター出港後、第八、一〇《CD8、10》巡洋艦戦隊とは別行動を取っている。

　カタリナのクルーは、S部隊に「ドレーク」が含まれていないため、周囲の海面を捜索するつもりなのかもしれない。

　カタリナが飛び去ってから、しばし平穏な進撃が続いた。

　S部隊は二〇ノットの速力を保ち、ひたすら海南島を目指して北上してゆく。

　スコールが襲って来ることもなければ、日本艦隊が姿を見せることもない。

　見えるのは、僚艦の姿と広漠たる南シナ海の海面だけであり、聞こえるのは機関部の鼓動と、艦首が波を蹴立てる音だけだ。

　一五時四〇分、

「右前方に国籍不明機！」

　艦橋見張員が、新たな報告を上げた。

　キャンベルは、双眼鏡を右前方に向けた。

　機体は、S部隊に接近してくる。先に飛来したカタリナ同様、高翼配置の機体だが、主翼と胴体は、カタリナよりも離れているようだ。胴体が、翼の下にぶら下がっているように見える。

　爆音も、カタリナのそれとは異なる。低く、そして大きい。

「接近する航空機は九七式大艇！」

　見張員が報告を上げた。

　今度は、日本軍の飛行艇が出現したのだ。

　これで日本軍は、S部隊がまっすぐ海南島に向かっていること、今夜半には海南島に到達することを知ったことになる。

「対空戦闘。射程内に入り次第、攻撃開始」

　キャンベルは、ベッカー砲術長に命じた。

　先のカタリナ同様、S部隊の編成を詳しく知ろうとしてか、九七式大艇は距離を詰めてくる。

　四基のエンジンを装備した主翼と、その真下に位置する胴体がはっきり分かる。

　バナナを思わせる形状を持つ機体だ。

　ほどなく、CD8のロンドン級重巡三隻が、左舷側に高角砲の発射炎を躍らせた。

　前をゆく「リヴァプール」「マンチェスター」も、順次射撃を開始する。

　発砲の閃光が走り、砲煙が艦の後方へと流れ、砲声が伝わってくる。

ベッカーが「撃《ファイア》て！」を命じたのだろう、艦橋の左側に、一〇・二センチ高角砲の発射音が、断続的に轟き始めた。

3

一〇月一三日二二時三〇分（現地時間二一時三〇分）、遣泰部隊の重巡三隻、軽巡一隻、駆逐艦七隻は、海南島三亜港の港口付近にいた。

戦死した第六戦隊司令官五藤存知少将の後任は、まだ定められていないため、次席指揮官西村祥治少将が、部隊全体の指揮を執っている。

第六戦隊の重巡三隻は、軍令承行令に基づき、「衣笠」の沢正雄艦長に指揮権が委ねられていた。

「最後の守り……か」

「山雲」駆逐艦長須磨秋彦中佐は、ぼそりと呟いた。

——九月二九日に英タイ国境で起きた武力衝突には、事件が起きた日付から、「九・二九事件」の公称が定められた。

本来であれば遣泰部隊は、早急に内地に戻り、事件の真相解明に協力しなければならない立場だった。

ところがGF司令部は、

「遣泰部隊ハ海南島ニテ予想サレル敵ノ侵攻ニ備エヨ」

との命令電を打電した。

このため遣泰部隊は、引き続き海南島に留まることとなったのだ。

海南島の防衛に当たるのは、遣泰部隊だけではない。

一〇月九日、近藤信竹《こんどうのぶたけ》中将が率いる第二艦隊が到着し、三亜港に入港した。

第四戦隊の重巡「鳥海《ちょうかい》」「摩耶《まや》」「筑波《つくば》」「蓼科《たてしな》」、第五戦隊の重巡「妙高《みょうこう》」「羽黒《はぐろ》」「那智《なち》」「足柄《あしがら》」、第二水雷戦隊の軽巡「神通《じんつう》」と第八、第一五、第一六の三個駆逐隊一二隻から成る部隊だ。

近藤司令長官は、旗艦「鳥海」の作戦室に、西村

四水戦司令官を初めとする遺泰部隊の主だった指揮官、司令部幕僚を招集し、

「英国は九・二九事件を解決するための条件として、海南島の租借権譲渡を要求している。我が国はこれを拒否しているが、海軍中央は、シンガポールの英軍が実力行使に出る可能性を懸念《けねん》している。GF司令部は遺泰部隊に対し、我が第二艦隊の指揮下に入り、共に海南島の防衛に当たるよう命じた」

と、作戦目的を説明した。

第二艦隊隷下の各部隊のうち、近藤が直率する主力部隊、すなわち第四、第五戦隊と第二水雷戦隊は、海南島よりの方位一八〇度、三〇浬の海面に展開し、北上して来る英東洋艦隊を待ち構える。

遺泰部隊は、第二艦隊の迎撃が失敗した場合、三亜港を守る最後の楯となるべく、港口付近で待機するよう命じられていた。

「私が気がかりなのは、遺泰部隊の雷撃力が激減していることです」

「山雲」航海長江守勲大尉が言った。

九・二九事件の際、英艦隊に雷撃を行ったため、遺泰部隊が保有する魚雷は、大きく数を減らしている。

特に四水戦の駆逐艦七隻は、二駆が魚雷全てを使い果たし、九駆の各艦も、二番発射管の四本しか残っていない。「那珂」も、二、四番発射管の魚雷を使ってしまっており、左舷側への雷撃しか行えない。

三亜港は、もともと情報収集を主目的にした基地であるため、補給を受けられるのは、燃料と機銃弾、水偵の吊光弾だけだ。

駆逐艦の最大の武器である魚雷が二〇本しか使用できないというのは、非常に厳しい状況だった。

「だからこそ、『最後の楯』なのさ」

こともなげに、秋彦は言った。「近藤長官は、第二艦隊本隊で英艦隊を撃滅できる自信をお持ちなのだろう。仮に敵の阻止に失敗したとしても、第二艦隊本隊と戦った後の英艦隊が無傷であるとは考えら

れない。万一の場合の保険、あるいは残敵掃討。それが、我々に求められている役割だ」

秋彦自身は、状況を楽観している。

第二艦隊の戦力は、重巡八隻、軽巡一隻、駆逐艦一二隻。

八隻の重巡は、妙高型と鳥海型だ。

妙高型は全長二〇三・八メートル、最大幅二〇・七メートル、基準排水量一万三〇〇〇トン。主兵装は、二〇・三センチ連装主砲五基一〇門、六一センチ魚雷発射管四連装四基。

鳥海型は全長二〇三・八メートル、最大幅二〇・七メートル、基準排水量一万三四〇〇トン。主兵装は、二〇・三センチ連装主砲五基一〇門、六一センチ魚雷発射管四装四基。

妙高型も、鳥海型も、火力は九・二九事件で英艦隊と戦った青葉型、古鷹型の倍近い。

また一二隻の駆逐艦のうち、第八駆逐隊の四隻は、九駆の四隻と同じ朝潮型に属しており、第一五、一六両駆逐隊の所属艦は、帝国海軍の駆逐艦の中でも、最も完成度が高いと言われる陽炎《かげろう》型だ。

一方、九七式大艇が発見した英艦隊は、巡洋艦六隻、駆逐艦八隻。

他に、発見された艦隊はない。

英海軍の重巡は、火力が最も大きいものでも、二〇・三センチ連装主砲八基、五三・三センチ魚雷発射管四連装二基だから、こと重巡だけに限っても、数と性能の両面で、第二艦隊が優越する。

おそらく第二艦隊は、英艦隊の阻止に成功し、遣泰部隊のところまで敵が来ることはないだろう。いや、英艦隊は第二艦隊の陣容を見ただけで自分たちの不利を悟り、引き上げてしまうのではないか、とさえ考えていた。

目下遣泰部隊は、第六戦隊と第四水雷戦隊が別個に単縦陣を組み、一八ノットの速力で、三亜港の港口沖を遊弋している。

現在の針路は二七〇度。右舷側に海南島を、左舷側に南シナ海を見る格好だ。

現在は、三亜港のみならず、海南島全島が厳重な灯火管制下にある。陸地には、マッチの火ほどの光も見えない。

星灯りの下、海南島の稜線が、辛うじてそれと見分けられる程度だ。

英艦隊出現の報告は、「山雲」の見張員のみならず、遣泰部隊の僚艦からも、第二艦隊本隊からも届けられていなかった。

二三時一五分、

「索敵機より受信！」

通信長斎藤公明大尉からの報告が、艦橋に上げられた。

「敵艦隊見ユ。位置、『三亜港』ヨリノ方位一八〇度、三五浬。敵ノ針路〇度。航行序列ハ巡六、駆八。二《フタ》三〇四《サンマルヨン》」

「来たか！」

秋彦は、小さく叫んだ。

敵は、まっしぐらに海南島に向かってくる。

戦いを回避するつもりはないようだ。自軍が劣勢にあることを知らないのか、あるいは知った上で敢えて挑戦してくるのか。

「現時点における二艦隊と敵艦隊の距離は、一二、三浬と推定されます」

江守航海長が言った。「砲戦距離を一万と想定すれば、向こう一〇分以内には戦闘が始まると思われます」

「会敵予想時刻は二三二五《フタサンフタゴ》か」

秋彦は左舷側海面を見つめ、次いで九駆の司令駆逐艦「朝雲」と、その前方に位置する四水戦旗艦「那珂」を見やった。

今のところ、四水戦司令部からも、九駆司令佐藤康夫大佐からも、新しい指示はない。

遣泰部隊は一八ノットの速力を保ち、三亜港口沖の海面を遊弋しているだけだ。

西村四水戦司令官も、佐藤九駆司令も、艦船勤務

一筋に精進を重ねて今日の地位を得た、生粋の船乗りだ。

現場に精通し、ものに動じないだけの沈着さを持っている。

殊に佐藤司令は、先読みの能力に長け、敵の内《うち》懐《ぶところ》まで飛び込んでゆくだけの大胆さを持つ。

二人とも、艦橋に仁王立ちとなり、状況の推移を見守っているのであろう。

「旗艦より信号。全艦左一斉回頭。回頭後の針路九〇度」

信号員が報告を上げた。

「取舵一杯。針路九〇度」

「取舵一杯。針路九〇度！」

秋彦の下令を受け、江守が操舵室に命じる。

「山雲」は艦首を大きく左に振り、海南島の島影が右に流れる。

艦は真南——間もなく戦闘が始まろうとしている海面に艦首を向けるが、なおも回頭を続ける。

艦が直進に戻ったとき、「山雲」は後方に「朝雲」「那珂」を従え、前方に「夏雲」を見る格好になっている。

海南島は左舷側に占位し、右舷側に南シナ海を望む格好だ。

艦の左前方、水平線とすれすれのあたりに、右側四割ほどが欠けた月が、青白い姿を覗《のぞ》かせている。

時刻は、二三時二五分。

江守が具申した砲戦の開始時刻を過ぎたが、戦闘が始まる様子はない。

右舷側海面は、闇の底に沈んだままだ。

二三時二八分、

「来た！」

秋彦は、小さく叫んだ。

右舷側の海面に、閃光が走ったのだ。

光は、一つだけではない。

水平線付近で、次々と新たな光がほとばしっている。遣泰部隊の針路と同じく、西から東に向かっている。

遠雷を思わせる砲声が、風に乗って届き始めた。

4

第二艦隊司令長官近藤信竹中将が、

「砲撃始め！」

を命じたのは、旗艦「鳥海」の艦橋見張員が、

「敵距離一二〇《ヒトフタマル》（一万二〇〇〇メートル）！」

を報告した直後だった。

このとき第二艦隊は、一列の単縦陣を組み、針路を九〇度に取っている。

三亜港を目指して北上して来る英艦隊に対し、丁字を描く格好だ。

距離一万二〇〇〇は、夜間の砲戦距離としては遠いが、近藤は先手を取って敵の出鼻を挫《くじ》くつもりだった。

既に発進していた水偵が、吊光弾を投下する。満月を思わせるおぼろげな光が、海面に降り注ぐ。

「目標、敵一番艦。砲撃始め！」

「鳥海」艦長渡辺清七《わたなべせいしち》大佐が下令し、各砲塔の一番砲が轟然と咆哮する。

五門の二〇・三センチ主砲が、砲口から火焔をほとばしらせ、束の間右舷側の海面が赤く染まる。強烈な砲声が耳朶《じだ》を叩き、腹にこたえるような衝撃が、尻から突き上がる。

「『摩耶』撃ち方始めました」

「『筑波』撃ち方始めました」

「『蓼科』撃ち方始めました」

「五戦隊各艦、撃ち方始めました」

後部見張員が、次々と報告を上げる。

「鳥海」の後方でも、僚艦の砲声が轟き、夜の南シナ海を騒がせてゆく。

「長官、二水戦に突撃を命じましょう」

「まだだ」

参謀長白石万隆《しらいしかずたか》少将の具申に、近藤はかぶりを振

った。

日本と英国は、開戦したわけではない。

英艦隊にしても、どこまで本気かは分からない。

敵が自軍の不利を悟り、引き上げるのであればそれでよい、と近藤は考えていた。

第一射の弾着を確認したのか、各砲塔の二番砲が仰角を僅かに上げる。

第二射の発射炎がほとばしり、轟然たる砲声が甲板上を駆け抜け、発射の反動が基準排水量一万三四〇〇トンの艦体を揺るがせる。

「どう出る、英艦隊？」

近藤は、闇の彼方の敵に呼びかけた。

第一射の弾着を見ただけで、敵は第二艦隊の戦力が、自軍より優越していることを悟るであろう。

不利を承知で、敢えて挑みかかってくるか。それとも、無益な犠牲を避けるために退却するか。

上空の観測機が、新たな報告を送ることはない。

英軍の巡洋艦六隻、駆逐艦八隻は、針路、速度とも変えることなく突撃を続けている。

「鳥海」が第三射を放つ直前、第二艦隊の頭上から、青白い光が降り注ぎ始めた。「鳥海」の前甲板や第一、第二、第三砲塔が、光の中に浮かび上がった。

英軍が投下した吊光弾の光を吹き飛ばす勢いで、「鳥海」の主砲の砲口に、第三射の閃光が走った。

直後、艦橋見張員と通信長の報告が、続けざまに飛び込んだ。

「敵距離一〇〇《ヒトマルマル》（一万メートル）！」

「観測機より報告。『敵艦隊変針。針路九〇度』」

「九〇度だと？」

半ば反射的に、近藤は聞き返した。

第二艦隊と同じ針路だ。英艦隊は、同航戦を選んだことになる。

（予想外の動きだ）

と、胸中で呟いた。

この直前まで近藤は、英艦隊が四五度ないし三一五度に変針するのではないかと予測していた。

四五度に変針すれば、英艦隊は第二艦隊の頭を押さえ、二艦隊に対して丁字を描く格好になる。

三一五度に変針した場合には、英艦隊は二艦隊の後尾に位置する二水戦の駆逐艦に砲撃を浴びせつつ、後方をすり抜けて三亜港に肉迫する形になる。

同航戦を選ぶ可能性は、ゼロではないにせよ、最も小さいと考えていたのだ。

だが英艦隊は、その最も小さい可能性を選択した。数に劣る側が不利になる手を選んだのだ。

「長官、いかがされますか？」

「……針路、速度ともこのまま」

白石参謀長の問いに、近藤は少し考えてから答えた。

英艦隊が不利を承知で同航戦を挑むなら、それで構わない。こちらは数の優位を生かして戦うまでだ。

水偵が新たな吊光弾を投下し、敵艦隊の頭上から青白い光が降り注ぐ。

その真下で、発砲の閃光がきらめく。発射炎は、前方から後方に移動してゆく。

英艦隊も第二艦隊同様、一番艦から順に砲撃を開始したのだ。

「鳥海」は第四射を放つ。

「摩耶」「筑波」「蓼科」も、遅れてはならじとばかりに各砲塔の二番砲を発射し、第五戦隊の妙高型重巡四隻も砲撃を続行する。

砲声に混じり、

「二水戦司令官より意見具申。『直チニ雷撃開始ノ要有リト認ム』」

通信室に詰めている通信参謀中嶋親孝《なかじまちかたか》少佐の報告が伝えられる。

意見具申というより催促《さいそく》だ。

二水戦司令官の田中頼三《たなからいぞう》少将は、自分たちに突撃を命じて欲しい、と第二艦隊司令部をせっついているのだ。

「二水戦司令部に返信。『二水戦ハ敵駆逐艦ノ攻撃ニ備エヨ』」

近藤は、即座に答を返した。

当面、雷撃は使わない。第二水雷戦隊は攻撃ではなく、敵駆逐艦の雷撃から重巡を守るために使うと決めた。

二水戦司令部とやり取りをしている間にも、四、五戦隊の重巡八隻と英艦隊の巡洋艦六隻の砲戦は続いている。

「鳥海」以下の八隻は、第五射、第六射、第七射と、交互撃ち方を繰り返し、英巡洋艦六隻も、第二射、第三射、第四射と、繰り返し射弾を撃ち込んでくる。

これまでのところ、彼我共に直撃弾はない。

敵巡洋艦の艦上に、直撃弾炸裂の爆炎は観測されず、「鳥海」が被弾の衝撃に身を震わせることも、後部見張員が僚艦の被弾を報告することもない。

「鳥海」に向けて発射される敵弾は、一度ならず近くに落下したことがあるものの、多くは視界の範囲外に落ちているらしく、水柱が見えることは稀だ。

「妙だな」

「鳥海」がこの日一一回目の射弾を放った直後、近藤は呟いた。

英艦隊の動きが、消極的に過ぎる。

偶発的な武力衝突だった九・二九事件とは異なり、今回の戦いは英軍が攻め、日本軍が守る戦いだ。もっと積極的に、距離を詰めての砲戦を挑んでくるはずだ。

にも関わらず、英艦隊は近づく様子がない。

第二艦隊と同じ針路を保ち、空振りを繰り返すだけだ。

英艦隊の後方に位置する駆逐艦八隻も同様だ。雷撃戦の動きは見せず、黙々と巡洋艦六隻の後方に付き従っているだけだ。

「艦隊針路一二〇度」

を、近藤は下令した。

英艦隊が来ないのなら、こちらから距離を詰め、接近砲戦を挑むまでだ。

「面舵一杯。針路一二〇度」

「面舵一杯。針路一二〇度！」

渡辺艦長の命令を受け、航海長杉下英二《すぎしたえいじ》少佐が操舵室に下令する。

「鳥海」はなおも直進を続けた後、艦首を大きく右に振る。

繰り返し咆哮を上げていた主砲がしばし沈黙し、聞こえるのは機関の鼓動と敵弾の飛翔音、弾着の水音だけになる。

回頭中の「鳥海」の頭上を、敵弾が飛び越え、左舷側海面に外れ弾の水柱がそそり立つ。至近距離に落下したらしく、艦底部から衝撃が突き上がる。

「『摩耶』面舵。続けて『筑波』面舵」

後部見張員が、僚艦の動きを伝えてくる。

近藤は、右舷側に居並ぶ敵艦を見据える。

距離が近づいたためであろう、心持ち発射炎が大きさを増したように感じられる。

第二艦隊の針路は一二〇度、敵艦隊の針路は九〇度、現在の艦隊速力は三三ノットだから、彼我の距離は約二分おきに一〇〇〇メートルずつ縮まることになる。

「鳥海」が、砲撃を再開する。各砲塔の二番砲で、第一二射を放つ。

一発当たりの重量一二六キロ。力士に匹敵する重量を持つ砲弾が、音速の二倍以上の初速で叩き出され、夜空を飛翔する。

入れ替わりに、敵弾が唸りを上げて飛来する。

艦橋から確認できるだけでも、三本の水柱がそそり立つ。水中から突き上げてくる衝撃に、基準排水量一万三四〇〇トンの巨体が僅かに震える。

近藤は、敵艦隊を凝視した。

第一二射弾が目標に到達する頃だが、直撃弾炸裂の爆炎は見えない。今度の砲撃も、空振りに終わったようだ。

「鳥海」が、第一三射、一四射、一五射と砲撃を繰り返す。

発射のたび、力強い咆哮が轟き、艦は身を震わせるが、依然直撃弾は得られない。

「摩耶」以下の後続艦も同様だ。八隻の重巡は、一射毎に一隻当たり五発ずつの二〇・三センチ砲弾を、海面に投げ込んでいるだけだ。

英艦隊も、状況は同じだ。

敵弾は、「鳥海」の右舷側、あるいは左舷側海面にまとまって落下するものの、直撃も挟叉《きょうさ》もない。時折、至近距離に落下する敵弾がある程度だ。

「距離九〇《キュウマル》（九〇〇〇メートル）！」

の報告が上げられたとき、「鳥海」は通算一六回目の射弾を放った。

発砲の閃光が、瞬間的に艦の周囲から闇を吹き払い、艦の姿をくっきりと浮かび上がらせる。

それに引き寄せられるように、敵弾が飛来する。

今度は全弾が、「鳥海」の頭上を飛び越す。

敵弾の飛翔音が、頭上を右から左に通過した――と感じた直後、艦橋の後方から何かが壊れるような音が届いた。

「喰らったか⁉」

近藤は、思わず叫んだ。

衝撃はほとんど感じなかったが、どこかが被弾したことは確かだ。

艦隊戦を指揮する者にとり、先に直撃弾を受けることは悪夢に等しい。

次から敵艦は、斉射に移行し、砲撃一回ごとに、これまでに倍する敵弾が飛んでくるからだ。

「左舷後部に被弾なれど損害軽微。かすり傷です！」

応急総指揮官を務める副長橋本俊《はしもとしゅん》中佐が報告を上げた。

近藤は、大きく安堵の息をついた。

敵弾は「鳥海」の後甲板の縁をかすめただけで、海面に突入したのだ。敵の艦長や砲術長も、自分たちが直撃弾を得たことは確認できなかったであろう。

とはいえ、「鳥海」が際どいところで難を逃れたのも確かだ。弾着がもう数メートル右にずれていたら、第四砲塔か第五砲塔が直撃弾を受けていたことは間違いないからだ。

（まだか？　まだ、直撃弾は出せんのか？）

近藤が胸中で呟いたとき、

「次より斉射！」

砲術長浜田修平《はまだしゅうへい》少佐より、報告が上げられた。

どうやら、第一六射の射弾が目標を挟叉したようだ。

「鳥海」は、辛くも敵より先に挟叉弾を得たのだ。

「鳥海」が最初の斉射を放つより早く、敵弾が飛来した。

今度は、全弾が「鳥海」と「摩耶」の間の海面に落下したらしく、後方から弾着の水音が聞こえた。

それが収まると同時に、「鳥海」は第一斉射を放った。

艦橋からは、第一、第二、第三砲塔が発砲する瞬間がはっきり見えた。

六門の砲口から、めくるめく閃光がほとばしり、これまでに倍する光が、艦と周囲の海面を照らし出した。

同時に、雷鳴さながらの強烈な砲声が轟き、斉射に伴う反動が、艦を大きく震わせた。

近藤は、尻を蹴り上げられるような衝撃を感じたが、動じることはなかった。

もともと砲術を志した身であり、戦艦「金剛」「扶桑」「陸奥」等に乗り組んだ経験がある。訓練で、三六センチ主砲や四〇センチ主砲の斉射も経験している。

戦艦の斉射がもたらす強烈な反動に比べたら、重巡の二〇・三センチ砲の斉射に伴う反動など、たいしたものではない。

「『摩耶』斉射！　『筑波』も斉射に移行しました！」

後部見張員からの報告が上げられる。

「鳥海」に続いて、第四戦隊の二、三番艦も挟叉弾を得たのだ。

五秒、一〇秒と時が刻まれる。

近藤は身じろぎもせず、敵一番艦を見つめ、「鳥海」の第一斉射弾が目標を捉える瞬間を待つ。

三〇秒が過ぎたとき、

「駄目か！」

近藤は舌打ちした。

敵一番艦の艦上に、直撃弾の爆炎が躍ることはない。

「鳥海」の第一斉射は、空振りに終わったのだ。

「摩耶」と「筑波」はどうか、と思い、敵二、三番艦に視線を転じる。

不意に、敵三番艦の後甲板に閃光が走った。炎が躍り、無数の黒い塵《ちり》が舞い上がった。

「よし……！」

近藤は、満足の声を漏らした。

旗艦が第一斉射をしくじったのは残念だが、「筑波」は成功した。

一〇回以上空振りを繰り返した末に、最初の直撃弾を得たのだ。

「鳥海」は、第二斉射を放った。

再び一〇門の砲口に発射炎が閃き、炎が右舷側にほとばしった。砲声が周囲の大気を震わせ、艦が激しく振動した。

その余韻が収まったとき、

「観測機より報告。『敵艦隊変針。針路一五〇度』」

の報告が、中嶋通信参謀から上げられた。

「何だと？」

近藤は叫び声を上げた。

敵が選んだ針路は、第二艦隊から遠ざかる方向だ。

「敵は、避退に移ったのではないでしょうか？」

「海南島攻撃を断念してか？」

白石参謀長の具申に、近藤は反問した。

白石の主張には一理ある。

第二艦隊は、「鳥海」「摩耶」「筑波」が挟叉弾を得、斉射に移行しているが、英艦隊はまだ挟叉弾を得られていない状態だ。

しかも、敵三番艦は被弾し、火災を起こしている。

第二艦隊には勝てないと見て、避退に移った可能性はある。

ただ、それにしては針路が中途半端だ。

本当に避退行動に移ったのなら、針路を一八〇度に取り、一目散に遁走《とんそう》するはずだ。

英軍の真意が、今ひとつ分からなかった。

「追撃しますか、長官？」

「今少し、様子を見よう」

と、近藤は返答した。

英艦隊がこのまま避退するなら、深追いは避け、見逃すつもりだった。

この間にも、第二艦隊の重巡八隻は砲撃を続けている。

敵の変針により、照準が狂ったためだろう、「鳥海」は斉射から、各砲塔一門ずつの交互撃ち方に戻っている。

「摩耶」も、この日最初の直撃弾を得た「筑波」も同じだ。


英艦隊の砲撃は、これまでと変化がない。交互撃ち方による弾着修正を繰り返している。

彼我共に、直撃弾はない。第二艦隊も、英艦隊も、ただ海面を撃っているだけだ。

敵の発射炎は次第に小さく、遠くなりつつある。

敵三番艦の火災炎は、鎮火に成功したのであろう、いつの間にか消えていた。

「敵距離一〇〇《ヒトマルマル》！」

を見張員が報告したときだった。

中嶋通信参謀が、敵の新たな動きを報告した。

「観測機より報告。『敵艦隊変針。針路九〇度』」

近藤は唸り声を発した。

英艦隊は、一旦避退するような動きを見せた。それが一転して、第二艦隊に接近する針路を選んでいる。

敵の指揮官の意図が分からない。敵は決戦を望んでいるのか、いないのか。

その疑問に答えるかのように、英艦隊の艦上に発射炎が閃く。

敵一番艦が撃ち、二番艦がそれに続く。三番艦、四番艦と、順繰りに砲撃する。

発射炎が閃くたび、彼方の海面に、英巡洋艦の艦影が瞬間的に浮かび上がる。

距離があるため、型までは分からない。ただ、「鳥海」の周囲に噴き上がる水柱の太さ、高さから、敵一番艦は二〇センチ砲装備の重巡であろうと推定されるだけだ。

「鳥海」も新たな射弾を放つ。二回の斉射を含めて、この日二〇回目の砲撃だ。

各砲塔の一番砲から発射炎がほとばしり、砲声が轟き、艦が僅かに震える。

入れ替わりに、敵弾が落下する。

今度の弾着は、かなり近い。二発が第一、第二砲塔の右脇に落下し、奔騰する水柱が舷側にぶち当たって弾ける。

おびただしい水滴が飛び散り、水中爆発の衝撃が艦底部より突き上がる。

「鳥海」の射弾はどうか――と思い、目を凝《こ》らすが、結果はこれまでと同じだ。敵一番艦の艦上に、直撃弾の爆炎が躍ることはない。

ひとたびは挟叉弾を得、斉射に移行した「鳥海」だが、敵艦隊が変針を繰り返したため、空振りを繰り返す状態に戻っている。

「長官、敵一番艦は本艦の右舷後方に移動しています。今なら、敵の頭を押さえられると考えますが」

首席参謀柳沢蔵之助《やなぎさわくらのすけ》大佐の具申を受け、近藤は即断した。

「よし、二艦隊針路一五〇度！」

「面舵一杯。針路一五〇度」

「面舵一杯。針路一五〇度！」

渡辺艦長が大音声で下令し、杉下航海長が操舵室に命じる。

「鳥海」は、しばし直進を続ける。

その間に、各主砲塔が第二一射を撃ち、敵一番艦の射弾が「鳥海」を捉える。

敵弾の飛翔音が頭上を圧し、「鳥海」全体を包み込んだ――と感じた直後、外れ弾の水柱が艦橋を挟んでそそり立ち、水柱からの爆圧が、艦底部を蹴り上げた。

「長官……！」

白石参謀長が、うろたえたような声を上げた。

今度は「鳥海」が挟叉された。次から敵は、斉射に移行する。

「大丈夫だ」

近藤は、落ち着いた声で言った。

ほどなく「鳥海」は、艦首を大きく右に振った。

同時に、敵一番艦の艦上に、新たな発射炎が閃いた。

光量は、これまでのものより大きい。予想された通り、敵一番艦は斉射を放ったのだ。

敵艦隊の隊列は、左に流れる。右舷後方から右舷正横へと移動する。

主砲塔は、艦の回頭とは逆向きに、左向きに旋回している。

「『摩耶』面舵。『筑波』面舵」

後部見張員が、後続艦の動きを報告する。

第二艦隊は、英艦隊の面前で大きく回頭し、再び丁字を描こうとしているのだ。

「戻せ。舵中央！」

を、杉下が下令した。

「鳥海」の描く円弧が緩《ゆる》やかになり、ほどなく艦は直進に戻った。

敵弾の飛翔音が右舷前方から迫り、左舷後方へと頭上を抜ける。

直撃弾炸裂の衝撃はないが、後方から微かに水中爆発の衝撃が伝わる。

「鳥海」は右舷側に転舵することで、英艦隊の頭を押さえると共に、敵の第一斉射弾をかわしたのだ。

近藤は、右舷側を凝視した。

折しも、新たな吊光弾が投下されたところだ。

おぼろげな光の下、敵一番艦が見える。艦首を、「鳥海」の横腹に向けている。

その敵一番艦を目がけ、「鳥海」は二二回目の射弾を放った。

これは空振りに終わったが、続く第二三射で初めての直撃弾を得た。

敵一番艦の艦首に閃光が走り、爆炎が奔騰し、左右両舷に噴き上がった水柱を赤々と照らし出した。

「よし……！」

近藤は満足の声を漏らした。

さんざん空振りを繰り返したが、「鳥海」はようやく直撃弾を得た。

しかも、今は丁字を描いている状況だ。

このまま、一気に畳みかけられるはずだ。

「次より斉射！」

浜田砲術長が報告を送る。さんざん空振りを繰り返した末、ようやく直撃弾を得た喜びが、弾んだ声に表れていた。


装塡を待つ間、敵一番艦の射弾が飛来する。

相対位置が大きく変わったためだろう、弾着は大きく外れている。水柱は視認できず、水中からの爆圧もない。

「鳥海」が、お返しだ――と言わんばかりに、この日三回目の斉射を放った。

交互撃ち方のそれに倍する閃光が走り、発射に伴う反動が全艦を揺るがした。

敵一番艦が、前部の主砲塔で「鳥海」への新たな射弾を放った直後、「鳥海」の第三斉射弾が敵一番艦を捉えた。

白い水柱が、英重巡を包み込み、艦上に新たな爆炎が躍った。

炸裂音が「鳥海」に届くより早く、

「『摩耶』斉射。『筑波』斉射！」

後部見張員が僚艦の動きを報告する。

「摩耶」や「筑波」も、目標に対して直撃弾か挟叉弾を得たのだ。

（首席参謀の具申を容れたのは、正解だった）

近藤は、胸中で呟いた。

一五〇度に変針したことで、敵にＴ字を描くと共に、距離を大幅に詰めた。それが、変針後二度目の砲撃での直撃弾に繋がった。

これで勝てる——と確信した。

その確信は、長くは続かなかった。

「観測機より報告。『敵艦隊、針路一八〇度』！」

中嶋通信参謀の報告が、艦橋に上げられた。

近藤は、敵艦隊を凝視した。

敵一番艦が、赤黒い火災煙を後方に引きずりながら回頭しつつある。

針路は真南。第二艦隊から、遠ざかる方向だ。

その敵一番艦目がけ、「鳥海」は第四斉射を放った。

弾着の水柱は、ことごとく敵一番艦と二番艦の間に落下し、水柱だけを空しく噴き上げた。

5

「『ロンドン』、敵弾を回避！」

の報告が飛び込んだとき、軽巡「エジンバラ」艦長イアン・キャンベル大佐は、安堵に胸をなで下ろした。

これまで「ロンドン」には、二発の命中弾が確認されている。

しかも敵にＴ字を描かれ、いちどきに一〇発の二〇・三センチ砲弾を叩き付けられる状態だ。

第一砲塔や第二砲塔に直撃を受け、弾火薬庫の誘爆、轟沈という事態に至っても不思議はない。

その状況から、辛くも脱したのだ。

僚艦の幸運を喜んでいられる余裕は、あまりない。

左舷上空に飛翔音が轟き、五発の敵弾が落下する。

うち一発は、艦橋の左脇に落下し、見上げるような水柱を噴き上げる。

艦橋の床からは、重く、そして鈍い衝撃が突き上がってくる。外れ弾が水柱で炸裂し、爆圧が艦底部を突き上げているのだ。

約一〇秒後、新たな敵弾五発が飛来する。

今度は「エジンバラ」の頭上を飛び越し、右舷後方の海面に落下する。

艦橋の後方から、弾着の水音とくぐもったような爆発音が聞こえ、次いで艦尾から蹴飛ばされるような衝撃が襲ってくる。

「くそ……！」

キャンベルは歯ぎしりをしながら、日本艦隊を睨み据えた。

日本艦隊の重巡は八隻、S部隊の巡洋艦は六隻だから、S部隊のうち二隻は、敵重巡二隻から砲火を集中されることになる。

貧乏くじを引くことになった二隻のうちの一隻は、キャンベルの「エジンバラ」だ。

敵の七、八番艦――ミョウコウ・タイプと思われる重巡二隻が、一〇秒の時間差を置いて、五発ずつの二〇・三センチ砲弾を叩き付けて来るのだ。

敵八番艦の射弾が落下してから十数秒後、新たな飛翔音が「エジンバラ」に迫る。

今度は全弾が「エジンバラ」の頭上を飛び越え、右舷側海面を沸き返らせる。

更に一〇秒後、敵八番艦の射弾が飛来する。

今度は五発とも、「エジンバラ」の前方に落下し、五本の水柱が行く手を塞ぐ。

「エジンバラ」は、速力を緩めない。

基準排水量一万二〇〇〇トンの巨体は、三二ノットの速力で突進し、水柱を突き崩す。

崩れる海水が、南海のスコールを思わせる音を立てて甲板や主砲塔の天蓋《てんがい》を叩く。

海水に打たれながら、「エジンバラ」は反撃する。

前部と後部に二基ずつを装備した一五・二センチ三連装砲塔から、四発の射弾を叩き出す。

ひとたび挟叉弾を得られれば、中小口径砲の利点である速射性能を生かし、弾量で敵を圧倒することも可能だが、今のところは交互撃ち方による弾着修正を繰り返すだけだ。

砲声が収まったとき、

「敵距離一万！」

の報告が、艦橋に上げられる。

S部隊が一八〇度に変針したため、一旦は詰まった日本艦隊との距離が、再び開いたのだ。

日本艦隊は、砲撃の手を緩めない。

敵七、八番艦の射弾が、一〇秒の時間差を置いて飛来する。

七番艦の射弾のうち、一発が「エジンバラ」の左舷艦首至近に落下し、突き上がる水柱が舷側にぶち当たり、弾ける。

八番艦の射弾は、「エジンバラ」の後方に落下する。今度は、至近弾となったものはない。艦橋に伝わって来るのは、外れ弾の水音だけだ。

「砲戦距離に助けられている」

額の汗を拭い、キャンベルは呟いた。

日本艦隊とは、付かず離れずの位置を保つこと。より具体的には、砲戦距離を八〇〇〇メートルから一万メートル前後に保ち、日本艦隊に接近を許さぬこと。

これが海南島攻撃に当たり、S部隊が定めた基本方針だ。

日本海軍が夜戦を重視し、訓練に力を入れてきたことは、イギリス海軍でも掴んでいた。

情報によれば、夜戦において先に敵を発見するため、特殊な訓練を施《ほどこ》して暗視視力を高めた見張員を養成することまで行っているという。

その日本軍といえども、夜間に八〇〇〇メートルから一万メートルの距離で直撃弾を得るのは容易ではない——と、S部隊の指揮官は考えたのだ。

現に日本軍の重巡部隊は、S部隊の動きに幻惑され、空振りを繰り返している。これまでに直撃弾を受けたのは、CD8の「ロンドン」と「サセックス」

だけだ。

それも命中弾数は少なく、致命傷は免《まぬか》れている。

ただ、夜間の遠距離砲戦で命中弾が得られないのは、S部隊も同じだ。

CD8の重巡も、CD10の軽巡も、未だに一発の命中弾も得られていない。

この状況を続ければ、双方共に弾切れとなる公算大だ。

「日本艦隊を撃滅した後、三亜港に艦砲射撃を加えて地上部隊を撃滅し、一〇月一五日に予定されている上陸作戦を支援する」

というS部隊の作戦目的は達成できない。

だがそのことは、CD8、10の司令官も、各艦の艦長も理解していた。

「旗艦より命令。『艦隊針路一五〇度』」

「『ロンドン』取舵！」

通信室からの報告が上げられ、艦橋見張員の報告がそれに続く。

「取舵！」

航海長キース・ハート少佐が操舵室に下令するが、舵はすぐには利かない。

「エジンバラ」は「マンチェスター」に続いて直進している。

舵の利きを待つ間にも、敵弾は繰り返し飛来する。

右舷側に、あるいは左舷側に、弾着の水柱がそそり立ち、水中爆発の衝撃が艦底部を突き上げる。

「エジンバラ」も撃ち返す。

敵八番艦を目標に、各砲塔の一、二、三番砲を交互に発射し、四発ずつの一五・二センチ砲弾を叩き出す。

「『シュロップシャー』取舵。続けて『サセックス』取舵」

艦橋見張員が報告する。

「エジンバラ」の砲声や、敵弾の飛翔音、弾着時の水音に負けじと、声を張り上げての報告だ。

「『マンチェスター』取舵！」

の報告が届くや、

「取舵一杯。針路一五〇度！」

ハート航海長が、大音声で操舵室に下令した。

直進を続けていた「エジンバラ」が、艦首を大きく左に振る。

南にまっすぐ向かっていた艦が、南南東に変針し、日本艦隊と等距離を保っての同航戦に転じる。

折しも飛来した敵弾が、ことごとく「エジンバラ」の頭上を飛び越し、右舷側海面に落下する。

「エジンバラ」の主砲は、一時的に沈黙する。主砲塔は、艦とは逆に右側に旋回し、敵八番艦を射界に捉える。

艦が直進に戻るや、「エジンバラ」の主砲は砲撃を再開する。

一五・二センチ主砲一二門のうち、四門の砲口に閃光が走り、砲声が轟く。

入れ替わるようにして、敵七、八番艦の射弾が、時間差を置いて殺到し、「エジンバラ」の周囲に水柱を噴き上げる。

敵弾落下の狂騒が収まったとき、

「第三缶室に浸水！」

の報告が、機関長ウェイド・ボーン中佐から上げられる。

至近弾の爆圧を繰り返し受け、痛めつけられた艦底部から、浸水が始まったのだ。

「応急班、第三缶室に急げ！」

を、キャンベルは命じた。

敵との砲戦は、まだ続いている。至近弾を繰り返し受け、艦底部に打撃が積み重なれば、浸水が拡大する危険大だ。

ただでさえS部隊が劣勢の現在、「エジンバラ」を落伍《らくご》させるわけにはいかない。

「エジンバラ」が新たな射弾を放った直後、

「観測機より報告。『日本艦隊変針。針路一八〇度』！」

通信長フランシス・パトリック大尉が報告を上げ

た。

今度は、日本艦隊が距離を詰めにかかったのだ。

キャンベルは、ちらと艦隊の前方を見やった。

「ロンドン」からの指示はない。しばらく、現針路を保つようだ。

砲火の応酬《おうしゅう》は、なおも続く。

「エジンバラ」には、敵七、八番艦の射弾が繰り返し浴びせられ、「エジンバラ」は敵八番艦を狙い撃つ。

弾着は、これまでと変わらない。至近弾はあっても、直撃弾はない。

互いに、海面を撃っているだけだ。

そろそろ変針命令が来るか——と思ったときだった。

出し抜けに、前方に白い光芒が出現した。

隊列の先頭——「ロンドン」がいるあたりだ。「エジンバラ」の艦橋からは、日本艦隊の一番艦と「ロンドン」の間に光の橋が渡されているように見える。

「ロンドン」だけではない。

二番艦「シュロップシャー」、三番艦「サセックス」にも光芒が浴びせられ、艦影がくっきりと浮かび上がっている。

「探照灯だ！」

キャンベルは叫んだ。

日本艦隊は、なかなか直撃弾を得られない状況に業を煮やし、照射射撃に移行したのだ。

CD10の軽巡三隻には、照射がない。日本艦隊は、CD8の重巡三隻をまず撃破すると決めたらしい。

「エジンバラ」への砲撃は、いつの間にか止んでいる。敵七、八番艦も、CD8への砲撃に加わったのだろう。

やがて、

「『ロンドン』に敵弾集中！　『シュロップシャー』の周囲に水柱多数！」

艦橋見張員が絶叫した。

直後、隊列の前方に炎が躍った。

おどろおどろしい爆発音が、「エジンバラ」の艦橋まで伝わった。

更にもう一箇所、「エジンバラ」により近い場所で火焔が奔騰する。

「『ロンドン』『シュロップシャー』火災！」

の報告が上げられる。

被害艦は、二隻に留まらない。

「シュロップシャー」の被弾炎上より二〇秒ほど遅れて、「サセックス」の艦上にも爆炎が上がる。

「エジンバラ」との距離が他の二艦より近いせいか、炎はひときわ大きく見える。

「なんてこった！《ジーザス》」

キャンベルは、思わず呻いた。

この直前まで、S部隊は日本艦隊と互角の戦いを演じていた。

敵を撃滅することはできなくとも、日本艦隊を翻《ほん》弄《ろう》し、鼻面を摑んで引っ張り回すことはできていた。

それが、短時間で急転した。

日本艦隊が照射射撃を用いた直後、空振りを繰り返していた日本重巡の主砲は、CD8の三隻を捕捉し、炎上させたのだ。

目の前の光景が、信じられなかった。

「CD8を援護しろ！」

キャンベルは、大音声で叫んだ。

束の間、「エジンバラ」の主砲が沈黙した。

数秒後、前甲板にめくるめく閃光が走り、交互撃ち方のそれとは比較にならない巨大な砲声が轟いた。

それは、一回だけではない。

七秒から八秒置きに、おびただしい閃光が走り、雷鳴さながらの咆哮と発射の反動が艦を揺るがす。

「エジンバラ」は各砲塔一門ずつの交互撃ち方から、一五・二センチ主砲全門の連続斉射に移行したのだ。

まだ、挟叉も直撃も得ていない。

連続して発射される一五・二センチ砲弾は、空振りに終わる公算が大きい。

砲術長ブルーノ・ベッカー少佐は敵を牽制《けんせい》するつもりで、斉射を命じたのであろう。

前をゆく「マンチェスター」と、CD10旗艦「リヴァプール」の艦上にも、連続して発射炎が閃いている。

両艦とも「エジンバラ」に倣い、斉射に移行したのだ。

CD10だけではない。

CD8の「ロンドン」「シュロップシャー」「サセックス」も、なお戦い続けている。

二〇・三センチ主砲発射のたび、艦上の炎が爆風を浴びて揺らめく。

二〇・三センチ砲弾と一五・二センチ砲弾が、夜の大気を震わせて飛び、日本軍の重巡に殺到する。

だが、それが目標を捉えることはない。敵重巡の艦上に、直撃弾の爆炎は上がらない。

S部隊の射弾はことごとく外れ、海面を沸き返らせるだけだ。

突然、探照灯の光芒が消えた。

「ロンドン」「シュロップシャー」「サセックス」の火災炎は、それまで以上に鮮明に、艦影を浮かび上がらせた。

敵重巡の射弾が、CD8の三隻に集中する。

艦の周囲に水柱がそそり立ち、艦上に爆炎が躍る。

爆砕された上部構造物の破片が、爆風に乗って巻き上げられ、周囲の海面に落下して飛沫を上げる。

「『ロンドン』沈黙！」

の報告が、ほどなく飛び込んだ。

その数秒後、

「『シュロップシャー』火災。速力低下！」

の報告が上げられた。

キャンベルは、身じろぎもせず、前方を凝視していた。

CD8の三隻が、激しく燃えている。

S部隊は、巡洋艦の半数を戦列から失おうとしているのだ。

もはや、勝敗は決したも同然だったが——。

「敵八番艦、火災！」

の報告が、唐突に飛び込んだ。

キャンベルは、左舷側に視線を転じた。

敵重巡八隻の最後尾に位置する艦——「エジンバラ」が射弾を浴びせ続けて来た艦が炎上している。

艦尾付近に炎が躍り、後方に黒煙がなびいている。

「敵七番艦に直撃弾！」

「敵六番艦に火災発生！」

の報告が飛び込む。

キャンベルは双眼鏡を動かし、敵艦を見つめる。

報告されたとおり、敵六、七、八番艦の艦上に、炎が躍っている。

ＣＤ10の三隻は、今になって直撃弾を得たのだ。

不意に、日本艦隊の動きに変化が生じた。

敵六、七、八番艦が、炎上しながら回頭している。
六、七、八番艦だけではない。
全ての敵艦が左一斉回頭をかけ、反転している。

明らかに、Ｓ部隊との戦闘を放棄し、離脱しようとしている動きだ。


「どうなってるんだ、いったい？」

キャンベルは唖然として呟いた。

ＣＤ10の軽巡三隻による猛射が、日本艦隊をひるませたとは思えない。

「ロンドン」「シュロップシャー」「サセックス」の落伍によって、巡洋艦の戦力差は三対八に開いた。

日本側が、圧倒的に優勢となったのだ。

この状況下で避退するとは、信じられなかった。

「左舷後方に発射炎！　海南島の至近の模様」

の報告が、突然上げられた。

「そうか！」

キャンベルは叫んだ。

日本艦隊がＳ部隊との戦闘を放棄し、避退に移った理由が分かった。

いや、避退ではない。彼らはより重要な戦闘に臨むため、Ｓ部隊との戦いを放棄し、反転したのだ。

「ドレーク船長《キャプテン・ドレーク》の略奪が始まったか」

誰に言うともなしに、キャンベルは呟いた。

6

それが起こったとき、遣泰部隊は、三亜港口よりの方位二五五度、一六浬の海面にいた。

第六戦隊は、「衣笠」「加古」「古鷹」の順で単縦陣を組み、針路を二七〇度に取っている。

第四水雷戦隊は、第六戦隊の北側に位置している。九・二九事件のときには、「那珂」、二駆、九駆という並びだったが、西村司令官は戦闘開始に先立ち、二駆と九駆の順番を入れ替えた。

このため現在の四水戦は、「那珂」の後方に九駆の「朝雲」「山雲」「夏雲」「峯雲」、二駆の「村雨」「夕立」「五月雨」という並びになっている。

これは、「那珂」が被弾によって旗艦任務を果たせなくなった場合、九駆司令佐藤康夫大佐が陣頭指揮を執れるようにするための配慮だった。

第二艦隊本隊と北上して来た英艦隊の戦闘は、左舷側に遠望できる。

とは言っても、水平線付近に、おびただしい発砲の閃光が認められるだけだ。

砲声も切れ間なく聞こえるが、艦の轟沈を想起させる巨大な爆発音はない。

英艦隊が第二艦隊の迎撃を突破し、三亜港に突入してくる様子はなさそうだった。

「遣泰部隊は出番なしかな?」

「山雲」駆逐艦長須磨秋彦中佐がそう呟いたときだった。

突然、正面の空が光った。

複数の光源が、風に吹かれて揺らめきながら、ゆっくりと海面に向かって降り始めたのだ。

前方の海上には、月を思わせるおぼろげな光が降り注いでいる。

旗艦「那珂」や九駆の司令駆逐艦「朝雲」が、その光の下に浮かび上がっている。

光は「山雲」にも届いており、艦橋からは、前甲板が照らされている様が見えた。

「まさか……！」

秋彦が叫んだとき、右前方の海面に閃光が走った。

光量は、上空に揺らめく吊光弾のそれとは比較にならない。

海面に、太陽が降りて来たかのようだ。光は、水平線と、光を放った艦の艦影を、くっきりと浮かび上がらせていた。

夜空がどよめいた。何か巨大なものが、大気を割《さ》いて迫りつつある。

それが砲弾の飛翔音であることは、秋彦にも分かっている。

ただしその音は、九月二九日に英タイ国境沖で聞いた巡洋艦の主砲弾によるものではない。音量も、威圧感も、比較の段ではない。

音は急速に拡大し、極限に達したところで唐突に消えた。

直後、「那珂」の左舷側海面が大きく盛り上がり、弾けた。

白く太い水柱が四本、夜空に向けて、凄まじい勢いで突き上がった。

「山雲」の艦橋からも、それが桁外《けたはず》れに巨大なものであることは、はっきり分かる。

頂《いただき》は、「那珂」の艦橋やマストより遥かに高い位置にある。

「敵艦、右二〇度一四〇《ヒトヨンマル》（一万四〇〇〇メートル）。戦艦一、駆逐艦四！」

見張員の絶叫が、「山雲」の艦橋に飛び込んだ。

「山雲」以外の各艦――四水戦旗艦「那珂」でも、九駆、二駆の僚艦でも、そして第六戦隊の重巡三隻でも、同様の報告が上げられているはずだった。

「一四〇《ヒトヨンマル》……だと？」

秋彦は反射的に聞き返した。

戦艦が出現したことには、さほど驚いていない。

敵が放った第一射の発射炎を見た瞬間、敵艦隊が戦艦を含んでいることは、既に分かっている。

秋彦を驚かせたのは、敵の探知能力の高さだ。

夜戦用に特殊な訓練を施し、暗視視力を高めた帝国海軍の夜戦見張員でも、夜間に一万四〇〇〇メートル遠方の目標を発見できる者は少ない。

「電探かもしれません」

航海長江守勲大尉が言った。

電探こと電波探信儀のことは、秋彦も知っている。精度にはやや難があるものの、目標の探知距離は夜戦見張員よりも遥かに大きく、安定した性能が得られるようになれば、夜戦の切り札となり得る存在だということも。

横須賀工廠や呉工廠では、日米戦争や日英戦争が勃発した場合に備え、戦艦、空母といった主力艦艇への装備が進められているとの情報もある。

英国は、電探を装備した戦艦を極東に送り込んで来たのか。

秋彦の思考は、見張員の報告で中断された。

再び強烈な閃光が、右舷前方の海面に走り、見張員の絶叫が飛び込んだ。

「敵艦発砲！」

見張員の報告に続いて、

「『那珂』より信号。『全軍突撃セヨ』」

と、信号員が報せる。

「両舷前進全速！」

を、秋彦は下令した。

さすがは司令官、決断が早い——と、胸中で呟いた。

戦闘は、既に始まっているのだ。敵がどのような武器を持つにせよ、今は戦って勝つことだ。

「那珂」が真っ先に加速し、九駆の司令駆逐艦「朝雲」も、周囲の海面を激しく湧き立たせ、速力を上げている。

秋彦の「山雲」も、遅れてはいない。

機関音が急速に高まり、艦が加速される。周囲の海面が激しく泡立ち、風切り音が艦橋を包む。

「『夏雲』『峯雲』、本艦に後続します。二駆、後続します」

後部見張員が報告する。

二駆の「村雨」「夕立」「五月雨」は魚雷を使い果たしているため、雷撃は実施できない。一二・七センチ主砲で、「那珂」と九駆を援護するつもりなのだ。

敵弾の飛翔音が、報告に重なる。

吊光弾の光の下、「那珂」と「朝雲」の間に四本の水柱が奔騰し、しばし「那珂」の姿を隠す。

「朝雲」が、林立する水柱をかわそうともせず、加速しながら突っ込んでゆく。

崩れる膨大な海水の向こうに、しばし「朝雲」の姿が消える。束の間、艦が轟沈したかと思わされるが、水柱が完全に崩れ去ったとき、「那珂」「朝雲」の二艦は、変わることなく突撃を続けている。

秋彦の「山雲」が着弾地点に達したときには、水柱は完全に崩れ去り、朦気《もうき》だけが立ちこめている。

その朦気の中を、「山雲」は最大戦速で突っ切ってゆく。

不意に、航空機のエンジン音が聞こえ始めた。

「山雲」の頭上を、左から右に通過し、前方へと遠ざかってゆく。

一機だけではない。二機目、三機目が続けて通過する。

第六戦隊の重巡三隻が、水偵を発進させたのだろう。遠からず、敵の頭上にも吊光弾が投下されるはずだ。

敵戦艦が第三射を放つ。

発砲の瞬間、閃光が水平線や敵戦艦の艦影を、くっきりと浮かび上がらせる。

今度の射弾は、「那珂」の右舷側海面にまとまって落下する。

射撃精度は、良好とは言えない。夜間に一万メートル以上の砲戦距離では、優秀な戦艦の砲術科員でも、正確な射撃は望めないのかもしれない。

「敵距離一三〇《ヒトサンマル》（一万三〇〇〇メートル）！」

見張員が報告を送る。

敵戦艦が第四射を放ち、右前方から飛翔音が迫る。

今度の射弾も全て外れ、海面を抉っただけに終わる。

「那珂」から、「砲撃始め」の命令は来ない。第六戦隊の重巡三隻も、まだ砲撃を開始しない。

およそ三〇秒置きに巨弾が落下する中、重巡三隻、軽巡一隻、駆逐艦七隻の部隊は、敵戦艦との距離を詰めるべく、真一文字に突き進んでゆく。

（一杯食わされたな、我が軍は）

突進する「山雲」の艦橋に仁王立ちとなったまま、秋彦は敵の意図を察知している。

目下第二艦隊と戦っている英艦隊は、おそらく陽動のための部隊だ。

今、遣泰部隊の前に出現した戦艦こそが敵の本隊であり、三亜港攻撃の任務を担っている。

おそらく敵の本隊は、陽動部隊に先行して迂回《うかい》航路を取り、海南島の北側に回り込んだのだろう。

海南島の航空部隊が、敵の本隊を発見できず、迎撃態勢を整えられなかったのは、痛恨の失敗と言う他はない。

見張員が報告した敵は、戦艦一隻、駆逐艦四隻。他にも、未発見の敵艦がいるかもしれない。

一方遣泰部隊は、重巡三、軽巡一、駆逐艦七。

三隻の重巡は、竣工した当初、

「八〇〇〇トンクラスの巡洋艦としては、類を見ない強力な兵装を持つ艦」

として、世界の海軍関係者を驚嘆させた古鷹型と、その改良型である青葉型だが、火力は妙高型、鳥海型より劣る。

四水戦旗艦「那珂」と七隻の駆逐艦は、魚雷を二〇本しか使えない。

戦艦を擁する強大な敵に、太刀打ちできる戦力ではない。

唯一の勝機は、一度だけの機会を生かすことだ。

「那珂」と駆逐艦七隻が、敵戦艦の内懐に飛び込み、二〇本の魚雷を発射できれば、敵を撃沈し、三亜港を守れる可能性がある。

ここは西村四水戦司令官の采配《さいはい》を信じ、突撃するしかない。

敵戦艦は第五射を放つ。

敵弾の飛翔音が轟き、「那珂」の左舷側海面に巨大な水柱が奔騰する。

一本は、かなり近い。

五五〇〇トン型軽巡の中では、最も艦齢が若い「那珂」だが、基準排水量五一九五トンの軽巡にとっては、至近弾であってもかなりの打撃になったはずだ。

「敵距離一二〇《ヒトフタマル》！」

の報告が飛び込んだとき、今度は敵艦隊の頭上に吊光弾の光がきらめいた。

青白い光が上空から降り注ぎ、敵戦艦を照らし出す。

双眼鏡を向けたが、艦型ははっきり分からない。

ただ、非常に長大な艦体を持つようだ。


「旗艦より受信。『正面ニ敵駆逐艦八』」

通信長斎藤公明大尉が報告を上げる。

「出て来やがったか！」

秋彦は舌打ちした。

未発見だった四隻の駆逐艦が、最初に発見された四隻と共に、戦艦を雷撃から守るべく、四水戦の前方に立ち塞がったのだ。

不意に、「山雲」の左舷前方に発射炎が閃いた。

逆光が、艦のシルエットを浮かび上がらせた。

第六戦隊の重巡三隻――「衣笠」「加古」「古鷹」が、第一、第二砲塔をもって砲撃を開始したのだ。

発射炎は、非常に明るい。

三隻とも、各砲塔一門ずつの交互撃ち方ではなく、最初からの斉射を選択したようだ。

秋彦は、敵戦艦に視線を転じた。

重巡の二〇センチ主砲でも、当たりどころによっては戦艦に打撃を与えられる。

艦橋トップの測距儀や通信アンテナ等、軍艦に不可欠でありながら、防御力皆無の部位があるからだ。

期待を込めて、秋彦は弾着の瞬間を待った。

だが、敵戦艦の艦上に、直撃弾炸裂の爆炎が躍ることはなかった。

替わりに、見張員の報告が飛び込んだ。

「敵駆逐艦の周囲に弾着確認！　六戦隊は、駆逐艦を攻撃しています！」


砲撃目標を敵駆逐艦に定めるよう、第六戦隊の各艦に指示を出したのは、「衣笠」艦長沢正雄大佐だった。

遣泰部隊が敵戦艦に打ち勝ち、三亜港を守るには、四水戦の雷撃を成功させるしかない。

その四水戦の前には、八隻の敵駆逐艦が立ち塞がっている。

ならば、敵駆逐艦を重巡三隻の二〇センチ砲で掃討しようと考えたのだ。


沢は砲術の専門家であり、砲術学校高等科学生を修了した後は、駆逐艦「沖風《おきかぜ》」、重巡「衣笠」、戦艦「陸奥」「山城《やましろ》」などで砲術長を務めた経験を持つ。

それだけに、重巡の二〇センチ砲が戦艦に対してどれほど無力か、よく分かっている。

戦艦を狙うよりは、敵駆逐艦を掃討して四水戦の突撃を支援するのが、現状では最も合理的な戦い方だと、沢は判断していた。

最大戦速で突進しながら、「衣笠」は第二斉射を放った。

発砲の瞬間、右舷前方に向けて発射炎が噴き延び、二〇センチ砲弾四発の発射に伴う反動が、艦首から艦尾までを貫いた。

沢が砲術長として乗艦したことがある「陸奥」や「山城」の斉射ほどではないにせよ、二〇センチ主砲発射に伴う衝撃も、決して小さなものではない。

発射のたび、重い衝撃が下から突き上げ、内臓を揺さぶられるような心地がする。

後方からも、二〇センチ主砲の砲声が届く。

「加古」「古鷹」が、沢の命令通り、敵駆逐艦を狙って砲撃を行っているのだ。

「衣笠」の第二斉射弾が、敵駆逐艦一番艦の正面に落下し、四本の水柱を噴き上げる。

数秒の時間差を置いて、敵二番艦、三番艦の近くにも、弾着の水柱がそそり立つ。

太さも、高さも、敵戦艦の主砲弾が噴き上げる水柱には遠く及ばない。

それでも敵駆逐艦の手前に落下した射弾は、束の間敵艦の姿を隠すほど大量の海水を、宙に奔騰させている。

「衣笠」が第三斉射を放った直後、右舷側を並進している「那珂」の艦上にも発射炎が閃いた。

逆光が、小振りな艦橋やその後方にそびえる三脚檣、川内《せんだい》型軽巡の特徴である四本の煙突などを、海上に浮かび上がらせた。

「九駆、撃ち方始めました！」

の報告が、後部見張員より上げられる。

敵駆逐艦の艦上にも、発砲の閃光がきらめく。

大小の砲弾が飛び交い、大気を轟々と震わせ、弾着時の衝撃や水中爆発に伴う爆圧が、海面を嵐のように沸き返らせる。

敵戦艦も、依然「那珂」を標的に、砲撃を続けている。

巨弾に特有の飛翔音が夜空を圧して轟き、「那珂」の周囲の海面が大きく盛り上がり、弾ける。

白い巨木さながらの水柱が四本、凄まじい勢いで奔騰し、崩れる海水が「那珂」の頭上から降り注ぐ。

一度ならず、「那珂」の至近距離に落下する敵弾もある。

艦底部から突き上げる爆圧は、「那珂」の艦体を相当に痛めつけているはずだ。

一発でも直撃すれば、その瞬間「那珂」は終わる。

基準排水量五一九五トンの軽巡など、文字通り消し飛ぶであろう。

それでも「那珂」は、速力を緩めたり、回避したりする様子がない。

指揮官先頭の言葉通り、四水戦の陣頭に立ち、七隻の駆逐艦を引き連れて、最大戦速で突進してゆく。

最初の直撃弾は「衣笠」が得た。

斉射四回までは空振りを繰り返したが、第五斉射の弾着と同時に、敵一番艦の前甲板に直撃弾炸裂の爆炎が躍り、塵のように見えるおびただしい破片が舞い上がった。

「よし！」

沢は、満足の声を上げた。右の拳を握り締め、打ち振った。

砲術出身の艦長として、射撃訓練には特に力を入れてきた身だ。

こと砲戦の実力では、第六戦隊でも一番と信じている。

その「衣笠」が最初に直撃弾を得たのは、沢にとって大きな喜びだった。

「衣笠」は、第六斉射を放った。

四門の砲口から新たな火焔がほとばしり、右舷側海面が赤く染まる。砲声が甲板上を駆け抜け、発射の反動が艦を揺さぶる。

四発の二〇センチ砲弾は、夜の海面を一飛びし、敵一番艦の左右に水柱を噴き上げ、艦上に爆炎を躍らせる。

今度の命中箇所は、艦の後部だ。

主砲塔を直撃したのか、砲身とおぼしき細長いものが舞い上がり、引き裂かれた鋼鈑が、薄紙のように吹き飛ばされる。

直後、敵二番艦の艦上にも直撃弾の爆炎が躍る。

後続する「加古」が、「衣笠」に続いて直撃弾を得たのだ。

「加古」艦長高橋雄次大佐は、沢の江田島同期であり、沢と同じ砲術の出身だ。訓練でも、互いにしのぎを削り、砲術の腕を競い合ってきた。

「衣笠」が直撃弾を得た以上、「加古」も早期に直撃弾か挟叉弾を得るだろう——と思っていたが、予想通りの結果になったのだ。

「衣笠」の主砲が、更に吼《ほ》え猛る。

四発の二〇センチ砲弾が敵一番艦に殺到し、左右両舷に水柱を噴き上げ、艦上に爆炎を躍らせる。

数秒後、「加古」の射弾が敵二番艦を捉える。中央部に直撃弾炸裂の閃光が走り、何か大きなものがちぎれ飛ぶ様が見える。

続いて、敵三番艦の艦尾付近にも火焔が躍る。「衣笠」「加古」に続いて、「古鷹」も直撃弾を得たのだ。

「うまいぞ」

沢は微笑した。

この調子で敵駆逐艦を掃討していけば、四水戦に道を開くことができるはずだ。

敵戦艦が出現した時点では、彼我の圧倒的な力の差に、敗北と自身の戦死を覚悟したが、勝利への希望が見えてきた。

「目標、敵四番艦」

沢は、射撃指揮所に詰めている砲術長唐島辰雄少佐に指示を送った。

敵一番艦には、二〇センチ砲弾三発を直撃させ、戦闘力を大幅に削《そ》いだはずだ。目的は、あくまで四水戦の突入支援なのだから、一番艦に止《とど》めを刺すよりも、新たな敵駆逐艦を叩く方が有効だ。

「衣笠」の主砲が、しばし沈黙する。

その間、「加古」「古鷹」は砲撃を続行する。

敵二、三番艦が林立する水柱に囲まれ、艦上に新たな爆炎が躍る。

不意に、

「『那珂』被弾！」

の報告が飛び込んだ。

沢は息を呑んだ。

距離が縮まった分、射撃精度が上がるのは、敵にとっても同じだ。

敵戦艦の巨弾が、とうとう「那珂」を捉えたのか
——と思った。

そうではないことは、すぐに判明した。

「那珂」は後甲板から火災炎をなびかせているものの、なお全速航進を続けている。

「那珂」に命中したのは、敵戦艦の巨弾ではなく、駆逐艦の小口径砲弾だったようだ。

「那珂」に対する敵戦艦の砲撃は、いつの間にか止んでいる。

「もしや……?」

不吉な予感を覚え、沢は敵戦艦に双眼鏡を向けた。

同時に、敵戦艦の艦上に発射炎が閃き、艦影を瞬間的に浮かび上がらせた。

巨弾の飛翔音が轟き、急速に接近する。

沢が大きく目を見開いたとき、飛翔音は「衣笠」の頭上を通過した。

左舷側の海面が沸き返り、四本の巨大な水柱が噴き上がった。

爆圧が艦底部を突き上げ、基準排水量九〇〇〇トンの艦体が激しく揺さぶられた。


「来たか……!」

沢は、呻き声を上げた。

敵戦艦は、「衣笠」に牙《きば》を剝いた。

三隻の重巡が、駆逐艦を掃討しつつあるのを見て、主砲をこちらに向けてきたのだ。

「敵戦艦はフッド級!」

見張員が敵の艦型を見抜き、報告する。

三八センチ砲装備の巡洋戦艦から、四〇センチ砲装備の戦艦に生まれ変わった艦だ。

遣泰部隊は、帝国海軍の加賀型、長門型が長年ライヴァルと目してきた戦艦と砲火を交える羽目になったのだ。

「六戦隊目標、敵戦艦!」

沢は、大音声で下令した。

重巡の二〇センチ主砲は、戦艦に通用しない。だから駆逐艦を——との考えは、この瞬間、沢の脳裏から消え去っている。

自艦に砲門を向けている相手を放置し、他の目標を叩く気にはなれない。

それに、相手が四〇センチ砲装備の戦艦だろうと、砲の門数では第六戦隊が上回るのだ。上部構造物を損傷させ、戦闘不能に追い込むことは、不可能ではないはずだ。

「衣笠」の主砲が、しばし沈黙する。

目まぐるしい目標の変更に、射撃指揮所は大童《おおわらわ》だろうが、今は止むを得ない。

「衣笠」の主砲が新たな目標に向けて火を噴くより早く、敵戦艦の艦上に第二射の発射炎が閃く。

再び巨弾の飛翔音が迫り、「衣笠」の頭上を圧する。

今度は右舷側に着弾し、巨大な水柱が「衣笠」と敵戦艦の間を遮る。

敵弾のうち、一発は至近距離に落下し、水中爆発の衝撃が突き上げる。束の間、艦が上に持ち上げられたかと錯覚するほどの衝撃だ。

ようやく照準を完了したのだろう、「衣笠」の二〇センチ主砲が、新たな目標に向けて撃ち始めた。

後方で、「加古」と「古鷹」の砲声も轟いた。

第一斉射では、まだ命中弾はない。敵戦艦の艦上に、爆炎は確認できない。

敵戦艦の艦上に、第三射の発射炎が躍る。

「衣笠」も敵戦艦への第二斉射を放つ。

夜空に飛翔音が轟き、「衣笠」の頭上を圧する。

それが消えると同時に、弾着の衝撃が来る。

今度は「衣笠」の左右両舷に、二本ずつの水柱が噴き上がった。

水中爆発の衝撃は、これまでで最大だ。「衣笠」の艦体は激しく振動し、金属的な叫喚を放つ。

真下からの爆圧だけで、艦が分解してしまうのではないかと錯覚するほど強烈な一撃だった。

「喰らった……！」

沢は呻き声を発した。

敵戦艦は、第三射にして挟叉弾を得た。

次からは、斉射弾が飛んで来る。

「蛇行《だこう》だ。敵弾を回避する！」

沢は、航海長松島久少佐に命じた。

「取舵一杯！」

松島が、大音声で操舵室に下令する。

だが、舵はすぐには利かない。「衣笠」は、依然最大戦速で直進を続けている。

沢には、艦が破局に向かって突撃しているように感じられた。

舵の利きを待つ間に、「衣笠」は第三斉射を放った。四門の砲口から、火焔がほとばしり、砲声が甲板上を駆け抜けた。

敵戦艦の艦上に、新たな閃光がきらめいた。

「衣笠」への第一斉射だ。

舵は、まだ利かない。「衣笠」は、直進を続けている。

「間に合わん……！」

沢の口から、絶望の呻きが漏れた。

敵弾の飛翔音が、急速に迫ってきた。


奔騰する多数の水柱に「衣笠」が包み込まれる様は、「山雲」の艦橋からもはっきり見えた。

「山雲」駆逐艦長須磨秋彦中佐は、息を呑んでその光景を見つめた。

青葉型重巡は、帝国海軍が保有する重巡の中では、古鷹型に次いで軽量・小型の艦だ。

その艦に戦艦の巨弾が直撃すれば、跡形もなく吹き飛ぶのではないかと思われた。

水柱が、滝のような音を立てて崩れ、「衣笠」が姿を現す。

被弾の跡は見られない。

敵弾は「衣笠」を挟叉しただけで、直撃はしなかった様子だ。

「衣笠」は、左舷側に回頭しつつある。沢艦長は、転舵によって敵弾を回避するつもりだ。

「愚図愚図できんな」

秋彦は、敵戦艦に視線を転じた。

「衣笠」は、最高速度三三・四ノットを発揮できるが、駆逐艦ほど機敏には動けない。敵戦艦の巨砲から、いつまでも逃げ続けられるとは思えない。

そして敵戦艦がフッド級であることは、江守航海長が見抜き、報告している。帝国海軍の長門型戦艦と同等の火力を持つ、恐るべき強敵だ。

「衣笠」が致命的な一撃を浴びる前に、雷撃を成功させねばならなかった。

敵戦艦は、右舷前方に見えている。

針路は一八〇度。四水戦とは、直角に交わる格好だ。

敵駆逐艦は、戦艦と同じく針路を一八〇度に取り、戦艦の左舷前方に展開して、繰り返し射弾を浴びせてくる。

自らの艦体を楯にして、戦艦を守ろうとしているようだった。

敵駆逐艦は、重巡三隻の砲撃によって、三隻が火災を起こし、戦列外に去っている。

残った五隻のうち、一隻が「那珂」の砲火を浴び、落伍しかかっている。

戦力が半減しても、敵駆逐艦は退く様子を見せない。前部と後部に発射炎を閃かせ、射弾を浴びせてくる。

敵弾一発が「那珂」に命中する。右舷側甲板に爆炎が躍り、黒々とした塊《かたまり》がちぎれ飛ぶ。

続けてもう一発が命中する。

今度は艦首付近に命中したのか、艦橋の向こう側に、爆発光がきらめく様が見える。

敵駆逐艦は、「那珂」に砲撃を集中すると決めたようだ。

「まだですか、司令官？」

口中で、秋彦は問いかけた。

西村司令官の意図は、手に取るように分かる。

敵戦艦にぎりぎりまで肉迫して面舵に転舵し、すれ違いざまに魚雷を発射するつもりであろう。

ただし、「那珂」がそれまで保つかどうか分からない。

　基準排水量五一九五トンの軽巡とはいえ、防御力は「駆逐艦より多少はまし」という程度だ。駆逐艦の小口径砲弾であっても、当たりどころによっては致命傷を受けかねない。

　そうなる前に、変針を命じて欲しかった。

「敵距離八〇《ハチマル》（八〇〇〇メートル）！」

の報告が上げられる。

　変針命令は、まだ来ない。

　四水戦は「那珂」を先頭に、直進を続けている。

　右舷前方に、巨大な閃光が走る。

　敵戦艦が、「衣笠」に向けて新たな射弾を放ったのだ。

　発射炎が消えた直後、「那珂」に新たな一発が命中する。

　被弾箇所は、今度も前部のようだ。艦橋の向こう側に、爆発光が見える。

　四水戦も応戦する。

　九駆の先頭に立つ「朝雲」が砲撃し、秋彦の「山雲」も砲声を轟かせる。後続する「夏雲」「峯雲」も撃ち、二駆の三隻も、敵駆逐艦に射弾を撃ち込む。

　効果はない。敵駆逐艦の残存四隻の艦上に、爆発光は見られない。

　敵は四水戦に対し、丁字を描く形になっているため、四水戦の各艦は、前部の主砲しか使えないのだ。

　しかも帝国海軍の駆逐艦は、前方に対して一番主砲しか使用できない構造になっている。

　九駆の朝潮型駆逐艦も、二駆の白露型駆逐艦も、一度に二発しか発射できないのだ。

　早期に直撃弾を得ることは、望めそうにない。

　それでも、各艦は撃つ。

　一番主砲が吼え、九駆と二駆、合わせて一四発の一二・七センチ砲弾が、敵駆逐艦に殺到する。

「那珂」に、新たな一弾が命中する。

　後甲板に閃光が走り、黒く長いものが根元から引きちぎられ、空中高く舞い上がる。

敵弾は、「那珂」の射出機を破壊したのだ。

相次ぐ被弾にも関わらず、「那珂」が速力を落とすことはない。

敵駆逐艦の一二・七センチ砲弾は、「那珂」の上部構造物や艦体を傷つけることはあっても、艦の心臓部である缶室にまでは、被害を及ぼしていないのだ。

ただ、「那珂」の主砲はとうに沈黙している。前部への相次ぐ被弾により、右舷前方に指向可能な一番主砲と四番主砲が破壊されたのであろう。

「敵距離六〇《ロクマル》（六〇〇〇メートル）」

の報告が上げられる。

敵戦艦の艦影は、右舷前方に見えている。

そろそろ、変針の命令が来てもいい頃だ。

「まだか？」

秋彦が口中で独語したとき、「那珂」の艦上に複数の閃光が走った。

一四センチ主砲の砲身とおぼしき細長いものが、くるくると回転しながら吹き飛び、甲板や舷側からおびただしい破片が散った。

炎が甲板上をのたうち、艦橋を舐《な》めた。

煙突が損傷したのか、甲板上に黒い排煙が溢れ、後ろに長い尾を引いた。

これまでのように一発ずつではない。

複数の一二・七センチ砲弾が、同時に「那珂」を襲ったのだ。

「『那珂』速力低下。取舵！」

見張員が報告した。

「那珂」の艦上で躍る炎が、近づいたように見える。

これまで無事だった缶室にも、被害が及んだのかもしれない。

「那珂」の艦橋後部に、信号灯の光が点滅した。

これが今回の海戦において、「那珂」が送る最後の信号になる――と、秋彦は直感した。

旗艦が滅多打ちにされる中、西村司令官は、なお職責を果たそうとしている。

「我、航行困難ニ陥レリ。各艦ハ我ヲ省ミズ敵ヲ撃滅セヨ」

と、信号員が報告した。

直後、今度は「朝雲」の信号灯が点滅した。

意味は、信号員が報告せずとも分かる。

「我、四水戦ノ指揮ヲ執ル」以外のものではあり得ない。

落伍してゆく「那珂」を横目に見つつ、九駆の司令駆逐艦「朝雲」は陣頭に立ち、速力を緩めることなく突進してゆく。

炎上する「那珂」が、左舷前方より左正横へと移動する。

ちらと、秋彦は「那珂」を見やった。

想像していた以上の損害だ。

四本の煙突のうち、一番煙突以外の三本が消失し、前部四基の一四センチ単装主砲は、ことごとく破壊されている。

甲板上で跳梁《ちょうりょう》する炎は、真っ赤な舌のように艦橋の基部を舐めている。

「那珂」が死角に入り、見えなくなった直後、唐突にそれは起きた。

左舷後方に、これまでに見たこともない巨大な閃光がきらめき、「山雲」の前甲板を照らし出した。

若干遅れて、間近に落雷したような凄まじい炸裂音が届いた。

「『那珂』轟沈！『夏雲』落伍します！」

後部見張員が、ほとんど絶叫と化した声で報告した。

（司令官……！）

秋彦は、強い胸の痛みを覚えた。

西村四水戦司令官も、司令部の幕僚たちも、おそらく助かる見込みはない。「那珂」乗員のほとんどもだ。

「那珂」は、先頭に立って敵弾を引きつけることで四水戦の駆逐艦を守り、敵戦艦雷撃の道を開いたのだ。

秋彦は顔を上げ、正面を見据えた。

「夏雲」が「那珂」の大爆発に巻き込まれたことで、雷撃可能な艦は三隻に減ってしまったが、今やこの戦闘は、西村司令官と「那珂」乗員の弔い合戦になった。「那珂」の犠牲に報《むく》いるためにも、雷撃を成功させねばならない。

敵の射弾は、「那珂」に替わって陣頭に立った「朝雲」に集中している。

今のところ、直撃弾はない。敵弾は、「朝雲」の周囲に弾着の飛沫を上げるだけだ。

だが、距離が接近していることを考えれば、直撃弾はすぐに出る。

もはや猶予はならなかった。

「朝雲」の艦橋で、信号灯が点滅した。

「『朝雲』より信号。『戦隊針路〇度。魚雷発射始メ』」

信号員が報告した。

直後、「朝雲」は艦首を大きく右に振った。

「面舵一杯」

「面舵一杯！」

秋彦が下令し、江守航海長が操舵室に伝える。

「山雲」はしばし直進を続けた後、艦首を大きく右に振る。

右前方に見えていた敵駆逐艦と、その背後にそびえる敵戦艦が左に流れ、正面へ、左舷前方へと移動してゆく。

敵の砲火が「朝雲」だけではなく、「山雲」にも向けられる。

艦の前方に、左舷側に、弾着の飛沫が次々と上がる。

駆逐艦だけではなく、戦艦も副砲以下の砲を動員し、砲撃しているようだ。

巨大な艦橋や煙突の脇に、多数の発射炎が躍っている。

敵弾が唸りを上げて飛来する中、

「魚雷発射始め！」

を、秋彦は下令した。

若干の時を経て、

「魚雷発射完了!」

水雷長児玉次郎大尉が報告を上げた。

九・二九事件では未使用に終わった二番発射管の魚雷四本が、海面に躍り出したのだ。

それも、あのときとは比較にならない大物を目がけて。

「目標、敵駆逐艦。砲撃始め!」

秋彦は、射撃指揮所に詰めている砲術長柿崎民雄《かきざきたみお》大尉に命じた。

今度は反航戦だ。これまでとは異なり、後部の二番、三番主砲も、敵を射界に収めている。

前甲板に閃光が走り、左舷側に向かって火焰が噴き延びた。前後で響いた砲声が、「山雲」の艦橋を包んだ。

「『峯雲』撃ち方始めました。二駆各艦、撃ち方始めました」

後部見張員が、僚艦の動きを報告する。

その声に、敵弾の飛翔音が重なる。

「山雲」の左舷側に、正面に、敵弾落下の飛沫が噴き上がり、奔騰する海水が艦体に降りかかる。

一度ならず、至近距離への弾着があり、「山雲」の艦体が僅かに震える。

「もう遅い」

自艦や僚艦の砲声と敵弾の飛翔音を聞きながら、秋彦は唇を吊り上げた。

こちらは、既に雷撃を終えた。

四本の九三式六一センチ魚雷は、敵戦艦の下腹を食い破るべく、暗黒の海面下を四八ノットの雷速で突進している。

仮に今、九駆、二駆の全艦が撃沈されたとしても、魚雷を阻止することはできないのだ。

「那珂」と「夏雲」は雷撃の機会を失ったものの、発射雷数は合計一二本。

九・二九事件では、雷撃を失敗しただけに、今度こそは——との思いがあった。

「山雲」が敵駆逐艦と砲火を交わす中、秋彦は敵戦艦を凝視した。
　間もなく訪れる勝利の瞬間――フッド級の舷側に巨大な水柱が噴き上がる様が脳裏に浮かんだ。

7

　戦艦「フランシス・ドレーク」艦長スティーブン・リーガル大佐は、敵駆逐艦の一番艦が面舵を切り、反航戦に入った時点で、魚雷が発射されたものと判断した。

「取舵一杯。魚雷に正対する！」

「駆逐艦に報せよ。『敵ハ魚雷ヲ発射セリ』」

　二つの命令を、リーガルは発した。

　状況は切迫していたが、落ち着いた声で、一語一語の意味を確認するようにはっきりと命じた。

「取舵一杯。針路九〇度！」

　航海長レオン・ホワイト中佐が操舵室に命じる。

　舵輪は目一杯回されたであろうが、「ドレーク」は、すぐには艦首を振らない。

「大丈夫だ。回頭は間に合う」

　リーガルは、艦橋内の全員を安心させるように言った。

　敵一番艦との距離は、約四〇〇〇メートル。

　日本軍が使用している魚雷の雷速は不明だが、四〇ノットとした場合、「ドレーク」に到達するまでには約三分を要する。

　それまでには回頭を終え、魚雷に艦首を向けているはずだ。

　以後、被雷を免れるかどうかは、神の思し召しに任せる以外にない――と、リーガルは腹をくくっていた。

　敵駆逐艦は、次々と「ドレーク」の左舷前方で回頭し、第二一駆逐隊《DDG21》のトライバル級駆逐艦四隻と撃ち合いながら、反対方向へと離脱してゆく。

「ドレーク」は、依然直進を続けている。

前部の第一、第二砲塔は、逃げ回る日本軍の重巡を撃ち続けており、左舷側の一四センチ単装砲、一〇・二センチ連装高角砲は、敵駆逐艦を目標に砲撃を続けている。

雷撃を終え、離脱しようとしている敵駆逐艦の一隻に、直撃弾炸裂の閃光が走る。

後甲板から、引き裂かれた鋼鈑とおぼしきものが吹き飛ぶ様が見えたが、駆逐艦は速力を落とさず、離脱してゆく。

続けて後続艦の中央に、一発が命中する。これも致命傷となった様子はない。敵駆逐艦は、火災煙をなびかせながらも速力を緩めず、「ドレーク」から遠ざかってゆく。

「惜しいな」

と、リーガルは呟いた。

敵の被弾箇所は、魚雷発射管が位置するあたりだ。雷撃前なら、魚雷を誘爆させ、轟沈に追い込んだ可能性が高い。

雷撃を終えた後での直撃弾は、空になった発射管を破壊しただけだ。被害はせいぜい小破であり、沈没とはほど遠い。

「ドレーク」の主砲を、戦闘開始の時点で敵重巡に向けておかなかったことが悔やまれる。

最初から敵重巡を砲撃しておけば、駆逐艦三隻が敵重巡に撃破されることはなく、敵水雷戦隊の雷撃を阻止できたかもしれない。

だが、今は被雷を防ぐことが第一だ。今回の失敗は戦訓として、次に生かせばよい。

そう考え、左舷側の海面を見つめた。

取舵を命じてから一分を過ぎたところで、ようやく「ドレーク」は、艦首を左舷側に振り始めた。

敵重巡が右に流れて視界の外に消え、敵駆逐艦が正面に移動する。

主砲も、副砲も、高角砲も、しばし沈黙する。

艦が九〇度を向いたところで、

「戻せ。舵中央!」

ホワイト航海長が下令した。

「ドレーク」が描く円弧が緩やかになり、艦が直進に戻った。

速力は緩めない。

全長二六二・三メートル、全幅三二メートル、基準排水量四万七六〇〇トンの巨体は、二七・五ノットの最大戦速で航進を続けている。

魚雷への対向面積を最小にして、被雷確率を下げるばかりではなく、全速航進に伴う水圧で、魚雷を弾き飛ばすのだ。

魚雷が斜め前方から突っ込んで来た場合には、被雷箇所の水圧が大きくなり、被害を拡大させる危険があるが、そこは運次第だった。

「DDG21、左一斉回頭！」

「何だと？」

見張員の報告に、思わずリーガルは声を上げた。

変針前、「ドレーク」の左舷前方を進んでいた駆逐艦は、「ドレーク」の正面に占位する形になる。

艦そのものをもって、「ドレーク」を魚雷から守る態勢だ。

「馬鹿なことは止めろと言え！」

リーガルは怒鳴った。

「ドレーク」の巨体なら、数本の被雷にも耐えられるが、駆逐艦はそうはいかない。魚雷一本の命中で、轟沈する可能性もあるのだ。

無線と発光信号の両方で、四隻の駆逐艦に「避退サレタシ」が伝えられる。

だが、DDG21の四隻が避退行動に移る様子はない。

「ドレーク」の針路を塞ぐような形で前進して来る。

リーガルはDDG21の破局を予感したが、目は背《そむ》けなかった。

「ドレーク」を救うため、自らを犠牲にしようとしている駆逐艦の姿を見つめ続けた。

予想に反し、駆逐艦四隻の舷側に巨大な水柱が奔騰することはなかった。

　敵一番艦が魚雷を放ったと思われる時刻から一分が経過し、二分が経過しても、何も起こらない。

　四隻の駆逐艦は、「フッド」の面前を横切り、左舷前方へと移動してゆく。

「そうか！」

　何が起きたのかを、リーガルは悟った。

　日本軍の駆逐艦は、「ドレーク」の喫水《きっすい》に合わせ、魚雷の深度を深めに調定したのだ。敵の魚雷は、駆逐艦の艦底の下をくぐり抜けたに違いない。

「脅威はこれからだ」

　リーガルは呟いた。

　敵の魚雷は、なお「ドレーク」を目指して航走中なのだ。

　魚雷が到達する前に変針したものの、被雷を免れるかどうかはまだ分からない。

　リーガルは、暗黒の海面を見つめた。

　吊光弾のおぼろげな光の下、今にも白い航跡が視界に入り、「ドレーク」に向かって来るのではないか、という気がした。

　衝撃は、まったく唐突に襲って来た。

　右舷側の艦首付近に巨大な火焰が湧き出し、水柱が凄まじい勢いで突き上がった。

　基準排水量四万七六〇〇トンの巨体が、束の間仰け反ったように感じられ、リーガルを初めとする艦橋内の要員は、全員が大きくよろめいた。

　艦内には、警報音がけたたましく鳴り響き、最大戦速で航進していた「ドレーク」は、みるみる速力を落とし始めた。

「右舷艦首に被雷。応急班急げ！」

　リーガルは、ダメージ・コントロール・チームのチーフを務めるジム・ソレンセン大尉を呼び出し、大音声で命じた。

「信じられん……」

　受話器を置きながら、呻くような声でリーガルは呟いた。

「雷跡」の報告はなく、リーガル自身も雷跡を見ていない。

にも関わらず、「ドレーク」は被雷したのだ。日本軍は、どんな手を使ったのか――と思わないではいられなかった。

しばし、戦場に静寂が戻る。日本艦隊からの、新たな攻撃はない。被雷した「ドレーク」の様子を、見守っているようだ。

「ドレーク」が三亜港砲撃を断念し、引き上げれば、それでよしと考えているようだった。

「被雷箇所は、艦首艦底部の倉庫です」

ほどなく、ソレンセンより報告が上げられた。

リーガルは、安堵の息を漏らした。「ドレーク」の傷は、軽傷ではないが致命傷でもない。

「現在、隔壁の補強作業中です。速力は、最大二〇ノットに抑えて下さい」

「了解した」

ソレンセンの具申に返答し、受話器を置くと、リーガルは砲術長ジン・ルイス中佐を呼び出した。

「主砲、砲撃は可能か？」

「トリムが僅かに狂っていますが、地上目標が相手なら可能です」

「ＯＫ。予定通り、三亜港を砲撃する」

「ドレーク」は、魚雷一本を受けたものの、上部構造物の損害は軽微だ。敵重巡の二〇センチ砲弾による被害は、一四センチ副砲二基と高角砲一基、前甲板の破孔一箇所に留まっている。

八門の四〇センチ主砲は使用可能だし、缶室や機械室にも異常はない。

作戦を中止する理由はなかった。

「三亜港に接近せよ」

リーガルは、ホワイトに命じた。

情報によれば、三亜港の地上部隊は、港湾警備を主任務とする小規模な部隊と、情報収集用の通信隊のみだという。

四〇センチ砲弾を一〇〇発ほど叩き込めば、一掃できるであろう。

「取舵一杯」

ホワイトが、操舵室に命じた。

「ドレーク」が艦首を左に振った。

海南島の稜線が、艦の正面に移動し始めた。

「速力、一八ノットに固定」

「目標までの距離、一万八〇〇〇」

機関長コーリン・ジョンソン中佐とルイス砲術長が報告を上げた。

「砲撃準備！」

を、リーガルは命じた。

夜間の砲戦距離としては少し遠いが、相手は動かない島だ。目標を、外すことはあり得ない。

不意に、敵弾の飛翔音が響いた。「ドレーク」の周囲に、複数の水柱がそそり立った。

「ドレーク」が作戦を継続しようとしているのを見て、日本軍の重巡——アオバ・タイプとフルタカ・タイプが、阻止を試みているのだ。

至近距離に落下した砲弾もあったようだが、水中爆発の衝撃はまったく感じられない。被雷によって傷ついたとはいえ、基準排水量四万七六〇〇トンの巨体は、二〇センチ砲弾の爆発など、歯牙《しが》にもかけていない。

敵巡洋艦の砲撃は、更に続く。

一発が直撃したらしく、後部から炸裂音が伝わる。

「艦長、砲撃目標を変更しますか？」

「放置しておけ」

ルイス砲術長の具申に、リーガルは即答した。

もとは速度性能を重視した巡洋戦艦として設計されたが、装甲を強化し、戦艦に艦種変更された艦だ。巡洋艦の二〇センチ砲弾ごとき、何発喰らおうがこたえるものではない。

むしろ、必死の抵抗を試みる敵巡洋艦の眼前で、三亜港を叩いて見せる方が、日本軍に与える敗北感が大きくなると判断した。

新たな星弾が弾け、三亜港を照らし出す。

おぼろげな光の下では、港湾施設などははっきり視認できないが、艦橋トップの射撃指揮所は、既に狙いを定めているはずだ。

日本艦隊の新たな射弾が殺到する。また一発が命中したらしく、炸裂音が聞こえてくる。

「ドレーク」は、微動だにしない。

リーガルにも、一切の迷いはない。

「砲撃開始《オープン・ファイアリング》」の命令は、喉元までこみ上げている。

それを、一気に吐き出そうとしたときだった。

「緊急信を受信。東洋艦隊司令部からです！」

通信長ケネス・マクラウド少佐が、切迫した声で報告を上げた。

電文の内容を聞くなり、リーガルの口から今しもほとばしらんとしていた命令が凍結した。

須磨秋彦は、呆然として英艦隊の動きを見つめていた。

敵戦艦の主砲は、火を噴かない。

のみならず、面舵を切り、三亜港から離脱しようとしている。

「何のつもりだ、奴ら？」

との呟きが、秋彦の口から漏れた。

――この直前、四水戦は辛くも雷撃に成功した。

敵戦艦との距離を四〇〇〇まで詰め、一本だけではあったが魚雷を命中させた。

九三式六一センチ魚雷は、弾頭部に四九二キロの炸薬を搭載しており、破壊力は戦艦の四〇センチ砲弾より大きい。基準排水量が四万トンを越える戦艦であっても、命中すれば無事では済まない。

敵戦艦は、砲撃を断念して撤退するだろう、と秋彦は確信していた。

ところが敵戦艦は、砲撃を諦《あきら》めなかった。傷ついた身で、なお三亜港を目指した。

全ての魚雷を使い果たした今、四水戦に敵戦艦を阻止する術《すべ》はない。砲によってなら攻撃は可能だが、駆逐艦の一二・七センチ砲弾など、戦艦にとっては、何ほどの有効打にもならない。

フッド級戦艦の四〇センチ砲弾が炸裂し、第四根拠地隊の司令部も、重油タンク、倉庫等の港湾施設も、在泊艦船も、ひとしなみに爆砕されることは、もはや避けられないと覚悟していた。

ところが英艦隊は、勝利を一〇〇パーセント手中に収めながら、その機会を放棄し、避退にかかったのだ。

理解し難い行動だった。

「被雷による浸水に、耐えきれなくなったのでしょうか？」

「可能性は否定できんが……」

江守航海長の意見に、秋彦は曖昧な答を返した。

第六戦隊も、しばし砲撃を止めている。

「衣笠」の沢艦長も、敵の意図を計りかねているのだろう。

敵戦艦は、海南島から遠ざかってゆく。その巨大な艦影が、闇に溶け込むように消えてゆく。

やがて敵艦は、完全に見えなくなった。

三亜港沖の海面には、遺泰部隊の艦艇と、被弾して行き足が止まった英軍の駆逐艦四隻が残された。

「敵が欺瞞《ぎまん》行動を取った、ということはないでしょうか？　一旦立ち去ったように見せかけて、我が軍がいなくなったところで反転、再攻撃をかけてくる、という可能性は？」

「考え難いな」

秋彦はかぶりを振った。

英軍に、そのようなことをする必要性は認められない。敵戦艦は、完全に三亜港を射程内に収めており、艦砲射撃を開始できる態勢を整えていたからだ。

「見張りより艦橋。南方海上の発射炎が消えています」

不意に、報告が上げられた。

秋彦は、南に双眼鏡を向けた。

水平線付近で繰り返し閃いていた発射炎は、見えなくなっている。砲声も聞こえない。

「終わったのか……？」

誰に聞くともなしに、秋彦は呟いた。

第二艦隊の戦力は重巡八隻、軽巡一隻、駆逐艦一二隻。英軍の陽動部隊の戦力は、巡洋艦六隻、駆逐艦八隻。

戦力面で優勢だった第二艦隊本隊が敗北したとは考え難い。

英軍が作戦を中止し、撤退したとしか考えようのない状況だが……。

「通信より艦橋」

斎藤通信長が報告を上げた。「〇〇二六《マルマルフタロク》に、英軍の暗号電とおぼしき通信波を受信しました。内容は不明ですが、シンガポールより発せられたものと思われます」

「〇〇二六《マルマルフタロク》だと？」

秋彦は、時計を見上げた。

現在の時刻から逆算すると、敵戦艦が艦砲射撃を実施すべく、三亜港に接近していた頃だ。


「電文の長さは？」

「英語の単語数にして、一〇語程度と推定されます」

「ふむ……」

秋彦は、しばし思案を巡らせた。

撤収命令と理由の説明を合わせれば、その程度の語数になるかもしれない。

とはいえ、ほぼ勝ちを手中に収めた艦隊に戦闘を中止させ、撤収させるとは尋常ではない。

よほどの重大事がシンガポール、ないし英本国に起きたのか。

秋彦の思考は、信号員の報告によって中断された。

「『衣笠』より信号。『敵ハ撤退セルモノト認ム。四水戦ハ〝那珂〟及ビ英軍艦艇ノ溺者ヲ救助セヨ。可能ナラバ英軍艦艇ノ火災ヲ消火シ三亜港ニ曳航セヨ』」

若干の時間を置いて、今度は「朝雲」から信号が送られた。

「二駆ハ『那珂』ノ溺者ヲ救助セヨ。『峯雲』ハ『夏雲』ノ消火ニ協力セヨ。『朝雲』『山雲』ハ英軍艦艇ノ溺者救助ニ向カウ」

「『朝雲』に返信。『信号了解』」

と、秋彦は命じた。

できることなら、「那珂」の乗員救助か「夏雲」の消火協力を担当したい。

英軍の駆逐艦は、先ほどまで撃ち合っていた憎い敵であり、西村四水戦司令官や「那珂」乗員の仇でもあるのだ。

だが、命じられた以上は従わねばならない。

それに敵兵ではあっても、戦闘が終了した今は、救助を待つ遭難者なのだ。

「取舵一杯。英艦艇の溺者救助に向かう」

秋彦は、江守航海長に命じた。

江守が操舵室に命令を伝え、「山雲」は艦首を大きく左に振った。

停止し、炎上している英駆逐艦の姿が、視界に入った。

「両舷前進微速」

の命令と共に、「山雲」はゆっくりと、炎上している英駆逐艦に向かって、前進を開始した。

8

「本隊より入電。『我、離脱ニ成功』」

戦艦「フランシス・ドレーク」の艦橋に、マクラウド通信長の報告が上げられた。

「やれやれ、何とか脱出してくれたか」

スティーヴン・リーガル艦長は、額の汗を拭った。

実のところリーガルは、「ドレーク」のことよりも、囮《おとりやく》役を引き受けたS部隊本隊のことを心配していた。

四〇センチ砲装備の戦艦が、巡洋艦、駆逐艦のみで編制された艦隊に負ける道理はないが、本隊は日本艦隊の主力よりも弱体だからだ。

本隊を率いたCD8司令官ロイ・マクラリティ少将は、航海術の専門家であり、艦隊運動の指揮に長けている。

おそらく巧みに変針を繰り返し、日本艦隊を引きつけるだけ引きつけたのだろう。

その努力も、シンガポールから届いた緊急信により、全て無駄になったが……。

「東洋艦隊司令部は、どういうつもりなのでしょうね？」

ホワイト航海長が、怒ったような口調で言った。

S部隊は、無傷で引き上げて来たわけではない。

「ドレーク」の護衛を務めていた駆逐艦八隻のうち、DDG20の四隻が犠牲になったし、「ドレーク」自身も敵の魚雷によって、艦首に巨大な破孔を穿たれた。

S部隊本隊も、無傷で離脱できたとは思えない。

少なからぬ将兵が、犠牲となったのだ。

にも関わらず、シンガポールの東洋艦隊司令部は、信じがたい命令を送ってきた。

「作戦ハ中止ス。S部隊ハ三亜港砲撃ヲ取リ止メ『シンガポール』ニ帰投セヨ」

との命令を聞いたとき、リーガルは我が耳を疑った。

「ドレーク」は、三亜港を完全に射程内に捉えていたのだ。

このときリーガルは、悪魔の囁《ささや》きを聞いたような気がする。

戦場における命令の不達や遅延は、珍しいことではない。命令電の受領が遅れたことにして、予定通り三亜港を砲撃すればよい――との誘惑に駆られたのだ。

だがリーガルは、寸前で思いとどまった。

コタバル事件の外交交渉が妥結したのでは――という希望が、脳裏をかすめたのだ。

また、「命令は絶対なり」は、ダートマスの海軍兵学校に入校して以来、繰り返し叩き込まれた軍人の本能だ。

　結局リーガルは命令に従い、ルイス砲術長に砲撃中止を命じて、三亜港から離脱したのだった。

「安全な海域に到達したら、シンガポールに打電しよう。『作戦中止事由ヲ知ラサレタシ』とな」

　リーガルは言った。「暗号電文では、得られる情報も限られるが、おおよそのことは分かるだろう」

　そこまで言ったとき、レーダーマンのチーフを務めるリー・シャロン少佐が艦橋に上がってきた。

「御苦労」

　と、リーガルはねぎらいの言葉をかけた。

「期待していたほどの命中精度を得られず、残念です」

　シャロンは、肩を落とした。「うまく運べば、日本艦隊を一方的に撃滅できたのですが」

「新兵器というのは、そんなものさ。実験室ではうまくいっても、現場では思い通りの性能を発揮できない、なんてことは珍しくない。今回は、一万四〇〇〇メートルという遠距離で日本艦隊を発見し、先制攻撃を加えられただけでも上出来だ」

　シンガポール回航に先立ち、「ドレーク」には新開発の対水上レーダーが装備されている。

　電波の反射によって目標物を探知するだけではなく、得られたデータを主砲の照準にも使用できるというものだ。

　今回の戦闘は、コタバル事件の外交交渉を援護するという政治目的を持つものだったが、リーガルはその目的と併せて、レーダー照準射撃が実戦でどこまで役に立つかを検証しようと考えた。

　海南島沖で、日本艦隊に見舞った第一撃や、アオバ・タイプ、フルタカ・タイプに対する砲撃には、全てレーダー照準射撃を用いた。

　だが、結果は芳しいものではなかった。

　レーダー照準射撃は、命中率が非常に悪く、「ドレーク」は一発の直撃弾も得られなかったのだ。

「レーダーは、敵の早期発見には役立つが、主砲の射撃管制には使用できない」

というのが、当面得られた結論だった。

「水上砲戦では、敵艦の未来位置を予測することが重要になる」

リーガルは、言葉を続けた。「そのためには、目標の現在位置、針路、速度等について、極力正確なデータが得られねばならない。現在のレーダーでは、敵の位置や針路について、ある程度は特定できても、精度には難があるのではないか？」

「おっしゃる通りです」

シャロンは頷いた。「データの正確さにつきましては、従来の光学照準射撃の方が上でしょう」

「少なくとも、レーダーが人間の見張員よりも遠距離から敵を発見できることだけは、実戦の場で確認できたわけだ」

リーガルは、シャロンの肩を叩いた。「射撃管制については、向こうしばらくの間、レーダー照準と従来の光学照準を併用すべきだろう。並行して、レーダーの改良を進め、レーダー照準射撃の精度を上げていく。レーダーの運用結果については、そのように報告しておこう」

——「ドレーク」を中心としたS部隊の別働隊は、日本艦隊の主力と遭遇せぬよう注意を払いながら、なお避退を続けた。

戦闘配置はそのままであり、レーダーマンも、見張員も、周囲の海面を観測し続けたが、敵影が発見されることはなかった。

二時間余りが経過したとき、リーガルは部隊が安全な海域に入ったと判断した。

「東洋艦隊司令部宛、打電せよ。『作戦中止事由ヲ知ラサレタシ』」

と、マクラウド通信長に命じた。

シンガポールからの返信は、およそ三〇分後に受信された。

「オーストラリアで、クーデターが起こったとのことです」

マクラウドが、緊張した声で報告を上げた。

「クーデターだと?」

半ば反射的に、リーガルは聞き返した。

オーストラリアで、英連邦からの離脱を争点とした総選挙が行われたことは知っている。

現時点では、大勢が判明しているであろうことも。

クーデターは、その結果を不満としてのものだろうか?

「詳しい情報は、入っていないのか? そもそもクーデターは、どちらが起こしたんだ? 独立派か、それとも現状維持派か?」

「そこまでは分かりません。分かっているのは、目下キャンベラで市街戦が行われていることと、シドニー、メルボルンでも蜂起《ほうき》があったことだけです」

「……分かった」

とだけ返答し、リーガルは受話器を置いた。

東洋艦隊が作戦を中止した理由が、これではっきりした。

オーストラリアで動乱が起こった今、日本との紛争をこれ以上こじらせるのはまずいと、本国政府が判断したのだ。

「速力は、今しばらく現状のままだ」

リーガルは、ジョンソン機関長に命じた。

今の「ドレーク」は手負いの身だ。帰還を焦《あせ》り、艦首艦底部の損傷を拡大させるわけにはいかない。

少しでも早くシンガポールに戻り、オーストラリアの動乱について詳細を知りたい気持ちはあるが、今は「ドレーク」を無事に帰還させることが最優先だった。

夜の海面を白く切り裂きながら、イギリス最大の巨艦「フランシス・ドレーク」は、四隻の駆逐艦をしたがえ、シンガポール目指してひた走っていた。

第五章　ブリスベーン沖の惨劇

1

昭和一六年一一月一日、海軍少佐須磨文雄は、自身が砲術長を務める戦艦「加賀」と共に、オーストラリアのブリスベーン沖にいた。

前方には、第一水雷戦隊の軽巡「阿武隈《あぶくま》」と駆逐艦八隻、及び赤城《あかぎ》型空母の三番艦「高雄《たかお》」が展開している。

「高雄」のマストには、第二航空戦隊司令官原忠《はらちゅう》一《いち》少将の旗艦であることを示す少将旗が翻っている。

その格納甲板には、航空機は一機もない。替わりに、オーストラリアより引き上げた在留邦人が収容されている。

英連邦からの独立とアメリカとの同盟締結を争点として、一〇月一二日に行われた総選挙は、一〇月一三日の朝には開票が終わり、独立を主張する労働党が勝利を収めた。

オーストラリア全土は、歴史的な政策転換に沸いたが、その日の夜、オーストラリア連邦総督が軍の最高指揮権を発動した。

連邦総督アレグザンダー・ホア＝ラヴスンは、

「選挙結果には、アメリカ合衆国の介入によって歪《ゆが》められた形跡がある。このような不正を見過ごすことはできぬ」

と主張し、軍に労働党首脳部の逮捕拘禁《こうきん》を命じたのだ。

これに対し、軍内部の独立派が反撃したため、首都キャンベラでは市街戦が勃発した。

労働党の首脳部は、軍の独立派に守られ、クインズランド州の州都ブリスベーンに避退したが、シドニーやメルボルンでも軍の独立派が蜂起し、労働党を支持する市民がこの動きに加わった。

目下、戦火はニューサウスウェールズ州全体、ひいてはオーストラリア全体に拡大する様相を見せている。

このため各国は、オーストラリアにいる自国民を引き上げさせると決定し、艦隊を派遣したのだ。

帝国海軍は、「高雄」を中心とする第一遣豪部隊と、小型空母「龍驤《りゅうじょう》」、戦艦「榛名《はるな》」、駆逐艦六隻で編制された第二遣豪部隊を、それぞれオーストラリアの東部と西部に派遣した。

第二遣豪部隊は、第一遣豪部隊よりも一足早く、オーストラリア西部のパースから、二〇七名の邦人を救出し、内地に向かっている。

一方第一遣豪部隊は、一〇月二三日のブリスベーンを皮切りに、シドニー、メルボルン、アデレードを回り、八〇一名の在留邦人を収容した。

オーストラリアの在留邦人を救出するに当たり、軍艦ではなく客船でも充分ではないか、との声はあった。

また艦隊を派遣するにしても、戦艦まで編制に加えなくともよいのではないか、といった意見も、軍令部や連合艦隊司令部で出された。

だが、救出先は戦地であること、戦場では何が起こるか予想できないこと、更には九・二九事件以降、日本と二度も武力衝突を行った英国もオーストラリアに自国民救出のための艦隊を派遣していることから、敢えて戦艦が遣豪部隊に加えられたのだ。

どの港でも、「加賀」は沖合いから一〇門の四〇センチ主砲を市街地に向け、いつでも発砲できる態勢を取った。

文雄も、部下の砲術科員たちと共に、艦橋トップの射撃指揮所に待機していた。

幸い、「加賀」の四〇センチ主砲にものを言わせるようなことは起こらず、「高雄」への邦人の収容は、滞りなく行われた。

そして今、第一遣豪部隊は、一路内地を目指している。

内地までは、約一〇日の航程だ。

オーストラリアの内戦は、地上戦のみであり、ブリスベーン沖にいる第一遣豪部隊に戦火が及ぶ可能性はない。

それでも各艦では、全乗員が戦闘配置についており、不測の事態に備えていた。

午前九時三四分(現地時間午前一〇時三四分)、

「砲術長、マストらしきもの三。右一〇度、三四〇《サンヨンマル》〇(三万四〇〇〇メートル)」

砲術士の秋永憲一《あきながけんいち》少尉が叫んだ。

「見せろ」

文雄は秋永を押しのけ、直径一八センチの大双眼鏡を覗き込んだ。

秋永が報告した通り、水平線付近に、針のようなものが三本見える。明らかに、艦船のマストだ。

「砲術より艦橋。マストらしきもの三。右一〇度、三四〇《サンヨンマル》」

文雄は、艦長倉吉恭一郎大佐に報告を送った。

「観測を続行せよ。目標の艦種、航行序列等、分かり次第報告せよ」

「目標の艦種、航行序列等、分かり次第報告します」

倉吉の命令に、文雄は復唱を返した。

しばらく、マストを睨みながらの航行が続く。上部構造物や艦体は、なかなか視界に入らない。

発見された艦船も、第一遣豪部隊と同じく、北上しているのかもしれない。

それでも一〇分、二〇分と経過するうちに、視認できるマストの数が、四本、五本と増えた。

三〇分余りが経過したところで、ようやく上部構造物が見え始めた。

最後尾の艦は、丸みを帯びた艦体を持つ。上部構造物は、艦体とほぼ同じ横幅を持っており、その上に二本の太い煙突が乗っている。

軍艦ではなく民間船――それも客船のようだ。

「砲術より艦橋。発見せる目標のうち、一隻は客船と認む」

文雄は、倉吉に新たな報告を送った。

「客船か」

拍子抜けしたような倉吉の声が、受話器の向こうで響いた。「我々と同じように、自国民の救出に来た船かもしれんな。豪州に居住する米国民や英国民の数は、我が国とは比較になるまい。特に英国民は、客船を多数動員しなければ運びきれないだろう」

「では、戦闘になる可能性はありませんね？」

「それはまだ分からん。引き続き、観測を続けてくれ」

「観測を続けます」

短いやり取りを終えると、文雄は双眼鏡のところに戻った。

時刻が一一時を回る頃、ようやく船団の全貌がはっきりした。

客船四隻に、巡洋艦が二隻、駆逐艦が一二隻だ。

第一遣豪部隊と同じく、自国民をオーストラリアから退避させるための船と、その護衛艦艇であろう。

「目標の現在位置、本艦よりの方位一五度、二三〇《フタサンマル》。針路〇度。速力一二ノット」

船団を観察していた測的手の戸山隆《とやまたかし》兵曹長が報告した。

「国旗は見えないか？」

「国旗は見えませんが、巡洋艦はカヴェンディッシュ級と思われます」

文雄の問いに、戸山は答えた。

カヴェンディッシュ級は、イギリスの軽巡洋艦だ。船団は、英国籍ということになる。

「砲術より艦橋。目標の国籍は英国と認む。艦種は巡洋艦二、駆逐艦一二、客船四。航行序列は巡二、客四。左右に駆六ずつが展開。本艦よりの方位一五度、二三〇《フタサンマル》。針路〇度。速力一二ノット」

文雄は、三番目の報告を倉吉に送った。

「英国の船団か」

倉吉の声には、厄介《やっかい》なものが現れた――と言いたげな響きが混じっている。

日本と英国は、正式に宣戦布告こそ行っていないものの、極めて険悪な状態にある。

九・二九事件が未解決であることに加え、一〇月一三日には二回目の武力衝突――大本営の公称「海南島沖海戦」が起こったためだ。

海南島に配備されていた九七式大艇は、戦闘艦艇の他に、輸送船団の存在を報告しており、英国が武力で海南島を占領しようとしていたことが明らかになっている。

目下、日本国内の反英感情は最悪と言っていい。

新聞には「英国討つべし」との主張が毎日のように載り、政府や軍部にも、「今こそ米国と同盟し、英国を極東や太平洋から駆逐すべきだ」との声が上がっている。

ただし、イギリス政府は日本に妥協する姿勢を見せ始めている。

英連邦の中で、特に有力な一員であるオーストラリアに火がついたため、日本との紛争は、多少英側に不利な条件であっても早期に終わらせたいと考えているようだ。

とはいえ、九・二九事件と海南島沖海戦の政治的な決着が付くまでは、イギリスは交戦国に準じる存在だ。

そのような国の船団に、迂闊に接近して、新たな紛争の火種を作ることを、倉吉は危惧しているのだろう。

「君の報告は、旗艦にも送るよ。変針し、英船団と距離を置くことを具申してみる」

そう言って、倉吉は受話器を置いた。

――だが、第一遣豪部隊が変針する様子はなかった。

五分が経過し、一〇分が経過しても、艦隊は針路を〇度に保って直進する。

三〇分が経過したとき、

「砲術より艦橋。変針命令は、まだ来ませんか?」

文雄は、倉吉に聞いた。砲術長の管轄外のことだが、聞かずにはいられなかった。

「司令官は、具申を容れる気がないようだ」

と、倉吉は答えた。「『右前方ノ船団ハ英国籍ナリ。

針路変更ノ要有リト認ム』と具申してみたが、『信号了解』の返事が返ってきただけで、後は梨のつぶてだ」

文雄は、しばし言葉を失った。

「司令部に変針するつもりがないのであれば、本艦は、このまま『高雄』に従って直進するしかない」

倉吉は言葉を続けた。「英船団に接近したら、主砲は全て左舷側に向けてくれ。戦闘の意志がないことを、具体的な形で示したい」

「英船団に接近した時点で、主砲を全て左舷側に向けます」

命令を復唱し、文雄は受話器を置いた。

司令官は、帝国海軍の面子をかけて、敢えて平時と同じすれ違いをしようとしておられるのか――と思ったが、今の自分は、艦隊の動きに関与できる立場ではない。

「加賀」の砲術長として、艦長命令に従うだけだ。

第一遣豪部隊の速力は一六ノット、英船団の速力は一二ノットと、四ノットの差しかないため、距離はなかなか縮まらない。

五分、一〇分といった時間では、英船団との距離が縮まったようには感じられない。

それでも、秋永砲術士が最初の報告を行ってから約三時間半が経過した一三時一五分には、英船団の客船や巡洋艦、駆逐艦が、はっきりと見えるようになっていた。

各艦船のマストには、英国国旗《ユニオンジャック》がはためいている。英船団からも、第一遣豪部隊の各艦が見えているであろうが、目だった反応はない。四隻の客船も、護衛の巡洋艦、駆逐艦も、それまでの針路、速度を保ち、直進を続けている。

「全主砲、左舷正横」

を、文雄は命じた。

「加賀」の四〇センチ連装主砲塔五基が、ゆっくりと旋回し、左舷側を向いた。

「加賀」は、英船団と戦う意志がないことを示したことになる。

それから一五分ほどが経過した一三時三二分、後方から爆音が聞こえ始めた。

数十機が立てる、威圧的な爆音ではない。一機だけのようだ。

「対空戦闘準備！」

文雄は、高角砲を担当する第三分隊長平見洋一郎《ひらみよういちろう》大尉と、機銃を担当する第四分隊長前園房雄《まえぞのふさお》大尉に命じた。

一機だけで、第一遣豪艦隊を攻撃してくることは考え難いが、現海域はブリスベーン——オーストラリア労働党の避難場所から近い。万一の場合には、備えておかねばならない。

射撃指揮所内部の空気が、張り詰めたように感じられる。

ここからは、死角になっているため、直接視認することはできないが、各高角砲と機銃座では、兵員が砲身、銃身に仰角をかけ、空を睨んでいることであろう。

爆音は、次第に接近して来る。

「加賀」の頭上を、後ろから前へと通過する。

「接近せる機体は、カタリナと認む！」

戸山測的手が報告する。

米国の飛行艇だ。米海軍の標準的な装備となっており、在比米軍に所属する機体が、台湾近海までしばしば飛来すると聞いている。

カタリナは、すぐには飛び去る様子がない。

第一遣豪部隊の上空を抜けたかと思うと、英船団に接近する。その上空に貼り付いて、ゆっくりと旋回する。

カタリナなら、たいした攻撃力は持っていない。こちらを攻撃する素振りも見せていない。

警戒する必要はなさそうだ。

平見と前園を呼び出し、戦闘態勢の解除を命じようとしたとき、まったく唐突に異変は起きた。

英船団の客船の一隻——最後尾に位置していた船

の左舷側に、飛沫が奔騰したのだ。

飛沫は巨大な水柱となって、沖天《ちゅうてん》高くそそり立つ。

くぐもったような爆発音が、「加賀」にまで届く。

「何だ、いったい⁉」

文雄は、思わず叫んだ。

英国の客船を襲ったものが魚雷であることは、誰の目にも分かる。

問題は、魚雷命中時の水柱が、客船の左舷側——第一遣豪部隊に向いている側であるということだ。

一水戦旗艦「阿武隈」か、隷下の駆逐艦が魚雷を発射したのか。あるいは、それ以外の何かか。

一水戦の所属艦が、勝手に他国の船、それも民間船に手を出したとは考えられないが、英側はそうは思わないだろう。

危惧したとおり、第一遣豪部隊は、英国との新たな紛争を起こしてしまったのだ。

英船団は、恐慌状態に陥っている。

被雷を免れた三隻は、雷撃を回避するため、面舵と取舵を繰り返す。

被雷した客船は、黒煙を噴き上げながらその場に停止している。

左舷側に大きく傾いており、今にも転覆しそうだ。

命中魚雷は一本だけだが、もともと戦闘を想定された船ではない。船内隔壁は、軍艦に比べて遥かに少ない。短時間で相当量の海水を呑み込んだことは想像に難くない。

既に、全乗客、乗員に退船命令が出されたのだろう、海面にはカッターが次々と降ろされている。

船の傾斜に足を踏ん張りきれなかったのか、舷側からこぼれ落ちるようにして、海に落下する船客もいる。

護衛に当たっていた駆逐艦のうち、四隻が船に近づき、乗客の救助を始めている。

駆逐艦の艦上からも、海面にカッターが降ろされた様子だ。

「どうするんだ、我が軍は？」

文雄は、前をゆく「高雄」と一水戦の駆逐艦群を見つめて呟いた。

一水戦から駆逐艦四隻——第四駆逐隊の「嵐《あらし》」「萩風《はぎかぜ》」「野分《のわけ》」「舞風《まいかぜ》」が分離し、付近の海面の捜索を開始している。

先の魚雷は、国籍不明の潜水艦が発射したものと判断し、潜水艦の探知を開始したのだ。

他の艦はどうするのか。救助作業に協力するのか、それとも無視するのか。

前者を選ぶとしても、英船団が受け容れるとは思えないが、何もせずに立ち去るわけにもいかない。

旗艦から指示があったのか、艦隊が速力を落とし始めた。

「高雄」の艦橋で、信号灯が点滅した。

光は、英船団に向けられている。

「只今ノ雷撃ハ当隊ニアラズ」とでも、送信しているのかもしれない。

英船団からの返信はない。

巡洋艦二隻と駆逐艦八隻が、被雷した客船と日本艦隊の間に立ち塞がろうとしている。

救助活動の邪魔はさせない。その意志が、各艦の動きに表れていた。

「高雄」から、なおも信号が送られる。

数分間、送信が繰り返された後、一水戦から第一八駆逐隊の「不知火《しらぬい》」「霞《かすみ》」「霰《あられ》」「陽炎《かげろう》」が分離した。

面舵を切り、救助現場に艦首を向ける。

救助活動に加わろうとする動きだった。

不意に、英巡洋艦二隻の艦上に発射炎が閃いた。

一八駆の司令駆逐艦「不知火」の正面に、弾着の水柱が噴き上がった。

「艦長——」

「主砲そのまま。発砲は禁ずる」

意見を具申しようとした文雄に、倉吉は断固たる声で命じた。「英艦隊は、先の雷撃を行ったのが我が軍だと思っている。そうではないことを証明するには、我が方は武力行使を控えねばならない」

「ですが――」

「英艦隊は、民間人を救助している最中だ。そのような艦隊と交戦しては、我が国は非人道国家のそしりを受ける。本艦の四〇センチ主砲は、そのようなことのためにあるわけではない。ここは堪《こら》えろ」

「……分かりました」

文雄は、受話器を置いた。

物問いたげな表情の部下たちに、

「発砲は厳禁する旨、艦長より命令を受けた。現配置のまま、別命あるまで待機せよ」

と命じた。

英巡洋艦は、なおも砲撃を続けている。

一八駆の四隻の周囲に、弾着の水柱が繰り返し上がる。

カヴェンディッシュ級軽巡は、先の世界大戦中、ドイツの通商破壊艦に対抗するために設計、建造された艦だ。主砲は一九・一センチ単装砲七基であり、さほど戦闘力の高い艦ではない。「加賀」の四〇センチ主砲をもってすれば、短時間で一掃できる。

だが、それは許されなかった。

噴き上がる水柱の中、一八駆の四隻は次々と反転する。

速力を上げ、一水戦の隊列へと戻ってゆく。

カヴェンディッシュ級軽巡が、砲撃を中止した。

幸い、直撃弾を受けた艦はない。

英国の客船を襲った悲劇が、日英間の本格的な武力衝突にまで拡大することは、未然に食い止められたのだ。

「高雄」の艦橋から、新たな信号が英船団に送られた。

今度は、英船団から応答があった。

信号は、ごく短い。おそらく日本艦隊に、退去を要求しているのだろう。

救助作業に、第一遣豪部隊の手を借りるつもりは、まったくないようだった。

「高雄」から英船団への送信が止んだ。

命令電が飛んだのだろう、国籍不明の潜水艦を捜索していた四駆も、戦闘を打ち切り、所定の位置に戻った。

一八駆と四駆が隊列に戻ったところで、第一遣豪部隊は増速した。

全ての艦が英船団に背を向け、遠ざかってゆく。

こちらが差し伸べた手を相手振り払った以上、もうこの海域に用はない。そう言いたげな動きだった。

文雄は、暗澹《あんたん》たる思いで天を仰いだ。

日本が、決定的な破局の淵に向かって、引き返せぬ一歩を歩み出してしまったことを感じていた。


カタリナは、日本艦隊が立ち去るのを見澄ましたように着水した。

イギリス軍の艦艇に発光信号を送りながら、沈みつつある客船に接近する。

カタリナの後部キャビンにも、一〇名程度は収容できる。ささやかではあるが、民間人の救助作業に協力しようというのだ。

「ジャップめ、ひでえことしやがる!」

「パブリック・オピニオン」誌の記者ダグ・ファーナスは、日本艦隊が立ち去った方角を見つめて、吐き捨てるように呟いた。

ファーナスも、カメラマンのクロファットも、客船が雷撃を受ける瞬間を確かに見た。

白い航跡が、客船の船腹に突き刺さり、巨大な水柱を奔騰させた瞬間を、はっきりと目撃したのだ。

ファーナスの目測では、日本艦隊とイギリス船団の距離は、約一万五〇〇〇フィート。魚雷の射程内だ。

日本艦隊が雷撃の犯人であることは、もはや明らかだった。

「写真は撮ったか、ダニー?」

「ああ、ばっちりだ」

クロファットは、自信ありげにカメラを叩いた。

「魚雷が命中した瞬間に、シャッターを切った。出るところに出りゃ、ピューリッツァー賞ものだ」
「ＯＫ。これで、本社に最高の土産ができたってもんだ」

キャンベラでクーデターが勃発した直後、合衆国政府はオーストラリア国内の合衆国国民に、即時の帰国を命じたが、ファーナスとクロファットの二人はしばらくシドニーに留まり、取材を続行した。

何といっても、オーストラリアという巨大な国が、歴史の転回点を迎えている真っ最中だ。危険を冒してでも留まり続け、取材を続ける価値がある。

それに、シドニーの埠頭に降り立ったとき、「選挙監視員」と称する異様な一団を目撃したことも気になっている。

本来、オーストラリアは独立国であり、外国による選挙の監視など必要としないはずだ。
「選挙結果には、アメリカ合衆国の介入によって歪められた形跡がある」

という叛乱軍の主張には、真実の響きが感じられる。

オーストラリアに留まり、取材を続けることで、真相を突きとめられるかもしれない、と思ったのだ。

だがパブリック・オピニオン本社は、二人に引き上げを命じた。
「ファーナスとクロファットは、戦場の取材は未経験だ。オーストラリアには、独ソ戦争の戦場で取材した経験を持つ記者とカメラマンを派遣する」

というのが、その理由だった。

合衆国による選挙への介入があったのか、なかったのか、突きとめることができないまま、二人は合衆国海軍が派遣したカタリナに搭乗して、オーストラリアから離れた。

その途中で、
「日本艦隊による、イギリスの民間船攻撃」

という、一大スクープをものにしたのだ。

オーストラリア内戦の取材はできなくなったが、

このスクープ記事の価値は、それを遥かに上回る。

二人は、危険な戦場での取材を断念する替わりに、ジャーナリストとして最高の勲章を手に入れたのだ。

「決定的な失敗をしたな、日本人」

日本艦隊が立ち去った方角を見据え、ファーナスは呟いた。

九月二九日に起きた英タイ国境沖での偶発的な戦闘と、一〇月一三日夜半の海南島沖で生起した海戦。二回の武力衝突があったにも関わらず、英日両国の政府は自制し、これが戦争に発展しないように努力した。

だが、今回の一件には、過去二回の武力衝突とは決定的に異なる点がある。

民間船が攻撃を受け、多数の民間人が命を落としたことだ。犠牲者の中には、女性や子供も、少なからずいたであろう。

しかも、その証拠写真は、クロファットのカメラの中にある。

この件が日本のしわざではないと証明することは、どう考えても不可能だ。

日本は「民間船に無差別攻撃を行った残虐《ざんぎゃく》な国家」と、世界から見なされる。

イギリス政府も、今度は問答無用で、日本に宣戦布告することは間違いない。

それだけではない。

この蛮行は、イギリス国民だけではなく、合衆国国民をも憤激させるはずだ。

太平洋における紛争は、米英戦争に日本が絡んで来る、という形になることが予想されていたが、場合によっては、米英同盟対日本という、これまでには考えられもしなかった図式になるかもしれない。

ファーナスは、クロファットに囁きかけた。

「カメラを取り落としたりするなよ、ダニー。お前のカメラの中には、歴史の転回点そのものが入ってるんだからな」

2

駐英日本大使重光葵《しげみつまもる》と駐英大使館付海軍武官近《こん》藤泰一郎《どうやすいちろう》大佐は、一一月一五日午後二時に、英国外務省を訪れた。

外務大臣アンソニー・イーデンと極東局長ホレイス・シーモア、そして英国海軍の軍服に身を固めた中年の人物が二人を迎えた。

英海軍の士官は、トラック環礁の英太平洋艦隊司令部で首席参謀を務めるアルバート・ランズノー大佐で、この日の会談に同席するため、中部太平洋のトラック環礁から英本国に帰国したものだった。

「先日の会談でも申し上げたことですが――」

重光と近藤がソファに腰を下ろすと、イーデンが最初に口を開いた。「今日は、我が国が貴国に与えた最終回答の期限です。この会談の終了後、ダウニング街の首相官邸における閣議で、貴国に対する我が大英帝国の対応が決定されます。率直に申し上げて、現状では、我が国にとっても、貴国にとっても、最悪の選択がされる可能性が非常に高いと言わざるを得ません。その結果、我が国が、貴国とアメリカの二国を同時に敵に回すとしても、です。それほど、ブリスベーン沖での一件は、我が国の政府や国民を憤激させたのです。この会談が、最悪の事態を避けるためのラスト・チャンスです、ミスター・シゲミツ」

「心得ております、外相閣下」

重光は、堅さを感じさせる英語で答えた。「九・二九事件にせよ、ブリスベーン沖での惨劇にせよ、我が国と貴国の間には大きな誤解があります。今日こそはその誤解を解き、我が国と貴国が相互信頼を取り戻すための第一歩とする。私は、それが可能であるとの確信を持って、今日の会談に臨んでおります」

――九・二九事件の解決を巡る日英間の交渉は、

双方共に歩み寄る姿勢を見せず、一時は日英開戦の寸前まで緊張が高まった。

一〇月一三日、海南島の沖で、帝国海軍第二艦隊と英東洋艦隊が激突し、双方に沈没艦が出たときは、もはや開戦は避けられないかに見えた。

ところがこの海戦以降、英国はむしろ軟化し、日本に宥和《ゆうわ》する姿勢を見せ始めた。

九・二九事件解決のため、日本に突きつけていた五つの条件のうち、海南島の租借権譲渡は取り下げ、事件の真相解明を最優先とすることで、一応の合意が為された。

英国政府は、オーストラリアで勃発した内戦への対処を第一としなければならず、九・二九事件については棚上げを図ったのだ。

日本政府は、海南島沖海戦で生じた損害についての賠償を英国政府に要求する方針だったが、そちらの交渉は、九・二九事件の交渉に引き続き、駐日米国大使ジョセフ・グルーを仲介役として、東京で進められることになった。

九・二九事件をきっかけに生じた日英の対立は、このようにして一時的に鎮静化したが、一一月一日、ブリスベーン沖で、客船「プリンセス・ギネヴィア」が雷撃を受けて撃沈されたことによって再燃した。

現場に日本海軍の第一遣豪部隊がいたこと、魚雷は日本艦隊がいた方角から「プリンセス・ギネヴィア」に向かってきたことから、船団の護衛に当たっていた巡洋艦「ホーキンズ」は、

「我、日本艦隊ヨリ雷撃ヲ受ク」

と、トラックの英太平洋艦隊司令部に報告した。

この報告と、事件の犠牲者数が合わせて公表されると、英国の対日世論は激昂した。

「プリンセス・ギネヴィア」には、オーストラリアからの避難民約二〇〇〇人が乗り込んでいたが、同船の沈没時には、乗組員と合わせて、約一四〇〇名が死亡したのだ。しかも死亡者のうち、約四割に相当する六〇〇名が子供だった。

ロンドン・タイムズは、同事件を「第二のルシタニア号事件（前大戦中、アメリカの客船ルシタニア号がドイツのUボートに撃沈された事件。アメリカ参戦のきっかけとなった）」と呼び、日本海軍を激しく非難した。

英国の政府にも、議会にも、そして軍部にも、日本に対する即時開戦を主張する声が渦巻いた。

九・二九事件では、日英間の仲介役を務めた米国も、さすがにこの事件では、仲介役を務めることはなかった。

駐英米国大使ジョセフ・ケネディは、重光に対し、

「民間人、それも女性、子供、老人多数を含む人々を無差別に殺戮《さつりく》するような国家との仲介役は、拒否せざるを得ぬ。貴国が真にイギリスとの和解を求めるのであれば、全面的に日本の非を認め、責任者を厳重に処罰し、衷心よりイギリスに謝罪することをお勧めする」

と、冷たい声で言い放った。

だが、英国政府はなお自制した。

日本政府から、

「『プリンセス・ギネヴィア』を撃沈したのは、我が国の艦隊ではない。それを証明するので、時間をいただきたい」

との申し入れがあったのだ。

英国政府は日本政府に対し、

「グリニッジ標準時で、一一月一六日〇時を回答期限とする。同時刻を過ぎて回答なき場合には、我が国は貴国との一切の交渉を打ち切り、最後通牒《つうちょう》を突きつけることとなろう」

と通告した。

期限の一〇時間前になり、駐英日本大使館は、ようやく全てを英側に説明できる準備を整えたのだ。

「まず、我々の側から話をさせていただきたい」

イーデンは、ランズノー大佐に向かって頷き、発言を促《うなが》した。

「『プリンセス・ギネヴィア』は、他の客船三隻、

及び護衛の戦闘艦艇と共に船団——ここでは便宜《べんぎ》上《じょう》『G船団』と呼称しますが——を組み、内戦状態のオーストラリアから、インド等に退避させる役割を担っておりました。一一月一日午前、同船は二〇一七名の民間人を乗せ、G船団の僚船と共に、ブリスベーンの東方五〇浬の海域を北上していました。G船団が、貴国の艦隊を視界内に捉えたのは、現地時間の一一月一日午前一一時一六分でした」

重光と近藤は、黙ってランズノーの話を聞いていた。

第一遣豪部隊では、G船団を現地時間の午前一〇時三四分に発見したと報告している。

四〇分の時間差は、戦艦と巡洋艦が持つ光学装置の差や檣楼《しょうろう》の高さに起因するものであろう。

「貴国の艦隊は、推定一六ノットの速力でG船団の左後方より接近して来ました。一三時一五分には、貴国の艦隊の三番艦の位置にあった駆逐艦が、『プリンセス・ギネヴィア』と、約五〇〇〇メートルの距離を隔てて並進する形になっておりました」

「続けて下さい」

近藤が、初めて口を開いた。「ミスター・ランズノーの御説明は、我が艦隊から届けられた報告書と一致しております」

ランズノーは頷き、先を続けた。

「G船団が魚雷を発見したのは、一三時三六分です。確認されただけでも八本の魚雷が、G船団の左舷側から向かって来る様が、船上から視認されました。各船は、咄嗟に回避行動を取りましたが間に合わず、『プリンセス・ギネヴィア』の左舷中央に魚雷一本が命中しました。同船の乗組員は、排水と浸水拡大の防止に努めましたが、その努力も空しく、一四時一一分に沈没しております。死者数につきましては、改めて申し上げるまでもありますまい」

ランズノーの声は淡々としていたが、一瞬、表情に険しいものが表れた。あなた方は殺戮者だ——と、糾弾する意志が、眼光に込められているように感じられた。

「『プリンセス・ギネヴィア』には、定員の倍を超える避難民が乗船していました。そのことが船の沈没を早め、かつ乗客の脱出を困難にして、犠牲者数を増大させた、と太平洋艦隊司令部では分析しています」

そう言って、ランズノーは締めくくった。

何か、反論はおありですか？　――と問いたげだった。

「『プリンセス・ギネヴィア』を雷撃した者が、我が国の艦隊であると断じた理由について、おうかがいしたい」

重光の問いに、ランズノーが答えた。

「『プリンセス・ギネヴィア』が被雷したのは左舷側であり、G船団の左側には、貴国の艦隊が位置していました。最も近い艦との距離は、約五〇〇〇メートルだったと報告されています。五〇〇〇メートルなら、魚雷の射程内でしょう」

「それは状況証拠に過ぎません。たまたま我が国の艦隊がそこにいたからといって、犯人だという証拠にはなりません。そもそも、我が国が貴国の民間船を撃沈して、どのような利があるとお考えですか？」

「貴国は、我が国の海南島攻撃に対する報復を考えていたのではありませんか？」

シーモア極東局長が言った。「貴国はあの戦いで、軽巡洋艦一隻と共に、海軍提督一名を失っています。それに対する報復を、ブリスベーン沖で行ったのでは？」

「考えられないことです」

断固たる口調で、重光は言った。「我が国の海軍は、民間人の無差別殺戮などを行うような、卑劣な集団ではありません。仮に、我が国に報復の意志があったとしても、貴軍に正面から堂々と挑むでしょう」

「貴国政府の命令ではなかったとしても、現場の者が個人的な復讐心に駆られて雷撃を行った可能性があるのでは？」

「いや、しかし――」

「まだ、しらを切るつもりですか⁉」

イーデンが、苛立ったように怒声を発した。

同時に、重光の目の前に、一冊の雑誌を叩き付けた。平手打ちを思わせる、派手な音が響いた。

「これだけ明々白々たる証拠があるのに、なお日本艦隊が犯人ではないと言い逃れるつもりですか？日本人がここまで往生際の悪い国民だとは、思っていませんでしたぞ」

重光は、雑誌を見た。

誌名は「パブリック・オピニオン」。米国の雑誌らしい。

表紙の写真は、真上から見た客船と、その左舷側にそそり立つ水柱を捉えている。

「これは……？」

「『プリンセス・ギネヴィア』に魚雷が命中した瞬間を、上空から捉えたものです」

ランズノーが言った。「たまたま現場の上空には、アメリカのジャーナリストを乗せた飛行艇がいましてね。一部始終を撮影していたのです。雑誌の中も、御覧いただけますか？」

重光は、パブリック・オピニオン誌のページを繰った。

「ブリスベーン沖の惨劇」と題し、複数の航空写真が掲載されている。

高空から、並進する二つの艦隊――日本艦隊と英船団を捉えたもの。英船団に向かって伸びる、白い雷跡。客船の横腹に吸い込まれる雷跡。そして炎上しながら傾いている客船と、船上から海面に身を躍らせる大勢の避難民。

「全て、飛行艇に同乗していたカメラマンが撮影したものです」

ランズノーは、勝ち誇ったような口調で言った。

英側の勝利を確信した口調だった。

近藤は、しばらく写真を凝視していたが、やがてゆっくりと頷いた。

「左側にいる方が、我が軍の艦隊です。隊列の後ろに見える、平たい甲板を持つのは、空母の『高雄』であり、殿軍にいるのは、戦艦『加賀』です」

「何か、おっしゃることがありますかな？」

イーデンが、冷たい視線を投げた。やっと理解したか、と言いたげだった。

「あります」

と、近藤が言った。

英側の三人が、怪訝《けげん》そうな表情を浮かべた。

近藤は、構わず続けた。

「確かに、ここに映っているのは、我が国の艦隊です。ですが、同時にこの写真が、我が国が犯人ではないことを、明確に証明しています」

「どういうことですかな？」

ランズノーが、どこか小馬鹿にしたような口調で言った。「日本艦隊が、我が国の船団と並進している。雷跡が、日本艦隊から我が国の船団に伸びている。どう見ても、日本艦隊が犯人であることの、明々白々たる証拠ではありませんか」

「この雷跡自体が、我が艦隊が犯人ではないことの、何よりの証拠です」

「おっしゃることの意味が分かりませんが……」

「我が帝国海軍の魚雷は、航跡を引かないのです、ミスター・ランズノー」

ランズノーは、しばし絶句した。両目が大きく見開かれ、口元が歪んだ。

ランズノーだけではない。イーデンとシーモアも、驚きの表情を浮かべている。近藤の回答は、彼らの意表を衝いたのだ。

近藤は構わず、話を続けた。

「魚雷の航跡は、燃料を燃焼させるために酸素を使った後、残った空気を排出することで生じるものです。我が帝国海軍の魚雷は、燃焼用の空気に純粋酸素を使用しているため、余剰分の空気を排出する必要がありません。写真に映るなど、そもそもあり得ないことなのです」

純粋酸素を動力源に使用する魚雷――九三式六一センチ魚雷の存在は、帝国海軍にとって最重要の機密事項であり、諸外国には絶対に知られてはならない。まして、開戦の気運が日増しに高まっている英国になど、以ての外だ。

だが海軍は、敢えて酸素魚雷の存在を、英国に明かすことに踏み切った。

日英開戦という最悪の事態を避けるため、そして「民間人への無差別殺戮者」という汚名を晴らすためだ。

軍令部総長嶋田繁太郎《しまだしげたろう》大将は、このことに強く反対したが、海軍大臣山本五十六大将が、

「この汚名を晴らさねば、帝国海軍末代までの恥辱となるばかりではない。陛下の大御稜威《おおみいつ》をも汚《けが》すことになる」

と主張し、連合艦隊司令長官塩沢幸一大将も賛同したため、近藤に全てを明かす権限が与えられたのだ。

「信じられん」

干からびたような声で、ランズノーは言った。「動力源に純粋酸素を用いる魚雷は、我が大英帝国海軍でも開発を試みたことがある。だが、爆発事故が多発し、貴重な技術者を何人も失ったため、開発を断念した代物だ。それを、日本海軍が実用化するとは……」

「お疑いでしたら、実物をお目にかける用意があります。貴国にそう伝える権限を、私は与えられております」

近藤は、こともなげに言った。「貴国の駐日大使館付武官でも、太平洋艦隊や東洋艦隊の参謀でも構いません。我が国にいらして、我が軍の魚雷を御覧いただきたい。あるいは我が国の艦艇が、貴国が指定する場所まで出向き、魚雷を御覧に入れても構いません。私が申し上げたことが嘘ではないと、御納

得いただけるでしょう」

「そう言えば帰国途中、シンガポールに立ち寄ったとき、コタバル沖や海南島沖の戦いに参加した艦長や乗組員から、話を聞く機会があった」

遠くを見るような表情で、ランズノーは言った。

「その中には、魚雷が命中したにも関わらず、最後まで雷跡を発見できなかったとの証言もあった。私はそれを、視界の利かない夜間の戦闘だったためだと思っていたが、ミスター・コンドウが言われたように、日本軍の魚雷が無航跡魚雷だったのだとすれば納得できる」

「ミスター・コンドウの証言が真実だというのかね、貴官は？」

イーデンの問いに、ランズノーは頷いた。

「彼の証言を否定する根拠は見出せません。我が国には、東洋艦隊の証言がありますし、G船団の客船や護衛艦艇の乗員の中に、日本艦隊が魚雷発射の動きを見せたと証言している者はいません。加えて、彼らが実物を見せると申し出ている以上、真実なのだと考える他はありません」

イーデンは、シーモアと顔を見合わせた。二人とも、困惑したような表情を浮かべている。会談が予想外の方向に進んでいることで、混乱しているのかもしれない。

「『プリンセス・ギネヴィア』の件につきましては、誤解は解けたと判断してよろしいですな？」

重光は、落ち着いた声で聞いた。

イーデンは、しばし天を振り仰いだ。一〇秒ほど考えを巡らしてから言った。

「先ほど、ミスター・コンドウが言われた無航跡魚雷の実物を確認してからです。それまでは、保留としましょう。ただ……あなた方からうかがったことについては、閣議で話をしますし、貴国への最後通牒は今少し待つよう、首相以下の閣僚を説得するとお約束します」

近藤は重光と顔を見合わせ、安堵の息を漏らした。

まだ予断を許さない状態ではあるが、日英開戦という最悪の事態を避けられる可能性が見えてきた。帝国海軍もまた、身の潔白を証すことができる。

この日の会談の目的は、ほぼ達成できた。そのことに、近藤も重光も、満足感を覚えていた。

「コタバル事件についてですが——」

シーモアが議題を変えた。「本件につきましては、当初議題とはしない予定でした。当面は、英日開戦を回避できるかどうかが、最優先の問題だったからです。ですが、『プリンセス・ギネヴィア』事件について、貴国が無実である可能性が出て来た以上、あらためて議題とせざるを得ないでしょう」

「お願いします、ミスター・シーモア」

「まず、我が国から貴国に伝えねばならないことがあります。我が東洋艦隊と貴国の艦隊が不幸な衝突をする発端となった、英タイ国境付近の紛争についてです」

重光と近藤は、あらためて威儀を正した。

英タイの国境紛争については、バンコクの日本大使館が調査を進めているが、未だにはかばかしい成果が得られていない。

日本は、国境紛争そのものについては当事国ではないため、調査がはかどっていないのだ。

英側から新情報が得られるのであれば、ありがたい話だった。

「現地時間の九月二九日夜、英タイ国境付近における武力衝突は、確かに起きていました。現地時間の一九時二〇分から二〇時四〇分頃まで、国境よりタイ側に二キロほど越境した地域で、歩兵同士による散発的な銃撃戦が展開され、タイ側には二〇名程度の死傷者が出たことが、我々の調査によって判明しました」

(現地時間の一九二〇《ヒトキュウフタマル》から二〇四〇《フタマルヨンマル》か)

近藤は、シーモアの言葉を反芻《はんすう》した。

遣泰部隊が英タイ国境の沖に到着したのは、日本時間の二二時、英領マレー時間の二一時だから、その時点では、既に紛争は終わっていたことになる。

「ただし、その紛争に、イギリス極東軍は関わっていません」

シーモアは、言葉を続けた。「タイ側の証言によれば、タイ軍を攻撃した部隊は、小銃に加えて、手榴弾《しゅりゅうだん》や軽迫撃砲を使用したそうです。我が軍の国境警備隊が装備しているのは、小銃と軽機関銃であり、手榴弾などは持ちません。まして、迫撃砲など」

「つまりタイ軍を攻撃したのは、貴国の軍以外の何者か、ということですか?」

「左様です。国境から四〇キロほど南東に位置するコタバルの守備隊であれば、手榴弾や迫撃砲も装備していますが、彼らは紛争があった時刻には、持ち場から離れていません。そもそもコタバルの守備隊は、国境で紛争が起きていること自体、知らなかったと報告しています」

「それを信じろと言われるのですか?」

重光の問いに、イーデンが重々しい声で返答した。

「信じていただく以外にありません」

「では、タイ軍を攻撃したのは何者です?」

「まだ確たる証拠は見つかっておらず、あくまで推測なのですが――」

シーモアが答えた。「我々は、マレーの独立を目論んでいる反英武装組織の仕業ではないかと睨んでおります。シンガポールの総督府は、まだ組織の全貌を掴んでいないのですが、彼らは自分たちの組織を『W機関《オーガニゼーション》』と呼称しており、そのチーフは三〇代の東洋人であることが分かっております」

「しかし、そのような組織が何故タイ軍を攻撃するのです?」

近藤が聞いた。「仮に、国境紛争が英タイ間の全面戦争に拡大したとしても、勝利を得るのは間違いなく貴国です。マレーの独立に、何の寄与もしないと考えますが」

「我々は、W機関が単独で動いているとは考えていません。背後で、第三国が支援していると睨んでおります。W機関にしても、スポンサーの要請を断るわけにはいきますまい」

近藤には、九・二九事件の筋書きが読めてきた。W機関の背後に存在する第三国は、遺泰部隊のシンガポール寄港を何らかの手段で知ったに違いない。そこで、W機関を使って英タイ国境で紛争を起こさせると共に、海中に潜水艦を潜ませて、遺泰部隊を攻撃したのだ。

遺泰部隊は当然反撃に出るが、場所は英領マレーの近くだから、必然的に日英間の紛争が起こる。遺泰部隊も、イギリス東洋艦隊も、まんまと第三国の謀略に踊らされたのだ。

「その第三国とは、いったいどこなのです?」

重光の問いに、イーデンが答えた。

「目下のところ、調査中としか申し上げようがありません」

「我が方で、事件の調査を行っているときに出た話のようですが――」

近藤が発言した。「第三国が、ドイツないしソ連という可能性は考えられないでしょうか? 両国とも、全面戦争を戦っている関係上、背後から第三国に攻撃されては、亡国の危機を招きます。ドイツないしソ連が、日英戦争を引き起こすことで、後背の安全を確保しようとした、とは考えられないでしょうか?」

「ドイツである可能性はゼロです」

ランズノーが言い切った。「先の世界大戦の結果、かの国は、極東と太平洋に持っていた植民地を全て失いました。シャム湾に潜水艦を派遣しても、寄港地がなく、燃料や食料の補給を受けることができません」

「ソ連なら、可能性があるかもしれませんな」

イーデンが発言した。「先ほどシーモアが、W機関の長は東洋人だと言いましたが、ソ連極東領には、東洋系の民族が数多く住んでおります。彼らの中から、諜報の素質を持つ者を選び、訓練を施して、現地に送り込んだ、という可能性は考えられます。もっともソ連海軍に、ウラジオストックから地理不案内なシャム湾に潜水艦を送り込み、戦闘を行えるだけの技術があれば、の話ですが」

「去る一〇月一八日、東京で、リヒャルト・ゾルゲというドイツ人が、スパイとして逮捕されました」

重光は言った。「この人物は、ドイツ人でありながらソ連の手先となり、我が国の機密情報をソ連に流した疑いが持たれています。ゾルゲが流した情報の中には、我が日本陸軍に、ドイツと呼応してのソ連進攻の意図がないことも含まれていたとのことです。ゾルゲの取り調べが進めば、九・二九事件とソ連の関係について、何か分かるかもしれません」

「ソ連が関与しているかもしれない、というのは、あくまで推測です」

イーデンが言った。「そもそも、タイ軍を攻撃した者がW機関であると証明されたわけではありませんし、W機関が第三国の支援を受けていることについても、確たる証拠はありません。事件の全容を解明するには、もう少し時間が必要でしょう」

「仮に、コタバル事件を引き起こした真犯人がソ連であったとしても、謎は残ります」

ランズノーが言った。「『プリンセス・ギネヴィア』を撃沈したのは、いったい何者なのか、ということです。ソ連の潜水艦は、シャム湾までなら行けるかもしれませんが、太平洋を縦断してブリスベーン沖まで行くことは、まず不可能でしょう。それだけの航続距離を持つ潜水艦がソ連にあるとは、考えられません」

重光は押し黙った。議題が九・二九事件に移ったため、「プリンセス・ギネヴィア」の悲劇のことを失念していた。

「第三国の潜水艦である可能性は、間違いないでしょう」

近藤が発言した。「あの海域に潜水艦を送り込める国は、限られております。我が国の潜水艦も、日本本土からオーストラリア近海まで往復できるだけの航続距離を有しておりますが、我が国では、潜水艦の魚雷につきましても、先ほど申し上げた無航跡魚雷を使用しておりますので、航跡がカメラに映ることはありません」

「我が国が、罪もない自国民を大量殺戮する理由はない」

イーデンが、殊更ゆっくりと言った。「貴国でもないとなると、残る国は、一国しかない」

全員が、顔を見合わせた。残る一国がどこを示すのかを悟ったのだ。

「『真犯人は、その犯罪によって、最大の利益を享受する者である』という言葉が、貴国のミステリーにありましたな。アーサー・コナン・ドイル氏か、アガサ・クリスティ女史かは、はっきり覚えておりませんが」

重光が言った。「また東洋には、『漁夫《ぎょふ》の利《り》』という言葉もあります。二者が相争っている間に、第三者が利益を得るという意味です。我が国と貴国が争った場合、最も利益を得る国がどこなのかを、今まで見逃していたような気がします」

「我々の推測通りなら、コタバル事件と『プリンセス・ギネヴィア』事件の真犯人は、我が国と貴国の共通の敵となります」

シーモアが言った。「貴国にしてみれば、民間人大量殺戮の濡《ぬ》れ衣《ぎぬ》を着せられそうになったのですから」

「おっしゃる通りです。この際、我が国は貴国と協同で、事件の真相解明に当たるべきでしょう」

重光の言葉を受け、イーデンが発言した。

「まだ、英日間のわだかまりが消えたわけではありません。真犯人が第三国であったとしても、我が国と貴国は実際に戦火を交え、死傷者も出ているのですから。しかし、共通の敵が存在するのであれば、敢えていきがかりを捨てる、という選択肢もありましょう」

イーデンの声は重々しかったが、眼には好意的な光があった。
何度も行った英日同盟締結の申し入れは、まだ有効だ——と言いたげだった。

【第二巻に続く】

ご感想・ご意見をお寄せください。

イラストの投稿も受け付けております。

なお、投稿作品をお送りいただく際には、編集部
(tel:03-3563-3692、e-mail:mail@c-novels.com)

まで、事前に必ずご連絡ください。

〒104-8320　東京都中央区京橋2-8-7
中央公論新社　C★NOVELS編集部

C★NOVELS

碧海《へきかい》の玉座《ぎょくざ》1
——日英激突《にちえいげきとつ》

2010年1月25日　初版発行

著者　横山《よこやま》信義《のぶよし》
発行者　浅海　保
発行所　中央公論新社
〒104-8320　東京都中央区京橋2-8-7
電話　販売 03-3563-1431　編集 03-3563-3692
URL http://www.chuko.co.jp/

印刷　三晃印刷（本文）
大熊整美堂（カバー・表紙）
製本　小泉製本

Published by CHUOKORON-SHINSHA, INC.
Printed in Japan　ISBN978-4-12-501099-1 C0293

応募規定

❶プリントアウトした原稿＋あらすじ、❷エントリーシート、❸テキストデータを同封し、お送りください。

❶プリントアウトした原稿＋あらすじ

「原稿」は必ずワープロ原稿で、40字×40行を1枚とし、90枚以上120枚まで。別途「あらすじ（800字以内）」を付けてください。

※プリントアウトには通しナンバーを付け、縦書き、A4普通紙に印字のこと。感熱紙での印字、手書きの原稿はお断りいたします。

❷エントリーシート

C★NOVELS公式サイト[http://www.c-novels.com/]内の「C★NOVELS大賞」ページよりダウンロードし、必要事項を記入のこと。

※❶と❷は、右肩をクリップなどで綴じてください。

❸テキストデータ

メディアは、FDまたはCD-ROM。ラベルに筆名・本名・タイトルを明記すること。必ず「テキスト形式」で、以下のデータを揃えてください。

ⓐ原稿、あらすじ等、❶でプリントアウトしたものすべて

ⓑエントリーシートに記入した要素

応募資格

性別、年齢、プロ・アマを問いません。

選考及び発表

C★NOVELSファンタジア編集部で選考を行ない、大賞及び優秀作品を決定。2011年2月中旬に、C★NOVELS公式サイト、メールマガジン、折り込みチラシ等で発表する予定です。

注意事項

●複数作品での応募可。ただし、1作品ずつ別送のこと。
●応募作品は返却しません。選考に関する問い合わせには応じられません。
●同じ作品の他の小説賞への二重応募は認めません。
●未発表作品に限ります。ただし、営利を目的とせず運営される個人のウエブサイトやメールマガジン、同人誌等での作品掲載は、未発表とみなし、応募を受け付けます（掲載したサイト名、同人誌名等を明記のこと）。
●入選作の出版権、映像化権、電子出版権、および二次使用権など、発生する全ての権利は中央公論新社に帰属します。
●ご提供いただいた個人情報は、賞選考に関わる業務以外には使用いたしません。

締切

2010年9月30日（当日消印有効）

あて先

〒104-8320　東京都中央区京橋2-8-7
中央公論新社『第7回C★NOVELS大賞』係

（2009年10月改訂）

主催・C★NOVELSファンタジア編集部

巡洋戦艦「浅間」
閃光のパナマ

横山信義

全世界対米国!!　欧州と同盟した日本は太平洋で米国と激突。高速巡戦「浅間」を擁する挺身攻撃隊がパナマ西岸沖に肉迫、新鋭機「雷光」が出撃した。一方、伊五四潜は運河を閉塞すべく甲標的を放つ！

ISBN4-12-500965-1 C0293　価格945円（900）　カバーイラスト　高荷義之

巡洋戦艦「浅間」
激浪の太平洋 1

横山信義

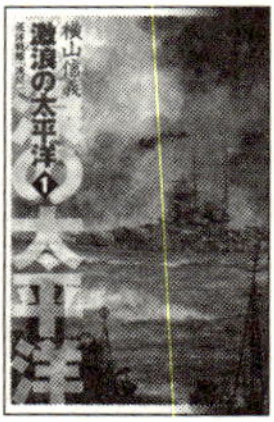

パナマ閉塞作戦に先立つこと二年——。太平洋の覇権を巡り日本と敵対するリンドバーグ米国大統領は、フィリピン奪還を目論む氷河作戦を強行。迎え撃つ高速巡戦「浅間」の初陣は⁉

ISBN978-4-12-500969-8 C0293　価格945円（900）　カバーイラスト　高荷義之

巡洋戦艦「浅間」
激浪の太平洋 2

横山信義

ロンドン炎上！　欧州が米重爆撃機Ｂ29の脅威に直面する一方、中部太平洋では巡戦「浅間」擁する一機艦がマーシャル進攻作戦を発動。米新鋭大型巡洋艦「アラスカ」と宿命の激突!!

ISBN978-4-12-500973-5 C0293　価格945円（900）　カバーイラスト　高荷義之

巡洋戦艦「浅間」
激浪の太平洋 3

横山信義

中部太平洋を制圧した日本は帝国陸海軍史上空前の進攻作戦を発動させた。だが、緒戦で空母二隻が大破。全兵力を投入し後がない日本軍は、不沈空母オアフ島を陥すべく総力を挙げ進撃！

ISBN978-4-12-500979-7 C0293　価格945円（900）　カバーイラスト　高荷義之

巡洋戦艦「浅間」
激浪の太平洋 4

横山信義

ハワイ島攻略を図る日本軍だが、敵の新鋭双戦Ｆ７Ｆと新型巡洋艦の速射性能の前に、戦艦「信濃」大破！　残る戦力を結集し攻略部隊が再攻勢をかけるが……。太平洋の覇権の行方は⁉

ISBN978-4-12-500987-2 C0293　価格945円（900）　カバーイラスト　高荷義之

巡洋戦艦「浅間」
北米決戦 1

横山信義

アイスランド撤退、パナマ運河閉塞――本土に閉じ籠もったかにみえた米軍は、超長距離重爆Ｂ36を投入し反攻、ロンドンと東京に大空襲を。追いつめられた同盟軍はついに米本土強襲へ！

ISBN978-4-12-500994-0 C0293　価格945円（900）　カバーイラスト　高荷義之

巡洋戦艦「浅間」
北米決戦 2

横山信義

同盟軍はリンドバーグ政権に最後通牒を突きつけ、米大西洋艦隊を粉砕した大和、武蔵、信濃がニューヨークへ肉迫する。だが断末魔の米国はなお抵抗を。「浅間」最後の戦いが始まった！

ISBN978-4-12-501004-5 C0293　価格945円（900）　カバーイラスト　高荷義之

鋼鉄の海嘯《かいしょう》
樺太沖海戦 1

横山信義

昭和16年、緊張の続く北緯50度線で日ソ国境紛争が勃発。南樺太に火砲弾が降り注ぎ、快速戦車ＢＴ７が満州を蹂躙する。防戦に追われる日本軍に反攻の機はあるか⁉　戦記巨篇、開幕‼

ISBN978-4-12-501026-7 C0293　価格945円（900）　カバーイラスト　高荷義之

鋼鉄の海嘯《かいしょう》
樺太沖海戦 2

横山信義

ウラジオストックを攻略した日本軍はさらに極東の要衝ハバロフスクを目指す。だが行く手には敵戦車部隊が立ちはだかり、米国はソ連支援の大船団を派遣——。沿海州攻防戦の決着は⁉

ISBN978-4-12-501030-4 C0293　価格945円（900）　カバーイラスト　高荷義之

鋼鉄の海嘯《かいしょう》
南洋争覇戦 1

横山信義

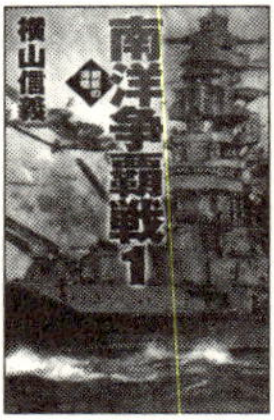

南方資源地帯を確保すべく日本は在比米軍の攻略を図った。だが逆に米軍の「三叉槍」作戦により、トラック泊地、さらにバリクパパン油田への侵攻を受ける——。戦記巨篇、ついに対米戦突入！

ISBN978-4-12-501043-4 C0293　価格945円（900）　カバーイラスト　高荷義之

鋼鉄の海嘯《かいしょう》
南洋争覇戦 2

横山信義

正攻法に立ち返った米軍は、新鋭戦艦、新鋭空母多数を結集し中部太平洋侵攻作戦を発動。日本軍は、トラックを死守すべく、一航艦、陸軍航空隊の総力を挙げ、米太平洋艦隊を迎え撃つが——⁉

ISBN978-4-12-501052-6 C0293　価格945円（900）　カバーイラスト　高荷義之

鋼鉄の海嘯《かいしょう》
南洋争覇戦 3

横山信義

機動部隊同士の熾烈な消耗戦の末、日米は互いに航空機の支援を失った。米軍は最新鋭の六隻の戦艦を押し立て猛進。迎え撃つ「大和」「武蔵」。空前の日米戦艦決戦！　トラック攻防の帰趨は⁉

ISBN978-4-12-501058-8 C0293　価格945円（900）　カバーイラスト　高荷義之

鋼鉄の海嘯《かいしょう》

マリアナ攻防戦

横山信義

マリアナ失陥はB29による本土爆撃を招くと知った日本は、絶対国防圏の死守に徹する。一方、米軍は空前の渡洋進攻作戦を発動、ついにサイパン上陸を果たした。密林を揺るがす死闘の行方は⁉

ISBN978-4-12-501065-6 C0293　価格945円（900）　カバーイラスト　高荷義之

鋼鉄の海嘯《かいしょう》

台湾沖決戦

横山信義

闘将ハルゼー率いる合衆国海軍史上最大最強の艦隊が台湾沖に出現した。満を持して迎え撃つ「大和」「信濃」、そして大東亜決戦機「黄龍」。太平洋の覇権を懸けた日米の激闘、ついに決着‼

ISBN978-4-12-501071-7 C0293　価格945円（900）　カバーイラスト　高荷義之

鋼鉄の海嘯《かいしょう》

英本土奪還

横山信義

米軍と英亡命政府軍の総力を挙げた英本土奪還作戦が発動。グレート・ブリテン島に上陸した連合軍はロンドン解放を目指し東進する。さらに、英王室の要請に応え日本の遣英艦隊がドーバーへ！

ISBN978-4-12-501084-7 C0293　価格945円（900）　カバーイラスト　高荷義之

鋼鉄の海嘯《かいしょう》

欧州解放

横山信義

英本土を奪還した日米英連合軍は「史上最大の作戦」で大陸反攻に打って出た。だが敵戦車部隊は頑強に抵抗を続け、独大海艦隊も出撃。迎え撃つ「大和」「信濃」——果たして世界大戦の決着は⁉

ISBN978-4-12-501090-8 C0293　価格945円（900）　カバーイラスト　高荷義之

覇者の戦塵1944

マリアナ機動戦 1

谷甲州

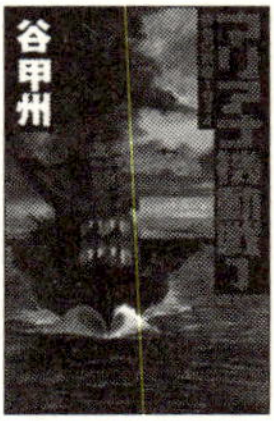

新鋭エセックス級空母五隻を擁する圧倒的航空優勢のもと、米軍は瞬く間にマーシャルを制圧した。守勢に回る日本軍は、新型噴進爆弾「翔竜」をサイパンに配備し、敵の侵攻に備えるが……。

ISBN978-4-12-501085-4 C0293　価格945円（900）　カバーイラスト　佐藤道明

旭日の鉄十字

戦艦ビスマルク出撃

三木原慧一

ヒトラー総統より、戦艦ビスマルクをはじめ独水上艦隊四七隻を譲渡された日本。だが、南仏サン・ナゼールで入渠改修中のビスマルクを撃破すべく、英軍と米義勇軍が強襲してきた！

ISBN978-4-12-501069-4 C0293　価格1050円（1000）　カバーイラスト　上田　信

対馬奪還戦争 1

大石英司

独島（竹島）の韓国守備隊が何者かの攻撃によって壊滅。日本の仕業と決めつけた韓国軍は直ちに軍隊を派遣、対馬に上陸した。対馬市役所に翻る太極旗――。陸海空、そして海保の面々が動く！

ISBN978-4-12-501083-0 C0293　価格945円（900）　カバーイラスト　安田忠幸

対馬奪還戦争 2

大石英司

韓国軍の対馬侵攻作戦第二陣は精鋭・海兵隊。ドック型揚陸艦“独島”を旗艦とした一大艦隊が上対馬に迫る。五〇〇〇超の韓国兵に四〇〇名足らずの兵力で挑む自衛隊の運命は……⁉

ISBN978-4-12-501086-1 C0293　価格945円（900）　カバーイラスト　安田忠幸
